Анна и Сергей ЛИТВИНОВЫ

ПРЕДМЕТ ВОЖДЕЛЕНИЯ №1

МОСКВА

ЭКСМО

2004

УДК 882
ББК 84(2Ро · Рус)6-4
Л 64

Оформление серии художника *С. Курбатова*

Л 64   Литвинова А.В., Литвинов С.В.
        Предмет вожделения № 1: Роман. — М.: Изд-во
    Эксмо, 2004. — 352 с.

        ISBN 5-699-05322-0

Таня Садовникова ликовала... Еще бы, о таком она даже и не
мечтала: сам полковник Ходасевич, ее любимый отчим, обратился
к ней за помощью. И ничего, что он попал в беду, она ему обязательно поможет, хотя противник у них, похоже, очень сильный...
Несколько дней назад друг и бывший коллега Ходасевича, до сих
пор работавший в ФСБ, попросил его просмотреть несколько старых дел об убийствах женщин. Но как только полковник начал на-
щупывать тоненькие ниточки, соединяющие эти дела, его друга
убили, а за самим Ходасевичем началась настоящая охота. Похоже,
они задели интересы кого-то на самом верху, и этот «кто-то» явно
из силовиков. Поэтому к своим бывшим коллегам Ходасевич обратиться не мог. Пришлось просить о помощи Татьяну, любимую
падчерицу и большую авантюристку. Татьяна решила действовать
самостоятельно, на свой страх и риск. С этого момента ее жизнь
висит на волоске...

УДК 882
ББК 84(2Рос-Рус)6-4

*Посвящается А. А. Каморину,
подсказавшему нам идею этой книги*

Глава 1

ШЕСТОЕ ИЮЛЯ, ВОСКРЕСЕНЬЕ. УТРО

Если не найдет ее — он погиб.

Только где ее искать — погожим летним утром в многомиллионной Москве?

Часы показывают начало двенадцатого. Солнце шпарит все ярче, асфальт дышит жаром.

На термометре у Центрального телеграфа плюс тридцать. А на небе — ни облачка. И вокруг — ни одного человека в костюме. Все ходят в легких брюках, гавайках, футболках. Молодежь — поголовно облачилась в шорты. Девушки и вовсе разделись: мелькают голые коленки, в обнаженных пупках искрят блестящие камушки. А ему так жарко в плотных брюках и крахмальной рубашке...

Забыться бы — хоть на минуту. Прижаться щекой к запотевшей бутылке с ледяной водой. Или просто — присесть в тенек и отдыхать: долго, беззаботно, лениво.

Но расслабляться нельзя. Никого не волнует, что ты уже немолод, шалит сердце и врач строго сказал: «Нервничать вам запрещаю. Категорически». Если сейчас расслабиться — неизбежно проиграешь во времени. Кто знает, какие у НИХ возможности... Сейчас его не ведут, это точно. Он видел, он чувствовал: не ведут. Он от них оторвался.

Но что может случиться через полчаса? Он не знал. В голове до сих пор звучал голос Тамары.

Она кричала: «Они убили его, убили!»

...А в городе — все спокойно, будто и нет совсем рядом горя, предательства, смерти. По тротуарам текут разгоряченные толпы, посетители открытых кафе смакуют ледяное пиво и подтаявшее мороженое. Москвичи и те, кого называют «гостями столицы», стремятся в тень, в прохладу скверов.

Он подавил искушение присесть на скамейку. Одышка? Черт с ней, с одышкой... Нужно срочно звонить. Ей.

Только она сможет помочь ему. Только она.

Поэтому надо найти ее — где бы она ни была.

Он подошел к телефону, с трудом втиснул в кабинку грузное тело. Набрал знакомый номер.

«Привет всем, кто позвонил! Хотите поболтать? К сожалению, меня нет дома...» — сообщил веселым голосом автоответчик.

Он почему-то не сомневался, что в квартире ее не окажется: красивые девушки обычно не сидят дома в прекрасное летнее воскресенье.

Только бы она услышала, как звонит мобильник! А то вечно: врубит в машине музыку на полную громкость и подпевает во все горло. Или забудет счет оплатить, или не поставит телефон на подзарядку...

Да, мобильник ответил так, как он и ожидал, и боялся: «Абонент не отвечает или временно недоступен». Отключила, чтоб не доставали поклонники? Села батарейка? Или забыла аппарат дома, а сама умчалась? Ну не на работу же ей звонить воскресным утром...

Где она может быть? Примеряет очередную обнову в сверкающих витринами магазинах? Завтракает в кондиционированной прохладе ресторана? Сидит в модном кинотеатре?

А может, она на пляже? Или у кого-то из друзей на даче? Или поехала на Пироговку, гонять на водных мотоциклах?

Что толку гадать!

«Возьми трубку, девочка!» — приказал он бездушному телефону и снова набрал ее номер. «Абонент не отвечает...»

«Ведь у меня нет никого, кроме нее! В данных обстоятельствах — никого. При всех моих знакомствах и связях — я не могу сейчас обратиться ни к кому из знакомых. И не могу использовать ни одну связь. А от Юльки, Юлии Николаевны — толку никакого...»

Сердце закололо.

И он вяло, без крупинки надежды, набрал номер рекламного агентства «Пятая власть».

* * *

«На улице, наверно, сейчас хорошо. А если у фонтана сесть, да с ледяной минералкой... О, как меня достала эта работа!»

Уже год, как Татьяна Садовникова стала начальником. Креативным — то бишь, по-русски говоря, творческим директором рекламного агентства «Пятая власть».

Начальником ей быть нравилось. Кто возразит против кожаного кресла, заискивающей секретарши и кругленькой суммы в зарплатной ведомости?

Правда, вкалывать за эти деньги ей приходилось так, что иногда хотелось выкинуть кожаное кресло в окно и запустить в услужливую секретаршу мраморной пепельницей.

«Может, уйти мне с этой должности? — в который уже раз подумала Таня. — Сил ведь нет никаких... И времени ни на что не хватает. Зарплата неплохая — а по магазинам пройтись некогда. И в отпуск — тоже не съездишь. Шеф однажды сказал: «Ты, Садовникова, конечно, можешь ехать куда хочешь. Но без тебя агентство придется закрывать».

Приятно, конечно, что ты такая незаменимая, но ведь вчера весь день, всю субботу, на работе просидели. До позднего вечера! Нынче воскресенье. Конец выходным. И опять неизвестно, во сколько уйдем...»

Но она, конечно, лукавила перед собой. Ей нравилось жить в темпе. Находиться под постоянным давлением. Ей нравилось много и хорошо работать. И получать за свой труд изрядные деньги.

Прошло три года, как Татьяна Садовникова снова — и, кажется, уже окончательно — осела в Москве. Три года минуло, как закончились ее головокружительные, невероятные, фантастические приключения. Порой — когда она вспоминала о них — ей казалось, что все это происходило не с ней.

Она редко вспоминала тот период жизни. Не знала почему, но — не вспоминала. И конечно, Таня никому о своих похождениях не рассказывала...

Но они, те события, часто являлись ей во снах. И выглядели в них еще более яркими, захватывающими, головокружительными. Такие сны ослепляли и поражали воображение. Так и хотелось с кем-нибудь поделиться своими тайнами. Или хотя бы записать их. Какой бы роман с продолжением получился! Какое кино можно было бы снять!

Но о многих своих приключениях Таня не смела рассказать, потому что была связана словом. О других не могла поведать, потому что обнародовать их — означало бы навредить кому-то из живущих людей... А некоторые истории из ее жизни были настолько невероятны, что, рассказывай, не рассказывай, — все равно не поверят. Заливаешь, скажут, Садовникова. Буйное воображение демонстрируешь[1].

Часть ее эскапад описал в газете «Молодежные вести» друг — журналист Димка Полуянов. Димка, которого она не раз спасала и который, в свою очередь, помогал ей... Но оттого, что Полуянов был ограничен объемами газетной полосы, получилось у него все как-то сухо, неярко, поверхностно...

У нее только и остались яркие картинки в памяти. А больше — ничего не было. Даже фотографий. Одни лишь уже изрядно пожелтевшие вырезки статей. Да воспоминания. Точнее, сны...

Вот уже три года Татьяна Садовникова вела добропорядочную жизнь работающей москвички.

Она не обогатилась за время своих многочисленных приключений. Не нашла тогда и своего принца. Да, она обрела на какой-то период милого, умного и любящего человека — Тома Харвуда. Но так вышло, что навсегда рядом с ним Татьяна не осталась.

Том хотел запереть ее на ранчо в Монтане. Чтобы Таня варила ему русский «боржчь», штопала носки и слушала по ночам вой шакалов. Эдакая колоритная домохозяйка: красивая, стильная и к тому же рус-

---

[1] Об этих и других захватывающих приключениях Татьяны Садовниковой можно прочитать в романах Анны и Сергея Литвиновых «Все девушки любят бриллианты», «Отпуск на тот свет», «Проигравший получает все», «Второй раз не воскреснешь», вышедших в издательстве «Эксмо».

ская. А работать в Америке ей, русскоязычному рекламисту, было негде. «Но если хочешь, Таня, ты можешь вступить в наш городской клуб защиты редких животных. Будешь ходить на собрания, собирать подписи в защиту безжалостно истребляемых тигров...» Нет уж, покорно благодарю!.. Она — не Брижит Бардо. Редких тигров, конечно, жаль, но собирать подписи в их защиту?.. И скучно, и главное — тиграм это вряд ли поможет. В общем, Таня уехала от Тома — и из Америки.

А потом — так же, как не получилось с Томом, — не сложилось у нее тихое бюргерское счастье с русским банкиром Ваней Коломийцевым. Тем более что Ваня требовал от нее, в сущности, того же, что и Том. Посвятить себя дому и семье. Готовить ему на ужин рыбное филе. Гладить рубашки. Носить к телевизору чай с лимоном и медом. И, как апофеоз, — нарожать ему кучу ребятишек.

Том собирался заточить ее на ферме в Монтановщине — а Ваня в особняке в Малаховке. Невелика разница!

Нет уж. Татьяна Садовникова — девушка современная, образованная, независимая! Никакого постного счастья образца «киндер-кирхе-кюхе» в ее жизни не будет! То есть, возможно, будет — но не сейчас, а позже. Несколько позже. Когда она, может, до такого понимания счастья дозреет. Поймет, что пришла ее пора. Пора — гладить рубашки и вышивать. И, главное, найдется такой человек, которому ей захочется гладить рубашки и расшивать крестиком носовые платки.

А пока — нет уж, фигушки! Не дождетесь!

Татьяна, конечно же, сохранила добрые отношения и с Ваней, и с Томом — она вообще старалась поддерживать дружеские связи со всеми хорошими людьми, с которыми сталкивала ее судьба.

С Ваней они время от времени встречались, обедали или ужинали вместе. Тот, кстати сказать, за прошедшие три года сделал изрядную карьеру и дорос до председателя правления довольно крупного банка. Ездил на респектабельной «Ауди А8» и небрежно носил костюмы от Бриони.

С Томом Таня переписывалась по электронной почте. Он по-прежнему корпел в своей монтановской глуши — писал очередной роман.

Том даже однажды приезжал к Тане в Москву. С восторгом осматривал церкви и Третьяковку, восхищался русской кухней — все приговаривал: «Это вкю-усно!» Ужасался дикому дорожному движению, удивлялся, что никто в России не ездит на государственных такси, и дрожал, когда их с Таней везла раздолбанная «копейка» с лихим джигитом за рулем. Пришел в восторг от нашего цирка и красавиц-балерин. Научился ходить в ночной ларек за пивом.

И каждый вечер нудил: «Танешка, верньись ко мнье!»

Но никакого желания возвращаться в монтановскую глушь у Тани не возникало. Как не появлялось больше желания связать свою судьбу с кем бы то ни было еще.

Наверно, не годится она для брака. Или — не родился на свет тот мужчина, с которым она могла бы создать счастливую, равноправную семью. Хотя, должно быть, такой мужчина еще и найдется...

Какие ее годы! Ей всего — двадцать семь! Это в девятнадцатом веке — или на худой конец в двадцатом — девушка в таком возрасте считалась вековухой. Но сейчас-то на дворе — век двадцать первый! Нынче везде и всюду в развитых странах — в Америке, во Франции и даже (наконец-то!) в России — девушки сперва собственную карьеру делают, утверждаются как личности и профессионалы. А потом уж — замуж выходят, вьют гнездышки, киндеров рожают...

Вот так Таня и утверждалась. Делала свою московскую карьеру.

Она ушла из западного сетевого многонационального агентства в нашу российскую фирму, занимавшуюся рекламой и пиаром. И дослужилась здесь до второго по важности лица — креативного директора, то есть человека, отвечающего за весь творческий процесс.

А еще как бы между делом (это, впрочем, со стороны казалось, что между делом, а фактически потребовало от Тани напряжения всех сил и воли) Татьяна защитила кандидатскую диссертацию. Получив «корочки», первым делом заказала себе новые визитные карточки — с указанием ученой степени. На презентациях-тусовках она раздавала визитки направо и налево и очень веселилась, когда мужики-шовинисты обалдело говорили: «Впервые видим, чтобы кандидатом наук была такая молодая, симпатичная блондинка!»

Теперь ее научная руководительница заводила речь о докторской, но Таня решила: «Нет уж. Все. Хлопот с очередной диссертацией — выше крыши, а прибыли — ноль. «Доктор филологических наук» на визитках — это, конечно, звучит еще лучше, чем *кандидат*. Да одна беда: *науки* больше не хочется».

Благо в Москве — такой яркой, современной, бурно растущей — было чем заняться, помимо сидения в библиотечных залах. Татьяна успевала играть в теннис, забредать с подружками в ночные клубы, ходить

севич сказал: «Французик у тебя, конечно, хорош, но пришла пора с ним расстаться».

— Ты имеешь в виду авто... — неуверенно спросила Таня.

— Да, я именно об этом, — прервал он ее.

И Таня послушно умолкла. Наверно, речь идет о «Пежо», ее любимой игрушке. Валера просит ее приехать на другой, не такой приметной, машине. Хотя что в «пежике» теперь-то приметного — изящных французских машин в последнее время в Москве расплодилось полно. Кто только на них не ездит: и усатые дядьки, и юные бандитские любовницы, и молодящиеся карги... Но... Раз Валера велит — Таня сделает, как он скажет.

А эта его фраза: «Жду тебя через час *у Маргариты*»?

Таня едва не брякнула: «У Маргошки, что ли?» И еще удивилась, откуда он знает про Маргошку — Маргариту, ее однокурсницу... Но удержала поспешные слова, на пару секунд задумалась и уточнила: «Ты имеешь в виду *нашу с тобой* Маргариту?»

— Да, да! — торопливо и досадливо ответил Валера.

А ведь раньше он никогда не говорил так резко.

— Я все сделаю, — бесстрастно и спокойно сказала Таня.

Работа в должности начальницы уже приучила ее: если твой партнер выбит из колеи — даже слегка, — надо брать бразды правления в свои руки. Только уж очень непривычно, когда нервничает *Ниро Вульф* — всегда такой бесстрастный...

Ну что ж. Будем решать проблемы в порядке их поступления. И проблема номер один — это машина.

...Паркинг для сотрудников рекламного агентства размещался в подземном гараже. Там же находилось и несколько «разгонных» машин — новых, но уже изрядно раздолбанных «пятерок» и «девяток». Любой из верхушки агентства мог при желании взять служебный автомобиль — ключи и документы находились у охранников. Правда, сотрудники «Пятой власти» к отечественному автопрому относились с презрением и на служебных машинах ездить избегали: в них душно, ненадежно, и выглядишь, словно дачник.

«Зато мне сегодня будет в самый раз», — заключила Татьяна.

— Я оставлю «Пежо» в гараже, — сообщила она охраннику, скучавшему над кроссвордом.

— На вечеринку собираетесь? — понимающе улыбнулся тот. — Давайте я вам такси вызову, Татьяна Валерьевна...

— Какие там вечеринки, — отмахнулась она. — Просто... — Таня замялась, не зная, как объяснить свою прихоть. — Что-то тормоза у «пежика» воют. Наверно, колодки истерлись. А ехать надо. Так что я уж возьму машину попроще. Из наших, служебных. Какую посоветуете?

Охранник посмотрел на нее удивленно. Но вопросов задавать не стал.

— Вон та «девятка», — взмах в сторону плохо вымытой машины, — вроде бы самая приличная. Хотя шофера говорили, у нее сцепление чудит, вторая передача не...

Таня не дослушала:

— Пожалуйста, принесите ключи.

— Нужно заполнить доверенность, — охранник достал из стола подписанный директором агентства бланк.

— Я заполню сама, — отмахнулась Татьяна.

Схватила бланк и заторопила мужика:

— Пожалуйста, быстрей! Я опаздываю.

Стекла у «девятки» оказались тонированными.

«Очень на руку!» — порадовалась Таня и окна в машине не открыла. Пусть жара и дышать нечем — она потерпит. Кажется, *он* настаивает на конспирации. Что ж, будет ему конспирация. А когда стекла закрыты — даже востроглазый орел не определит, кто сидит в машине.

Однако, промучившись в духоте минут пять и постоянно поглядывая в зеркальце заднего вида, Таня решила: меры предосторожности выполнены. Никто за ней вроде не едет. А главное, сидеть в духоте больше нет сил... Она машинально поискала пальцами кнопочки стеклоподъемников и чертыхнулась: какие, к черту, электрические приспособления в российских машинах! Одной рукой придерживая руль, Таня по очереди распахнула оба передних окна, с наслаждением подставила лицо встречному ветру.

Мелькнула неожиданная мысль: «Куда меня черт несет... Завтра нам пивную презентацию проводить, а ничего еще не готово!»

Но Таня прислушалась к *голосу сердца* и поняла: на самом деле угрызения совести ее особо не терзают. Надоело ей это пиво, простите, до отрыжки!

Таня улыбнулась.

Впрочем, улыбка тут же погасла. Не до веселья сейчас. Нужно максимально сконцентрироваться — чтобы ничего не напутать. Чтобы помочь ему. Впервые в жизни — помочь ему.

Значит, он велел ей ехать к Маргарите... Если Таня все поняла правильно — он будет ждать ее на той

лавочке, где сидела в Александровском саду булга-
ковская Маргарита, когда к ней подошел Азазелло.

Эту лавочку давно, еще в школьном детстве, ей
показал именно Валера. Он убедил ее: если присесть
сюда и попросить помощи у высших сил — все желания исполнятся. «Все-все желания?» — недоверчиво
спросила тогда маленькая Таня. И он, такой правильный, тут же оговорился: «Ну, не совсем все, а только
добрые желания».

И Таня потом очень часто специально приезжала
на эту лавочку. И просила, чтобы на экзамене ей по-
пался счастливый билет, а Саня из параллельного
класса обратил бы на нее внимание...

Когда Таня выросла, она заявила отчиму:

— А ведь ты наврал мне — насчет Маргаритиной
лавочки! Вовсе она и не там стояла, где ты показывал, а совсем в другом месте. Я в дневниках жены
Булгакова прочитала...

Но Валера серьезно ответил:

— Желания у тебя исполнялись? Исполнялись.
Значит, лавочка та самая.

И Таня больше не спорила.

Такая уж у него харизма, что ему хотелось верить
всегда. Даже если Валера ошибался или просто выду-
мывал...

«Я все для тебя сделаю! — пробормотала Таня. —
Я помогу — что бы с тобой ни случилось!»

Она включила «моргалку» и начала искать место
для парковки.

* * *

Труп уже увезли.

Молодой следователь бесцельно (как могло пока-
заться со стороны) ходил по комнате.

«Классика... — думал он. — Словно иллюстрация к учебнику... Ограбление, совершенное группой лиц по предварительному сговору... Не запланированное заранее убийство хозяина, оказавшегося случайным свидетелем преступления... Вряд ли грабители работали по наводке. Да и на что тут наводить? Лакированная «стенка» из семидесятых годов, «горка» с хрусталем, ковры... Устаревший застойный уют... «Улов» — стандартный. Телевизор, магнитофон, недорогие золотые побрякушки. Деньги? Хозяйка утверждает, что в квартире не было денег. Только триста рублей в ящике стола».

— Мы там на ра-асходы деньги держали, — всхлипывает женщина.

— Пожалуйста, успокойтесь, — с усталым сочувствием попросил он ее. — Постарайтесь вспомнить: может, в квартире хранились еще какие-то сбережения?

— Под матрасом... под матрасом его заначка лежала. Тысяча ру-ублей. Он хотел у-удочку купить. — Хозяйка закрывает лицо руками.

Слезы, валерьянка, ледяная вода...

Несчастную женщину уводят в кухню.

— Похоже, без наводки работали, — бурчит один из оперов.

— Да... видать, случайные посетители, — соглашается второй.

— Наркоши, — добавляет первый.

— Алконавты.

— Надо отработать жилой сектор.

Щербатый паркет в пятнах крови.

Обычное, рядовое дело. Жизнь, пошлая и жестокая жизнь. В ней убивают за телевизор и пару золотых колец. На кухне плачет вдова...

— Успокойте хозяйку, — поморщился следователь. — Хорошо бы ее допросить. Пусть скажет, где паспорта на аппаратуру лежат. И опись драгоценностей составит.

* * *

Он перехватил Татьяну на подходе к «лавочке Маргариты». Вынырнул откуда-то сзади, из толпы ошалелых интуристов. Взял под локоток так аккуратно, что Таня даже не вздрогнула.

— Привет, толстячок! — заулыбалась она.

Мама, Юлия Николаевна, неоднократно повторяла, что интеллигентный человек не должен употреблять подобные выражения. Особенно — в адрес собственного отчима. Но Валерочка на ее грубоватые прозвища не обижался.

«Он выше твоей дурацкой пресловутой интеллигентности», — заявляла Татьяна матери.

Вот и сейчас отчим расплылся в улыбке:

— Привет, Танюшечка. Я уж подумал было: не приедешь...

— С ума сошел, — констатировала Таня. — Как я могла не приехать?! Ты что, часто меня о чем-то просишь?

— Спасибо, — проговорил отчим. — Извини, что от дел оторвал. Секретарша сказала, что у тебя совещание...

— Забудь, — хмыкнула Таня. — Без меня досовещаются. И вообще: это ты извини, что я опоздала.

Тане совсем не понравилось, что Валера только делает вид, что *улыбается*. А сам — тревожно обшаривает глазами прохожих.

— Ну, говори: чем я могу помочь? — потребовала Таня.

Она специально сформулировала вопрос именно так. Еще по дороге решила: не стоит накидываться на отчима с криками: «Что случилось?» Для таких воплей — у отчима есть бывшая жена, она же Танина мама.

Но раз Валерочка обратился не к маме, а именно к ней — значит, он ждет, что Таня не станет охать, а будет реально ему помогать.

«И пусть он думает, что я ему помогу — без всяких расспросов. Слепо, как Терминатор, который только выполняет команды».

Таня была уверена: Валера все равно расскажет ей, что случилось. Со временем.

А пока нужно усыпить его бдительность. И притвориться покорной, исполнительной и бессловесной.

— Таня! Мне нужно место, где я мог бы отсидеться. Квартира, дача, гостиница, в которой не спрашивают документов.

«Ого!» — восхитилась про себя она. А вслух спокойно сказала:

— Конечно, найдем. Что-нибудь еще?

* * *

Валерий Петрович Ходасевич, полковник запаса ФСБ-КГБ, уже давно не работал. В том смысле, что не ходил на службу. Однако пенсионером — с неизменной рыбалкой, домино и сериалами по телевизору — он тоже не стал. Чем он занимался? Таня была уверена, что отчим до сих пор подрабатывает. Служит кем-то вроде *внештатного аналитика*. Один раз она приехала к нему без звонка, открыла своим ключом дверь и увидела: отчим сидит перед видеомагнитофоном. На экране какой-то боевик. А Валера что-то торопливо записывает в блокнот.

— Ты чем занимаешься? — требовательно спросила Татьяна.

Валера серьезно ответил:

— Видишь, там, на экране, — сейф вскрывают? Вот, хочу понять, как они это делают. Вдруг пригодится?

— Банк решил взять? — расплылась в улыбке Таня.

— Нет. Для начала — пункт обмена валюты. Будешь на шухере стоять?

Падчерица рассмеялась, а отчим — выключил видик и убрал блокнот в ящик стола. Однажды, когда Валера вышел в кухню, Таня в этот ящик сунулась — но он оказался заперт. Стало ясно, что просить показать блокнот — бесполезно... Может быть, Валера составляет обзор шпионских уловок и бандитских киноприемчиков, придуманных неутомимыми сценаристами? Тем более что так же тщательно, как фильмы, отчим изучал и все детективы современных западных авторов. А может, он как раз сам детективы пишет? И, стесняясь насмешек Тани и друзей, публикует их под псевдонимом?

«Вот бы мне такую работу! — мечтала она. — Сиди себе на диване с книжечкой или перед видаком! А тебе еще за это деньги платят!»

То, что отчим, в отличие от прочих пенсионеров, не бедствует, было очевидно. По крайней мере, и обожаемая Таней сырокопченая колбаска в его доме водилась, и дорогим джином он ее угощал. Он всегда решительно отказывался от материальной помощи —

а Таня, с тех пор, как стала хорошо зарабатывать, не раз пыталась всучить ему денежек.

Да и самого себя Валера кормил «на убой». Огромный кус парной свининки, запеченный в фольге. Здоровенная кастрюля бигоса со свежайшими телячьими сосисками. Неслабая коробочка, полная заварных пирожных...

— Лопнешь ты скоро, Валерочка, — ласково журила отчима Таня.

— У меня всего-то шесть пудов веса. Как у Поддубного, — привычно отшучивался тот.

— Нет, не шесть, а все восемь, — не соглашалась Таня и дарила ему футболки размера XXXL из магазина «Толстяк».

А когда Валера садился на пассажирское сиденье ее машины, «пежик» тут же слегка западал на правый бок, и Таня пугала отчима, что кресло может провалиться прямо под ним...

...Валерий Петрович никогда не рассказывал падчерице, чем занимается на самом деле. О том, что его сослуживец, полковник Армен Гаранян, до сих пор обращается к нему с поручениями-просьбами — *поработать на родную контору.*

Работа не предполагала засад, погонь или допросов. Чистая аналитика. Тренировка для ума — к тому же хорошо оплачиваемая. Проанализировать данные — и выявить *суть.*

Валерий Петрович ждал таких заданий. Выполнял их ответственно и с полной отдачей. Готов был сидеть над ними и день, и ночь. И очень обрадовался, когда неделю назад ему снова позвонил Гаранян. Предложил встретиться и *попить пивка...* Именно —

попить пивка, а не *выпить пива* или там *шандарахнуть по кружечке.*

Эта фраза была ключевой.

ЗА ШЕСТЬ ДНЕЙ ДО ОПИСЫВАЕМЫХ СОБЫТИЙ. ТРИДЦАТОЕ ИЮНЯ, ПОНЕДЕЛЬНИК

Встречались они, как обычно, у печального Пушкина.

Ходасевич пришел загодя. Захватил место на лавочке: в тени, вблизи от фонтанной сырости. Предложил Гараняну:

— Посидим здесь?

Тот с сомнением огляделся. Пушкинскую площадь заполонили подростки. Молодняк галдел, курил, прихлебывал пиво, хрумкал чипсами... Двое пожилых мужчин в их компанию явно не вписывались. До Валерия Петровича донесся чей-то насмешливый комментарий: *«Двое педиков: жиртрест и чурка!»*

Гаранян тоже расслышал обидные слова. Спокойно сказал:

— Нет, здесь слишком шумно.

Валера со вздохом встал. Придется бродить по бульвару — а ходить ему сегодня (как, впрочем, и всегда) совсем не хотелось.

Но Гаранян неожиданно предложил:

— Пойдем лучше я тебя покормлю.

— В столовую «дома два», — усмехнулся Валера, — меня не пустят.

— Зачем в столовую? — притворно возмутился Гаранян. — Тут через дорогу кафе открылось. Не них этого ключевого слова. Но... Что-то мне в них не нравится... И на всякий случай — материалы по этим делам я запросил повторно...

— Можешь не продолжать, — усмехнулся Ходасевич.

— Значит, задачу ты понял.

— Говори, где работать и когда начинать, — откинулся в кресле Валерий Петрович. — А сейчас закажи мне еще одну отбивную.

* * *

Условия ему создали весьма приемлемые.

Однокомнатная квартира в неприметной «панельке». Удобное кресло из кожзаменителя. Стол с яркой лампой. Огромная банка кофе. Два сорта чая. Сахар. И даже — дежурный запас сыров-колбас в холодильнике. Молодцы, позаботились. Неформально подошли к подготовке *конспиративки*. Можно сказать, с душой.

Квартира была неплохо защищена: охранная сигнализация, решетки на окнах и «маскировочная» дверь: та ее сторона, что выходила на лестничную площадку, была сделана из дрянной фанеры, обитой дерматином. А внутренняя часть оказалась стальной.

Дела, о которых говорил Гаранян, хранились в сейфе.

На сейфе *Контора* тоже не сэкономила. Взорвешь только тротилом, но при этом содержимое превратится в прах.

Валерию Петровичу пришлось вызубрить тройную систему шифров.

Новая работа его захватила. Захватила именно тем, что он просидел над уголовными делами уже три

самое дорогое. Мне сын советовал. Итальянская кухня и немецкое пиво.

Ходасевич хмыкнул:

— У тебя хватит денег-то — меня *прокормишь?*

Гаранян оглядел его безразмерный живот и сообщил:

— А я лепешек фокаччо тебе возьму. Порций пять-шесть. Они там дешевые.

Валерий Петрович отказываться не стал. Он прекрасно понимал, что прижимистый (или, как он сам говорил, *хозяйственный*) Гаранян никогда не поведет его в кафе *на свои.* А раз уж родная *контора* угощает — грех не потратить представительские на хорошее дело.

— Одними лепешками ты не обойдешься, — предупредил его Ходасевич.

...В кафе «Венеция» оказалось шумно и суетно. Единственный столик, почти прижатый к стене, нашелся с трудом. Валерий Петрович, кряхтя, втиснулся в малогабаритное пластиковое кресло. А Гараняну и вовсе пришлось пробираться в узкую щель между столом и стеной.

— Время ужина, — извинился метрдотель. — Минут через сорок будет уже поспокойней.

Он предупредительно распахнул перед ними кожаные папки меню.

Валерий Петрович быстро изучил цены: ужин, даже самый скромный, в «Венеции» тянул на пяток минимальных зарплат. Но посетителей кафе это совершенно не смущало. Столы ломились закусками, пиво (сто пятьдесят рублей за кружку!) лилось рекой, а девчушки за соседним столиком с аппетитом уминали лобстеров.

— Кучеряво живет столица, — оценил Валерий Петрович.

По доброй воле он в кафе не ходил. Бывшему полковнику ФСБ казалось *барством диким* (как писал Пушкин) отдавать полпенсии за такой поход.

Мужчины заказали по пиву (Гаранян выбрал крепкий «Гиннесс», Ходасевич ограничился светлым «Гессером»). Закусывать решили отбивными. Раз уж *Контора* платит.

После первой кружки Гаранян спросил:

— Слушай, Валера... Ты кроссворды разгадывать любишь?

Ходасевич не сомневался: о его страсти к *кроссвордам* — в прямом и переносном смысле этого слова — тем, кому надо, хорошо известно. И Гараняну — в первую очередь. А чего тогда спрашивать?

— Ты же знаешь, что люблю, — подбодрил его Валера.

— А кроссворды бывают разные, — задумчиво сказал Гаранян и махнул официанту: — Еще пивка, пожалуйста... Есть классический кроссворд — где слова пересекаются. Есть чайнворд — когда из концовки слова растет начало следующего. Бывают кроссворды круговые, бывают — на вычеркивание...

Валерий Петрович терпеливо слушал. Объяснять, какие бывают кроссворды, ему не надо было: он скупал всяких «Зятьков» с «Внучками» во множестве. Тренировал мозги. Боролся с подступающей старостью.

— А самый интересный кроссворд — это тот, из которого нужно составить ключевое слово. Встречал такие? Знаешь, какой принцип?

Валера знал, но решил бывшего сослуживца прерывать.

— Берешь по одной букве из каждого правильного ответа, составляешь ключевое слово и высылаешь его в редакцию. Пятьсот рублей, между прочим можно выиграть.

— Пока не выигрывал, — усмехнулся Валера.

— И не выиграешь. В редакциях эти деньги по своим распределяют, — заверил его Гаранян.

— Ну, не тяни резину, — поторопил Ходасевич. — Выкладывай свой *кроссворд*.

Гаранян понизил голос и перешел к делу:

— Ты, наверно, помнишь — я периодически запрашиваю *у соседей* уголовные дела. Для общего, так сказать, развития...

— Дел по сто в месяц, — кивнул Ходасевич. — Или сейчас уже меньше?

— Как когда. — Гаранян твердо придерживался старого чекистского принципа — *не выдавать лишнюю информацию*. — Так вот. Из того, что смотрел в последние месяцы, я выделил сорок семь дел. Не спрашивай, по какому принципу выбирал, потому что я тебе отвечу: сам не знаю. Считай, что интуиция подсказала. Дела абсолютно разные. География — весь СНГ. Убийства, изнасилования, тяжкие телесные...

— На какой стадии дела? — уточнил Валерий Петрович. — «Висяки»?

— Не все. По некоторым следствие приостановлено, другие еще в производстве. А девять уже в суд ушли. По четырем, кстати, вина доказана и приговоры вынесены. Но только кажется мне, что *ключевое слово* в этих делах все равно так и не найдено. Ни менты его не нашли, ни я... А возможно, даже и нет в

дня — а *ключевого слова* в них так и не нашел. И даже *намека* на это слово не предвиделось...

А может, и нет никакого *слова*?

Может, и нет — предупреждал его Гаранян.

Абсолютно разные способы убийств. Никакой на первый взгляд связи между потерпевшими. В каких-то случаях — эти папки Валерий Петрович выделил в отдельную стопку — эксперты констатировали сексуальное насилие. В других — эти тоже лежали отдельно — убийства были примечательны тем, что потерпевшие остались при кошельках и золотых побрякушках. А в семи до убийства вообще не дошло — преступника или вспугивали, или он сам отступался. Валерий Петрович внимательно изучил составленные со слов потерпевших словесные портреты.

Нет, ничего, решительно ничего общего...

И все-таки Гаранян утверждал, что *ключевое слово* здесь есть. Не во всех, конечно, делах — в некоторых.

— Ты имеешь в виду... какую-то *деталь, штрих?* — пытал его Ходасевич.

— Не знаю, — вздыхал Гаранян. — Просто нюхом чую: здесь что-то нечисто. Странно. А наши коллеги из МВД эту странность не заметили.

— Пока ничего, — ежедневно докладывал Ходасевич.

Гаранян не скрывал, что расстраивается. Но каждый вечер упрямо повторял:

— Ищи дальше. Мы не спешим.

* * *

Светом в конце тоннеля это назвать было нельзя. В общем-то, даже на *просвет* не тянуло. Так, крохотный лучик... Но этот *лучик* занимал все мысли полковника Ходасевича. Можно сказать, терзал его. Выжигал изнутри, как лазером.

Домой он вернулся поздно. Спину ломило, в глазах щипало. И вот что удивительно: обедал он давно и совсем неплотно, только есть ему совершенно не хотелось.

Ходасевич выпил чашку сладкого чая с сушками и лег в постель. Но заснуть так и не смог. Даже четвертушка снотворной таблетки, как рекомендовал врач, не помогла...

Он лежал без сна, слушал, как под окнами проносятся поливальные машины и лихачи на мотоциклах, и думал, думал... В половине пятого утра, когда сквозь шторы пробился рассвет и птицы начали чирикать все уверенней, кряхтя, поднялся. Прошлепал на кухню. Поставил чайник. Покрутил ручку настройки, выбрал радиостанцию с самым бодрым диджеем — благодаря Тане Ходасевич неплохо разбирался в современной музыке, только его очень раздражало, когда радийные мальчики и девочки ранними утрами зевали или еле блеяли.

Сумерки быстро сменялись нежно-розовым утром. Птицы горланили из последних сил. Денек ожидался прекрасный. Бодрая музыка из приемника настроила его на рабочий лад.

Валерий Петрович заварил себе крепчайшего кофе, закурил и решил взяться за дело немедленно — пока *мысль не ушла*. Он склонился над блокнотом. Ручка летала по бумаге, кажется, сама собой. Жаль, конечно, что исписанные странички перед уходом придется уничтожить — правила есть правила...

Неважно. Он не сомневался, что без труда воспроизведет свои записи на конспиративной квартире. И сегодня же передаст докладную записку Гараняну. Только перед этим нужно все еще раз проверить-перепроверить...

К шести утра приблизительная схема была готова. Валерий Петрович перечитал ее раз, другой... Потом вырвал блокнотные страницы, разорвал их в мелкие клочки, выбросил в унитаз. Снова щелкнул кнопкой электрического чайника. Открыл банку кофе. (Хорошо, что лечащий врач не видел, сколько кофейного порошка его пациент всыпал в чашку). Сделал себе пару сытных бутербродов: на толстом ломте хлеба — слой куриного паштета, кусок сыра и майонез (тоже, кстати, запрещенный докторами).

Настроение было отличным. Конечно, еще преждевременно говорить о ключевом слове... Но кое-что — даже не словечко, а что-то совсем маленькое — пару ключевых букв — он точно нащупал.

Валерий Петрович быстро покончил с завтраком. Побрился, щедро оросил себя французским одеколоном и вышел из квартиры. Чувствовал он себя хорошо — так бывало всегда, когда в делах что-то *наклевывалось,* — и потому даже выполнил одну из рекомендаций лечащего врача: метров двести в сторону метро шел пешком. И только потом остановил такси.

* * *

Интуиция? Шестое чувство? Внутренний голос? Или проще — элементарная, «на автомате», осторожность?

Такси опасливо кралось по ухабистому междворовому проезду. Несмотря на раннее утро, у некоторых подъездов уже разминались пивком — «конспиративная» девятиэтажка располагалась в самом что ни на есть обычном, пролетарском районе.

— Вот у этого подъезда остановите, — попросил Ходасевич шофера.

И, прежде чем открыть бумажник, машинально взглянул на окна *рабочей* квартиры. Третий этаж, потолки невысокие, с его дальнозоркостью все видно прекрасно. А осторожность никогда не повредит.

Занавеска на кухне была сдвинута. Не явно, не на метр, но тем не менее находилась она совсем не в том месте, где Валерий Петрович оставил ее вчера, покидая квартиру. Ошибки быть не могло: ровно посередине окна шла небольшая трещина, и Ходасевич, уходя, всегда задергивал занавеску так, чтобы ее кромка проходила по границе этой самой трещины. Неужели он забыл?.. Нет. Это элементарные меры предосторожности.

— Семьдесят рублей, как договорились, — пробурчал шофер.

Замешательство пассажира он расценил по-своему: небось толстяк по второму кругу торговаться начнет...

— Подожди, командир, — отмахнулся Валера и внимательно, до рези в глазах, впился взглядом в окна квартиры. И увидел: в комнате мелькнула чья-то осторожная тень...

Решение полковник Ходасевич принял мгновенно. Протянул водителю две сотенные бумажки:

— Переигрываем. Трогайся, езжай прямо. Со двора есть еще один выезд.

Голос его, похоже, прозвучал начальственно и грозно. Во всяком случае, шофер послушно газанул и тронулся с места. И, хотя ям на тротуаре меньше не стало, ехал он теперь явно быстрей.

Когда машина подобралась к выезду на улицу, водитель робко спросил:

— Что-то случилось?

Валерий Петрович не ответил. Попросил:

— Слушай, друг... Отвези-ка ты меня обратно.

— Куда — обратно? — не понял шофер.

М-да, соображал он туговато.

— Туда, где я к тебе сел. На Сельскохозяйственную улицу, — терпеливо пояснил Ходасевич.

— Что-то дома забыл? — догадался водитель.

— Считай, что так, — отмахнулся полковник.

Закурил и отвернулся от надоедалы.

Может быть, он перестраховывается? Скорей всего.

Надо бы позвонить, спросить, в чем дело... Но звонить из машины не хотелось. Совсем ни к чему, чтобы водила — вон, ушки на макушке — слушал их разговор с Гараняном. Да и рано еще, зачем зря булгачить человека... Он позвонит ему из дома.

До Сельскохозяйственной ехали долго.

— В час пик попали, — констатировал водитель. — Надо бы надбавку, за сложные условия...

— Нет сегодня часа пик. Воскресенье, — хмуро откликнулся Ходасевич.

Вымогателей он не любил.

— Где остановить? — пробурчал шофер.

— Там же, где я к тебе сел, — повторил Ходасевич. — Не доезжая до продуктового магазина.

Валерий Петрович прекрасно знал, что от магазина отлично просматривается его двор.

Поднимаясь по ступенькам продуктового, Ходасевич бросил взгляд на свой дом. И сразу увидел ее: черную «Волгу» с тонированными стеклами. Машина стояла точно у его подъезда.

Ходасевич остановился как вкопанный, чем вызвал неприкрытый гнев идущей сзади бабули. Она злобно выкрикнула:

— Чего встал, толстый пень?!

— Простите... — пробормотал Ходасевич.

Бабка — кажется, она ожидала ссоры — взглянула на него удивленно. А Валерий Петрович, галантно пропустив ее в дверь, как мог, быстро спустился с магазинного крыльца.

По дороге как раз неторопливо следовало такси. Ходасевич пропустил его. Поднял руку перед следующей машиной. Попросил:

— До метро.

— Пятьдесят, — гадко ухмыльнулся шофер.

Торговаться времени не было.

* * *

Спускаться в метро Валерий Петрович не стал.

Присел на лавочку в загаженном скверике у станции и достал из внутреннего кармана сотовый телефон.

Мобильник ему подарила Таня, хотя он ее и отговаривал: «Зачем мне сотовый? Все равно будет валяться без толку. Да под мои габариты и аппарат не найдешь...» Он взял изящную Танину трубочку и сделал вид, что его толстые пальцы никак не попадают по клавишам, а Таня весело хохотала... Отсмеявшись, падчерица тогда пообещала:

— Я тебе все равно телефон куплю. Огромный, по спецзаказу.

— Татьяна, не смей! — шутливо прикрикнул на нее Валера. — Будешь еще деньги тратить на всякую ерунду!

— Да какие там деньги! — ухмыльнулась Таня. — Я тебе знаешь какой подарю? Кондовый, первого поколения. Такие в секонд-хенде продаются. Стоит гроши, долларов десять. Потому что немодный. Зато кнопки огро-омные...

И действительно подарила — здоровый, с виду — почти стационарный аппарат. Он нещадно оттягивал карман и вызывал веселое оживление у пижонствующих подростков. Но Ходасевича эта модель вполне устраивала. По крайней мере, по кнопкам он попадал без труда. И даже сейчас, хоть и волновался, номер полковника Гараняна набрал с первой попытки...

* * *

Этот опер был вежливым — будто юный Шарапов—Конкин из «Место встречи изменить нельзя».

И одет совсем не в духе времени: свежая рубашечка, галстук, светлый костюм. Голос тихий, вкрадчивый: «Присядьте, вот вам водичка...» Дал ей носовой платок — белейший, отутюженный. Глянцевая картинка. Нет — лакированная, надоедливая рожа.

Тамара с трудом понимала, чего хочет от нее этот молодой человек. Почему его лицо то и дело искажается гримасой нетерпения.

— Я уже все рассказала, — обреченно повторяла она и размазывала по лицу слезы чужим наглаженным платком.

Но чистенький мальчик никак не хотел оставить ее в покое.

— Еще пять минут, Тамара Аркадьевна. Пожалуйста, возьмите себя в руки — и мы закончим наш разговор...

«Мне теперь не о чем говорить. Ни с кем. Ни о чем».

А опер тем временем терпеливо повторял вопрос:

— Вы мне так и не объяснили... Почему вы оказались на даче, а ваш супруг остался дома? Такое бывает часто?

«Такого больше не будет. Никогда».

Слезы текли сами собой, смешивались с водой, вода становилась соленой.

— Пожалуйста, Тамара Аркадьевна. Возьмите себя в руки. — Мальчик тактично отворачивался, чтоб не видеть ее рыданий.

Он все равно не отстанет... И она выдавила:

— Обычно мы ездили вместе... Но в этот раз он сказал, что ему нужно побыть дома. Срочная работа.

— Что за работа? — вскинулся юноша.

— Господи, ну откуда же я знаю! Говорила же вам: он никогда ничего не рассказывал.

— Хорошо, Тамара Аркадьевна. — Мальчик сделал очередную отметку в блокнотике. — Итак, вы приехали с дачи рано. — Он сверился со своими записями. — Если быть точным — в семь тридцать утра. Скажите, пожалуйста, — с чем связана такая спешка?

Его глаза впились в нее, как пиявки.

«Он подозревает меня, — поняла Тамара. — Ищет, за что бы зацепиться».

Ей вспомнилось, как муж говорил про таких — молодых и бестолковых: *«Роют они, роют, да только ничего не нароют!»*

— Я соскучилась по нему, — ответила она мальчику. — И решила приехать. Покормить мужа завтраком. Он же никогда сам не поест, если его не покормишь...

— Значит, вы, — юноша недоверчиво уставился ей в лицо, — специально ехали из Краскова... двадцать минут только на электричке... чтобы приготовить мужу завтрак?

— Да, именно так, — устало ответила она. — И еще я думала: может, удастся уговорить его поехать со мной на дачу... Он сказал, что в субботу — никак, а в воскресенье — может быть...

И она добавила то, что ее муж, будь он жив, безусловно, назвал бы *лишней информацией*:

— Господи, почему я его не уговорила?! Почему не настояла?! Ведь если бы... если бы мы уехали оба...

Тамара снова заплакала, закрыла лицо руками.

Сквозь слезы выдавила:

— Пожалуйста... оставьте меня в покое...

— Тамара Аркадьевна. Тамара Аркадьевна... — не отставал милиционерчик.

Он аккуратно взял ее за плечо.

— Ну что?! Что еще вам?!

— Звонит телефон. Пожалуйста, ответьте.

* * *

Танюшка, любимица, как-то спросила отчима:

— Валерочка! А вот ты беситься умеешь?

— Я — что? — не понял он.

Она со смехом пояснила:

— Да удивляюсь я, что ты всегда такой флегматичный. Неужели ты никогда не психуешь? Не пинаешь мебель, не бьешь посуду?

— Нет. А зачем? — искренне удивился Ходасевич.

— Ну, как же, — недоумевала Таня. — Это ведь лучший способ снять стресс. Я вот, между прочим, старую посуду никогда не выбрасываю. Держу на специальной полке. А когда разозлюсь — расколачиваю ее о стены. Попробуй сам!

Валерий Петрович тогда только посмеялся над Таниным способом снятия стресса. И даже стал откладывать для нее треснутую посуду — пусть бьет, если нравится. Но сам, конечно, бить не пробовал. Дикость какая-то. Есть способы куда цивилизованней: размеренное дыхание, медленный счет от одного до пяти, массаж точек у оснований большого и указательного пальцев...

Но сейчас ни один из проверенных способов не помогал.

В ушах звучал голос Тамары Гаранян — монотонный, подавленный, безнадежный: «Они убили его, Валерочка! Убили!»

Валерий Петрович с отвращением смотрел на телефон.

Ему ведь пришлось расспрашивать ее... задавать наводящие вопросы... уточнять детали... Тамара отвечала послушно, будто запрограммированный на вежливые ответы робот. И все время плакала, плакала...

— Я приеду к тебе, — пообещал Валерий Петрович, и от этого обещания на душе тоже стало тошно. Потому что он отчетливо понимал: в ближайшее время у Тамары он появиться не сможет.

Не обнимет ее, не утешит...

Ходасевич знал: ему нужно выкинуть из головы Тамару Гаранян.

И друга Армена Гараняна — тоже.

Убитого Гараняна.

Но ему надо было освободиться от горя и от чувства вины. И думать только о себе. О том, как уцелеть самому, пока еще не стало слишком поздно.

Уцелеть.

Разгадать.

Найти.

Отомстить.

Вот как много всего ему предстояло сделать. Причем в ближайшее время.

Но мысли сами по себе непрошено соскакивали к Гаранянам.

«Сколько они прожили вместе? Их сыну уже за тридцать... Внуки в школу пошли... Но Тамара до сих пор всегда наряжалась к приходу мужа. И вставала в шесть утра для того, чтобы приготовить ему завтрак. А Гаранян, подвыпив на семейных сабантуйчиках, уверял, что они, как в сказке, умрут с Тамарой в один день. И когда та смущенно краснела, ехидно добавлял: «Потому что я без нее просто с голоду погибну...»

Нет, не может он *не думать* про погибшего Гараняна. И про его несчастную жену...

Валерий Петрович огляделся. В чахлом скверике было совсем пустынно. Народ здесь соберется только к вечеру — тогда все лавочки займут любители пива. А сейчас только ветер ворошит обрывки газет да в помойном ящике копается парочка кошек.

Ходасевич прицелился... размахнулся — и швырнул мобильный телефон в помойный ящик, поверх кошачьих голов.

Возмущенный визг линялых тварей его порадовал, и на душе сразу стало как-то полегче. Да, в Танином способе что-то есть... Будем считать, что стресс он снял.

Сработает ли вторая часть его плана?

Валерий Петрович поднялся с лавочки и тяжело пошагал в сторону метро. Он знал, что сквер прекрасно просматривается из окон вестибюля метро...

* * *

«Девятка» с затемненными стеклами подъехала к скверу через двенадцать минут. Машину, в нарушение всех правил, бросили, не запарковав, прямо на дороге. Так делают только очень уверенные в себе товарищи. Уверенные в своем *праве*.

Из автомобиля вышли трое хмурых мужчин.

Их выправка и то, как они шли — привычно-профессионально страхуя друг друга, — не оставляли никаких сомнений в роде их занятий. К тому же все трое были в широких рубахах навыпуск. Под такими легко помещались, не просматриваясь, кобуры. Или заткнутые за пояс пистолеты.

Молодые люди прямиком направились в сторону помойного ящика.

Того самого ящика, куда он только что зашвырнул свой мобильник...

Других доказательств Валерию Петровичу не требовалось.

Он показал сонной контролерше пенсионное удостоверение и ступил на эскалатор.

Глава 2

ШЕСТОЕ ИЮЛЯ, ВОСКРЕСЕНЬЕ. ДЕНЬ

Таня смотрела на отчима, словно на бога. Или, по крайней мере, как на Джеймса Бонда. Она не скрывала своего восхищения.

— Ну, Валера, ты и выдал! — проговорила она.

— Не понимаю, чему ты радуешься, — буркнул Ходасевич.

— А я картинку представила: как ты по эскалатору

бежишь. Со всех ног. Скрываешься с места происшествия. — Татьяна не удержалась и фыркнула: — А вдруг бы он под твоим весом обрушился?!

— Я не бежал, — слабо улыбнулся Валерий Петрович. — Во-первых, потому что не люблю физическую активность — в любых ее формах. А во-вторых, бегущий человек вызывает подозрения. А толстый и бегущий — тем более... Ладно, отставить смех. У тебя есть предложения, что делать дальше?

Вот так-так! Великий всезнающий отчим спрашивает у нее совета! Таню это порадовало.

— А что делать? Влип ты по самые уши. Мотать тебе надо. Куда подальше.

Отчим пожал плечами, усмехнулся:

— Мотать, говоришь?

— Ну да. Куда-нибудь за границу. На Кипр, например. Туда самолеты каждый день летают, и виза пока не нужна.

— Идея, конечно, хорошая. Только дальше что?

— А что дальше? Пересидишь, пока все успокоится, а потом вернешься. Свежий и отдохнувший. На Кипре хорошо — цветы, море, девушки, мистрали...

— Ну, в мистралях, допустим, ничего хорошего нет, — протянул Валера.

«Неужели согласится?»

Таня тут же засуетилась:

— Кредитка у меня с собой. Там тысячи полторы долларов. На первое время тебе хватит, а потом я еще подошлю. По «Америкэн экспресс». Сейчас позвоним в справочную, узнаем, когда ближайший рейс...

Она выудила из сумочки телефон.

Валера осторожно придержал ее за локоть:

— Отставить, Танюшка. Мы *с тобой* (опять это

греющее душу «*с тобой*»!) не учли одно обстоятельство...

— Думаешь, на границе могут тормознуть? — догадалась она.

— Не в этом дело, — еле заметно поморщился Валера. И объяснил: — Я, конечно, могу скрыться. На Кипр, в Стамбул или куда угодно. Но... вот ты... Ты сама бы в такой ситуации что сделала?

— Убежала, — быстро сказала Таня. — Самый разумный выход. Лежишь на пляже — а проблема сама рассасывается...

Отчим усмехнулся:

— А если так и не рассосется? Нет, Танюшка, Кипр — это не выход. А вот если бы ты мне в Москве укромное местечко нашла... Желательно — с телефоном.

— Ты решил все это так не оставить, — вздохнула она. — Будешь бороться.

— Да. Буду, — кивнул Ходасевич.

— Но зачем? — спросила Таня.

— А ты? Ты бы на моем месте оставила все, как есть? — пожал плечами отчим.

— Но силы-то неравные! — воскликнула она. — Коцнут тебя, Валера, — и вся любовь.

Замечания по поводу жаргонного слова «коцнуть» отчим ей делать не стал. Наоборот — использовал его сам:

— Если сил у них достаточно, они меня где угодно коцнут. И на Кипре достанут. Тем более «левого» паспорта у меня нет... И сделать я его сейчас не смогу.

— Давай я это попробую устроить, — в азарте предложила Таня.

Отчим только рукой махнул:

— Устроить? Ты?.. Детский сад! Нет, Татьяна. Я в Москве останусь.

— Да куда тебе с ними тягаться?! Ты, говоришь, через сколько они приехали после того, как ты телефон выкинул? Через десять минут? Через пять?

— Нет, Таня, — повторил отчим. — Я останусь. Мне нужно узнать, почему моего друга убили. И кто.

Таня только рукой махнула:

— Ладно, не продолжай. Тебя разве переспоришь. Только, чур, уговор: я буду тебе помогать.

Валера, кажется, хотел возразить. Но перехватил решительный взгляд падчерицы и покорно сказал:

— Хорошо. Помогай. Я тебе уже говорил: мне нужно укрытие. Жилье с телефоном. Цивилизованное, но чтобы без любопытных соседей. Может, мне квартиру снять? Есть в Москве такие фирмы, которые в тот же день жилье могут найти?

— Есть-то они есть... — возразила Таня. — Но, во-первых, эти фирмы обещают много, а делают мало. А во-вторых, туда нужно с паспортом идти. Твоим или моим. Как я поняла, это нас с тобой не устраивает...

— Да, лучше бы без паспорта, — согласился Валера. — Частным порядком.

— Вот я и думаю... Слушай... а как ты относишься к загородной жизни?

Могла бы не спрашивать: Валера тут же скривился.

Дачник из него был никудышный — или просто дача у отчима была неправильная?

Валерин загородный домик находился в Абрамцеве. Симпатичная деревянная дачка на большом ухоженном участке. На Танин взгляд, туда можно ездить из-за одних сосен — величественных вековых красавиц. А чего стоили кусты малины, которые росли вдоль забора из сетки-рабицы? А пруд с симпатичными лягушками — идти до него всего-то метров сто?

Но отчим соснами не восхищался, малину не собирал и на пруд не ходил. Зато каждый поход в уличный туалет превращался для него в пытку. А визит к колодцу он приравнивал к подвигу.

— Где ты видела дачи с телефонами?

— Ну и темный же ты, Валерочка! — фыркнула Таня. — Во-первых, мобильники уже давно работают во всем Подмосковье. Во-вторых, в нормальных коттеджах — и московские телефоны есть. А насчет удобств... Я же тебе не дачу предлагаю, а настоящую *загородную жизнь*.

* * *

Загородную жизнь Тане навязал начальник — генеральный директор агентства «Пятая власть». Он оставил ее «на хозяйстве», уведомил, что «за агентство она теперь отвечает головой», и убыл на Мальдивы, греть пузо на белом песочке.

Перед тем, как уехать в отпуск, генеральный вызвал Садовникову в свой кабинет.

— Опять будете ЦУ давать? — Таня надеялась, что шеф не заметил, как она скривилась.

— Нет, — обрадовал ее босс. — У меня к тебе, так сказать, частное поручение.

Он торжественно распахнул барсетку и вручил ей ключи:

— Вот, держи. Это от моего коттеджа. Будет куда на выходные съездить.

— Да уж, это великая честь, — искренне оценила Татьяна.

Про коттедж начальника в агентстве давно ходили легенды. Строил он его долго, лет десять — с начала девяностых годов. И наворотил, по слухам, самую настоящую виллу. Рассказывали про джакузи, зимний сад со стеклянной крышей и фонтан с золотыми рыбками.

Правда, своими глазами это богатство никто из тружеников «Пятой власти» не видел — туда приглашались только важные клиенты, друзья-партнеры и «крышующие» чиновники.

А поглядеть, верно, было на что. Вон даже ключи — и те необычные: Таня удивленно разглядывала серебряный брелок, на котором болтались пластиковые карточки, похожие на кредитки.

Она иронически спросила тогда генерального:

— Чем я это заслужила?

Шеф патетически ответил:

— Безупречным поведением. И потом, мне нужно, чтобы за коттеджем кто-то присматривал. Рыб в фонтане кормил. И мне почему-то кажется, что именно ты не будешь устраивать там пьяных оргий.

— Решили сэкономить на прислуге, — усмехнулась Таня. Но ключи приняла. — Спасибо, конечно, за оказанное мне высокое доверие, — поблагодарила она. — А часто этих ваших рыб нужно кормить?

— Нечасто. Два раза в неделю. — Начальник не удержался и добавил: — В свободное от основной работы время.

— Минуточку, — съехидничала Татьяна. — Не поняла: кто я теперь — экономка или креативный директор?

— Отдавай ключи, — вздохнул генеральный.

— Ладно, не волнуйтесь, — Таня дала задний ход. — Никто не пострадает. Ни работа, ни рыбки.

Хотя рыбки, наверное, все же страдали. Только не могли об этом никому сказать. Работы в последние дни у Татьяны было столько, что золотистым красавицам приходилось голодать. В последний раз она выбиралась в особняк пять дней назад. Вбухнула рыбам полбанки сухого корма, полчасика повалялась в шезлонге — и помчалась обратно, в Москву: назавтра с раннего утра предстояли переговоры...

— В общем, диспозиция такая, — рассказывала Таня своему отчиму Валерию Петровичу. — Это закрытый поселок на берегу водохранилища. Въезд по пропускам, охрана с ружьями, и собак — целое стадо.

— Стая, — машинально поправил Валера.

— Именно стадо! — не согласилась Татьяна и пояснила: — Потому что они очень добрые. Гавкают, а сами хвостами виляют... Ну, вот. Домик, по местным меркам, маленький: триста квадратов. Но все удобства, конечно, есть. И душ с сортиром, и стиралка, и посудомоечная машина. А, еще джакузи имеется, — она окинула Валеру оценивающим взглядом, — только ты туда, пожалуй, не поместишься...

— Далеко это от Москвы? — с интересом спросил Валера.

— Два шага. То есть километров двадцать. За полчаса домчимся, если пробок не будет.

— Приемлемо, — кивнул Валера. — А когда твой начальник возвращается?

— Не скоро. Он отпуск сразу за два года взял.

— Как там с питанием?

Даже в таких, прямо скажем, экстремальных условиях Валерий Петрович умудрился подумать о пропитании.

— С голоду не помрешь, — заверила его Таня. — Правда, в самом поселке есть только палаточка, но там и кофе, и хлеб, и фрукты — в общем, на первое время хватит. А основную еду я тебе из города привезу. По списку или по своему усмотрению.

— Но телефона, конечно, нет, — констатировал Валера.

— Обижаешь! — фыркнула Таня. — Полно там телефонов — по аппарату в каждой комнате. Шеф специально так сделал: сидит в зимнем саду или у камина и названивает нам в агентство, демонстрирует полный контроль.

— Да, роскошное лежбище. — Валера поднялся с лавочки. — Поехали.

* * *

Таня очень боялась, что когда отчим разместится в особняке, то вежливо отошлет ее прочь: езжай, мол, Танюшка, продолжай свое совещание — не буду тебе мешать. Но уезжать не хотелось, и она таскала Валеру по всем комнатам. Заставляла его любоваться видом на водохранилище, где на рейде дремали яхты. Водила в зимний сад и просила «проверить на прочность» плетеное кресло. Показывала, как включать водонагреватель.

Однако Валера конца экскурсии не дождался.

— Спасибо, Танюшка, хватит. Я сам во всем разберусь. А к тебе у меня есть еще одно поручение.

Танино сердце радостно трепыхнулось. Она успела подумать: «Во, как интересно! Когда на работе мне генеральный что-то *поручает* — я злюсь, хотя мне там и зарплату платят. А когда Валера о чем-то просит, наоборот, радуюсь...»

Отчим словно прочитал ее мысли, сказал:

— Кстати, напрасно радуешься.

И не удержался, добавил:

— По-моему, ты просто не понимаешь, насколько все это серьезно.

— Да понимаю я! — Таня постаралась, чтобы голос звучал максимально сосредоточенно. Но, видно, у нее не получилось. Потому что отчим продолжил:

— И, пока ты со мной, рискуешь не меньше, чем я.

— Ладно, Валерочка, не хмурься, — утешила его падчерица. — Мы им всем козью морду сделаем!

— Знаешь, Таня, — строго сказал экс-полковник. — Иногда мне кажется, что у тебя задержка...

Танино лицо вытянулось. А отчим закончил:

— ...Задержка в эмоциональном развитии. Ведешь себя как малый ребенок.

— Уж лучше как ребенок, чем как толстая клуша! — фыркнула Таня. — Ну, ладно. Говори, что у тебя за поручение.

— Найди мне Пашу Синичкина, — попросил тот. — И объясни ему, как сюда добираться. Пусть срочно приезжает.

— Может, просто позвонить ему? — предложила она.

— Нет. Я тебя прошу: никаких разговоров по телефону. Звоним друг другу, только если надо срочно договориться. И только из телефона-автомата. И говорим не больше тридцати секунд.

Таня нахмурилась:

— А ты не перестраховываешься? Неужели у них действительно такие неограниченные возможности?

— Надеюсь, что нет, — вздохнул Валера. — Но все равно: говорить о деле лучше лично. И Павлу скажи: по пути сюда пусть на всякий случай проверяется.

— Все сделаю, Валерочка, — заверила его Таня. — Все, как ты сказал.

— А сама сюда не показывайся, — приказал Валера. — Продукты мне будет Синичкин привозить.

— Да мне и самой некогда по всяким дачам разъезжать, — лицемерно заявила Таня.

Но возмущенно при этом подумала: «Ишь, чего захотел! Пашке он все расскажет, а я ни при чем?! Нет уж, Валерочка! Ты меня за простушку-то не держи!»

* * *

Таня Садовникова обожала Пашу Синичкина — бывшего опера, а ныне — частного детектива. Как было не любить высокого, мускулистого красавца — острого на язык и бесстрашного. Когда-то, лет пятнадцать назад, Пашка оказался любимым учеником Валерия Петровича. С тех пор он был ему чрезвычайно предан. А после нескольких дел, совместно раскрученных им с Татьяной, Паша стал предан и ей.

Имелся, правда, у Синичкина и недостаток. Единственный, но важный: *недостаток извилин*. Но, надо отдать ему должное, Павел никогда не корчил из себя Ниро Вульфа. Охотно соглашался на роль Арчи Гудвина.

Он лихо гонял на своей «девятке», указания выполнял четко и без самодеятельности. Большего от него никто не требовал.

«А уж если у Павла будет такой мозговой центр, как Валерочка (ну, и я, конечно), мы их всех разорвем. В клочья», — самонадеянно думала Татьяна.

Она быстро и уверенно ехала по Ленинградскому шоссе, направляясь к Паше.

Синичкин проживал в самом что ни на есть центре — на Большой Дмитровке. Когда-то его квартира представляла собой ужасную, неухоженную коммуналку. Народу там было прописано, правда, меньше, чем в Вороньей слободке, но имелись, по законам жанра, и пьющий сосед, и вздорная соседка. Конечно, постоянно полыхали скандалы — как обычно, из-за всякой дряни: непотушенной лампочки в туалете или поздних возвращений с громким топотом по коридору.

Если бы Павел остался служить в «ментуре» — то, наверное, так и жил бы в своей Вороньей слободке до самой пенсии. Но работа частным детективом («Особенно с такими клиентами, как я», — важно думала Таня) плюс режим жесткой экономии (зачем такому красавцу дорогие костюмы — он и в потертых джинсах выглядит прекрасно) позволили Паше свою коммуналку расселить. Пьяница и вздорная соседка отправились в отдельные квартирешки на московских окраинах, а Синичкин пару лет промучился с капитальным ремонтом и теперь проживал на Большой Дмитровке настоящим «принцем на выданье». Сто квадратов личной жилплощади, свеженький паркет, шелковые обои в спальне и зеркальный потолок в ванной.

Таня позвонила Синичкину из автомата на «Маяковской». Выдала заранее заготовленный текст:

— Надо срочно увидеться. Я сейчас приеду.

Павел коротко бросил:

— Жду.

В глубине квартиры Тане почудился женский хохоток.

«Наверняка сейчас нарвусь на какую-нибудь Пашину цыпочку», — с неудовольствием подумала она. Хотя что ей, собственно, злиться? Синичкин в свой законный выходной расслабляется с курочками. Подумаешь! Она-то на него какое имеет право?

Но все равно, когда Павел открыл дверь и Таня поняла, что он один, сердце радостно трепыхнулось.

Синичкин, увидев ее на пороге, просиял. Заулыбался, сжал в стальных объятиях:

— Ой, Татьяна, какими судьбами!

Она с удовольствием чмокнула Пашу в свежевыбритую, пахнущую хорошим лосьоном щеку. Улыбнулась:

— Ну, распугала я твоих девиц?

— Какие девицы? Один как перст! — фальшиво вздохнул Павел.

Но по легкому запаху духов в гостиной Таня определила: Пашина подружка ушла только что. Впрочем, еще раз: какое ей-то дело до его девиц?!

Она с удовольствием выпила кофе «а-ля Синичкин» — крепчайший напиток с большим количеством сахара. И, только сделав последний глоток, объявила:

— Похоже, Паш, у меня для тебя есть работа.

— Слушаю внимательно.

— Работа бесплатная. Но зато очень срочная. И очень опасная.

* * *

Когда выехали на Ленинградку, Таня сказала.

— Пашенька, скажи Валере, пожалуйста, что твоя машина сломалась. И ты попросил, чтобы я тебя до его дачи подвезла.

Синичкин нахмурился:

— Он запретил тебе приезжать?

«Когда не надо, Паша соображает мгновенно», — с неудовольствием подумала Таня.

— Да нет, не в этом дело, — сыграла она (кажется, убедительно). — Просто ему не хотелось, чтоб я моталась туда-сюда.

Синичкин недовольно покачал головой.

— Подставляешь ты меня, Татьяна.

— Наоборот, помогаю, — со всей возможной искренностью проговорила она. — Как бы ты без меня этот Валерочкин коттедж нашел? Там, когда с шоссе съедешь, очень сложно, сплошные развилки...

Павел снова нахмурился. Но машина уже летела в районе Водного стадиона — и что ему оставалось делать? Выспрашивать у Татьяны дорогу, потом отправлять ее назад, а самому голосовать — ловить частника на залитом солнцем проспекте? И Павел только махнул рукой.

— И еще я тебя попрошу, — сказала Таня, переходя на пятую передачу. — Посматривай, пожалуйста, не едет ли за нами кто.

Павел пробормотал:

— Ну, ты артистка...

Однако все ж таки высунул руку в открытое окно и стал подстраивать под себя правое зеркальце заднего вида.

* * *

— *Где она?*

— *Ее мы пока не нашли.*

Дача наверняка напичкана микрофонами. И хотя генерал был уверен: ни у кого в отношении его нет никаких подозрений, все равно предпочитал не рисковать.

Вдруг его решили послушать для профилактики — как время от времени слушали всех.

Поэтому они с Кобылиным прогуливались по асфальтовой дорожке, прихотливо извивающейся на территории участка среди самого натурального леса. Только трехметровый зеленый забор метрах в двадцати от них (да асфальт под ногами) напоминали о том, что они находятся на облагороженной дачной территории.

— Вы ее ищете?

— Конечно.

— Плохо ищете.

— Делаем все, что можем.

— Нет, не все.

Генерал остановился — его собеседник тоже.

Генерал повернулся к нему — Кобылин покорно стоял, глядя в сторону.

«Шваль, — мелькнула гадливая мысль. — Впрочем... Разве у меня есть выбор?»

Он схватил собеседника за отвороты рубашки. Приблизил свое лицо к нему. Прошипел:

— Нет, ты не все делаешь, Кобылин. Не все! Знаешь, чем это для тебя кончится? Знаешь?!

Он постепенно начинал говорить все громче, распаляясь от собственной власти и безнаказанности.

*— Ты у меня на нары пойдешь, Кобылин, понял?! На нары! Ты, кажется, забыл — **что на тебе висит**?! Забыл — кто твой бог и повелитель?! А?! Ну, отвечай! Кто твой бог и повелитель?!*

— Вы, — покорно сказал тот.

— «Вы» — что?

— Вы, — жалко пролепетал Кобылин, — мой бог и повелитель.

— То-то.

Генерал почувствовал на секунду сладостное, почти оргастическое удовольствие от унижения собеседника. На душе полегчало. Наладилось дыхание, и день как будто бы стал ярче, полыхнул всеми красками: изумрудной травой, лазурным небом, ослепительно белыми облаками.

Не оглядываясь на собеседника, генерал зашагал дальше. После вспышки гнева сердце билось чаще, а все тело заливало тепло. Собеседник семенил рядом, отставая от него на шаг.

— Три дня тебе даю, — уже спокойно сказал генерал. — Три. Найдешь мне толстяка и... — Он сделал паузу, глубоко вздохнул. — И девчонку. Девчонка важнее. Понял?

— Так точно.

— Что понял?

— Толстяк и девчонка. Девчонка важнее.

Генерал устало махнул рукой:

— А теперь ступай с глаз моих, Кобылин.

Собеседник тут же круто, как по команде «кругом», развернулся и быстро пошел по дорожке по направлению к воротам.

* * *

Таня и Павел прибыли в «укрывище» Валерия Петровича Ходасевича в тот час, когда дачники уже снимались с мест — ехали по направлению к Москве. Шоссе в сторону столицы стояло наглухо.

— Люблю ездить против часа пик! — весело сказала Таня.

— Ты вообще все *против* любишь, — буркнул Паша. — Против правил, против того, о чем тебя просят...

— Молчи, философ, — беззлобно огрызнулась она. — За «хвостами» лучше посматривай.

До особняка добрались без приключений.

Когда Таня запарковала свою временную разъездную машину посредине шефского газона, на крыльцо особняка вышел отчим. В интерьере богатого «новорусского» дома он смотрелся вполне органично: этакий нефтяной топ-менеджер, которому выпало счастье разбогатеть на левых продажах «черного золота». Олицетворение сытости и благодати.

Однако когда он увидел падчерицу, его круглое лицо выразило крайнее неудовольствие.

— Здравствуй, Пашенька, — бросил он и протянул Синичкину руку.

— Здравствуйте, Валерий Петрович.

— Проходи в дом.

Татьяна замешкалась, выходя из машины (да и страшновато было являться пред очи отчима). Валерий Петрович не поленился, сошел с крыльца и потопал по направлению к ней. Синичкин тем временем исчез в доме.

— Я же просил, Татьяна, больше здесь не появляться, — ледяным тоном проговорил отчим.

— У Пашки машина сломалась.

— Давай разворачивайся и дуй домой, — сухо приказал полковник Ходасевич.

На глазах у Тани закипели слезы.

— Ты что же, и чаем меня с дороги не напоишь?

— Не напою, — коротко и категорично ответил отчим и повернулся в сторону дома, показывая, что разговор окончен.

— Ах, вот как! — вскричала она. — Значит, когда тебе убежище нужно — тогда «Таня, помоги»?! А как получил свое — так «пошла вон»?! Так, да?!

Выкрик ее получился совсем детским, и Татьяна осознавала это, но очень уж оскорбительным показалось ей поведение отчима. И чрезвычайно обидно было уехать, так и не узнав, в чем дело.

Что заставило всесильного (как ей казалось) полковника бросить свою любимую квартиру и искать пристанища в чужом доме? За что убили Гараняна? Что отчим и Армен раскопали в уголовных делах? Зачем Валере понадобился Пашка? И что они с ним вместе затевают?

Валерий Петрович снова повернулся к ней.

— Татьяна, слушай меня внимательно, — спокойно и строго проговорил он. В редчайших случаях — по пальцам одной руки можно было пересчитать! — Валера называл ее не Танюшкой, не Танечкой, а официально: Татьяной. Так он говорил, только когда был не на шутку рассержен.

— Татьяна, не хочу повторять. Это взрослые игры. Очень опасные игры. Тебе здесь нечего делать.

Он развернулся и пошел к дому. И Таня поняла, что никакие ее крики или слезы не смогут заставить отчима переменить свое решение.

Валерий Петрович, ни разу не обернувшись, исчез в особняке — в своем убежище, которое, между прочим, нашла для него она.

«Ах так! — опять по-детсадовски воскликнула она и закусила губу. — Ну, мы еще посмотрим!»

Таня снова уселась за руль разъездной «девятки». Вытянула до отказа подсос. Подкачала педалью бензин. Повернула ключ зажигания. «Тых-тых-тых», — пропыхтел стартер, а потом, как и следовало ожидать, машина, захлебнувшись бензином, заткнулась.

просто считает, что выдавать лишнюю информацию преждевременно.

— Значит, запрошенные дела угрожали этому *некто* гибелью? — спросил Павел.

— Думаю, да.

— И он узнал, что дела запросила ФСБ?

— Именно.

— Кроме того, *некто* выяснил, что новым расследованием занимались конкретно вы с Гараняном?

— Ты все правильно понимаешь, Пашенька.

— И он убил Гараняна и стал преследовать вас?

— Так точно.

— Значит, — заключил Павел, — он, этот *некто*, человек, во-первых, чрезвычайно информированный. Во-вторых, влиятельный. А в-третьих, ему подчиняются настоящие отморозки. Раз уж они убили Гараняна.

— Браво, Паша. Ты стал прекрасно логически мыслить.

Если в голосе Валерия Петровича и прозвучала ирония, то она была настолько тонкой, что ее заметила одна лишь Таня. Но не Паша.

— Спасибо. Ваша, Валерий Петрович, школа.

Синичкин был как никогда серьезен.

Таня еле удержалась от смешка.

Паша стал развивать свою мысль дальше.

— Значит, этот *некто* — кто-то из руководства нашего МВД, — проговорил он. — Или *вашей* ФСБ.

Несмотря на то что они оба давным-давно не служили в ФСБ и в МВД, Павел до сих пор оперировал понятиями «*наше* министерство», «*ваш* комитет».

— Не факт, Пашенька, — покачал головой отчим.

— Почему же не факт?! — Синичкин, показалось

Таня еще раз, обмирая («Только б не завелась!»), крутанула стартер. Слава богу, никакого результата.

Тогда она с чувством выполненного долга открыла капот. Надела нитяные перчатки — не дай бог попортить маникюр. Оглянулась: не видно ли ее манипуляций из дома.

Кажется, видно не было. Поднятый капот заслонял ее от нескромных взглядов из окон.

Тогда она выдернула центральный провод из крышки трамблера. Другой его конец вытащила из катушки зажигания.

Провод оказался у нее в руках.

Она еще раз оглянулась на дом: похоже, мужчины отправились пить чай на кухню, а окна ее выходили на противоположную сторону. Татьяна размахнулась и зашвырнула провод в кусты. Получилось далеко — недаром она играла в теннис. На всякий случай она постаралась запомнить место падения.

Затем она уселась за руль с приятным чувством выполненного долга: терзать аккумулятор дальше.

...Примерно на пятнадцатом бесплодном прокруте стартера из дома вышел Паша.

С псевдонедовольным лицом прошагал по лужайке к машине. Таня выскочила из-за руля, воскликнула:

— Что-то не заводится!

А когда Павел оказался совсем рядом, приникла к нему и зашептала:

— Пашенька, Пашуня, пожалуйста! Не выдавай меня!

Расчет ее был на то, что отчим в устройстве двигателей внутреннего сгорания все равно ни бельмеса не смыслит...

...И этот расчет блестяще оправдался.

Через десять минут Татьяна уже смиренно сидела в уголке огромной буржуинской кухни, скромненько прихлебывала чай с сухариками и делала вид, что нисколько не интересуется разговором, который ведут мужчины. Хотя ушки у нее, конечно, были на макушке.

Жаль только, что она не застала начала беседы. Но, слава богу, отчим не отправил ее куда-нибудь в гараж под замок. А то с него станется. Комитетчик, блин! Первая форма секретности!.. Татьяна до сих пор злилась на него.

Но, по правде говоря, одновременно и радовалась: мужики все ж таки оказались джентльменами. И, коль скоро она проникла в дом, не стали отсылать ее, как семилетнюю девчонку, в дальнюю комнату. Разрешили присутствовать при разговоре. А следственно, не мытьем, так катаньем она вот-вот узнает, какое такое «дело номер триста шесть» заставило Валерочку скрыться из собственного дома. Что он, спрашивается, такого нарыл? А главное, что именно отчим вместе с Пашкой собираются предпринять?

Павел спросил, намешивая себе очередную бадью кофе:

— Откуда они узнали, что вы, Валерий Петрович, вышли на след?

«Кто это, интересно, они?»

— А они и не узнали, — спокойно отвечал отчим, посасывая сигарету.

«Ох, задаст мне генеральный перцу, — подумала Таня, — когда Валерочка его особняк прокурит!»

— Тогда почему они «запалили» конспиративную квартиру? — спросил Пашка. — И почему ждали вас около вашего дома?

— Потому же, почему они убили Гара... — пожал плечами Валера.

— Действительно, почему?

«Да, он, конечно, туповат, этот Пашка, — думала Таня. — Я бы сразу обо всем догадалась. Конечно, если бы обладала информацией в полном объеме».

Отчим покосился на Татьяну. Та сделала вид, что смотрит в окно и разговором мужчин ничуть не интересуется. Валера проговорил:

— События развивались, я подозреваю, следующим образом. Некто узнал, что определенные уголовные дела запрошены комитетом...

Валера называл ФСБ по старинке комитетом.

— И не просто комитетом, — продолжал он, — но конкретно — Гараняном. В каких-то из дел содержалась информация, компрометирующая этого некто. Серьезно компрометирующая. Угрожающая ему гибелью...

Отчим затушил одну сигарету и тут же закурил другую. Стал расхаживать по кухне.

— Причем данная информация содержалась в этих документах в неявном виде, — произнес он. — Между ними, этими делами, существовало что-то общее. Об этом мне и Гаранян говорил... И ее, эту связь, можно было заметить... Обнаружить... А можно и не заметить. В МВД, похоже, ее не заметили... Или не захотели.

— А вы? — воскликнул Пашка.

— А я... — Отчим покосился на Таню. — Я не знаю.

Татьяна поняла: он чего-то недоговаривает. Может, потому, что она здесь. А может, Валерий Петрович не до конца доверяет Пашке. Даже Пашке. Или

Тане, был поражен до глубины души. — Кто еще мог о делах узнать? А потом подослать к Гараняну и к вам отморозков?

— Вот это меня и смущает, — выдохнул очередную порцию табачного дыма Ходасевич.

— Что?

— Отморозки.

— В смысле?

— А в том смысле, что отморозки в ФСБ не служат.

— Пожалуй, нет, — согласился Синичкин.

— В милиции, как я понимаю, тоже, — продолжил полковник.

Его ирония наконец дошла даже до толстокожего Пашки.

— Еще как служат, — ухмыльнулся он.

Отчим стал донельзя серьезным и пристально посмотрел на Синичкина.

— А как ты себе реально представляешь ситуацию? Генерал милиции вызывает майора спецназа и приказывает ему замочить двух полковников ФСБ?

— Именно так это я себе и представляю, — буркнул Павел.

— Н-да... К сожалению, не так уж невероятно. Вполне может быть...

— Вот-вот, — вставил Синичкин.

— Но ведь возможны и другие варианты... — задумчиво сказал Ходасевич.

— Например?

— Например, в МВД или в ФСБ сидит «крот».

— Чей «крот»?

— Не знаю.

Полковник Ходасевич выдержал паузу, раскурил еще одну сигарету и махнул рукой:

— Работать он может на кого угодно. На главаря преступной группировки. На Администрацию президента...

Отчим встал, в задумчивости стряхнул пепел прямо на пол, прошелся по кухне. Продолжил:

— Он может работать и на Федеральную службу охраны. И на Службу внешней разведки. Наверху, знаешь ли, все следят за всеми...

— Ну и что мы имеем при таком раскладе?

— Допустим, именно «крот» сообщил своим хозяевам о нашем с Гараняном интересе к делам. А он, этот «крот», может оказаться кем угодно. Секретаршей. Фельдъегерем. Архивариусом... Правильно я рассуждаю? — отчим задумчиво задал риторический вопрос. И, хоть он и не нуждался в одобрении, Паша брякнул: «Правильно». (Таня сочла за благо отмолчаться.)

— Итак, — Валерий Петрович продолжал мерить шагами кухню, — этот «крот» настучал на меня с Гараняном своим хозяевам. И они начали действовать. Сначала убрали Армена. А теперь пытаются ликвидировать меня... Как ты считаешь, возможен такой вариант?

Синичкин нехотя согласился:

— Возможен. — И, подумав, добавил: — Но версия о «кроте» сильно расширяет круг подозреваемых.

— К сожалению, да, — кивнул отчим.

И тут Татьяна не удержалась. Она выпалила со своего места в уголке («Лучше б уж сидела тихо, дура!»):

— Значит, нужно идти другим путем! Надо, Валерочка, выяснить, что связывает между собой те уголовные дела, которые ты изучал!

Отчим медленно и недовольно стал разворачивать к ней свою объемистую тушу.

— И я не верю, Валерочка, — Татьяна все-таки прокричала свою мысль, пока тот не перебил ее, — чтобы ты, когда просматривал дела, ни о чем не догадался!

Повисла неловкая пауза. Отчим посмотрел на Таню с выражением: откуда ты, мол, вообще тут взялась? Затем перевел взор на Синичкина и досадливо проговорил:

— Я тебя прошу, Паша. Очень прошу. Почини ты в ее колымаге то, что она там испортила. — И обратился к Тане: — Помнишь такую английскую поговорку: любопытство сгубило кошку?

Та повесила голову.

— Я тебе, Татьяна, советую, — продолжил полковник. — Нет — приказываю... Нет, даже умоляю: не уподобляйся ты той самой кошке. Езжай домой. Подобру-поздорову.

— Пока жива, — поддакнул Пашка.

...Через пятнадцать минут все было кончено. Татьяна рулила на своей колымаге в сторону дома. Отчим и Павел остались на даче обсуждать свои важные дела.

«Шовинисты! — восклицала Таня в адрес мужчин первую половину дороги, все время, пока ехала в толпе дачников по загородным трассам. — Конспираторы! Шпиономаны!»

Однако, когда она миновала развязку с Кольцевой дорогой, направление ее мыслей переменилось.

Она сказала самой себе: «А ведь все равно они без меня не обойдутся!»

Таня не знала, по какой причине мужчины обратятся к ней за помощью и за какой конкретно, но она это предчувствовала. И потому сразу повеселела.

Глава 3

СЕДЬМОЕ ИЮЛЯ, ПОНЕДЕЛЬНИК

Слежку за собой Таня заметила утром.

Она ехала на работу и слушала «Рамштайн». «Ду-хаст! Ду-хаст!» — разрывался машинный магнитофон. Бедному маленькому «пежику» и соседям по пробкам эта музыка не нравилась, зато Таню безумные вопли немецкой группы настраивали на решительный лад. Решительность ей сегодня ох как понадобится — когда на презентацию пивной рекламы явится заказчик и начнет возмущаться, что «агентство известное, а наворотили полную чушь».

Таня была вся в своих мыслях и потому обратила внимание на машину, следующую за ней сзади, уже в самом центре, когда ехала по Котельнической набережной.

Неприметная темно-синяя «Дэу Нексия». Тащится за ее «Пежо» с самого Рязанского проспекта. Тонированные стекла «Нексии» наглухо задраены — очевидно, внутри работает кондиционер. Стекла затонированы так сильно, что даже лобовое отливает синим — поэтому разглядеть, кто сидит в машине, нет никакой возможности.

Может, это случайность? Совпадение? А может, дорожный Казанова желает познакомиться?

Но моторизованные донжуаны обычно всячески стараются обратить на себя внимание избранной девушки. Этот водитель держался тихо, как мышка, и никакого очевидного интереса к Татьяне не проявлял.

На перекрестке у Яузы, у высотного здания, Таня остановилась на светофоре в правом ряду. Она оказалась на стоп-линии первой. «Нексия» притулилась сзади, за три машины до нее.

— Ну, поглядим, что вы за фрукты, — вслух прошептала Татьяна.

Ее «пежик», хоть и был уже совсем не нов, разгонялся — дай бог любой «бэээмвэхе». Машина весом всего-то восемьсот кило (плюс пятьдесят Таниных) брала с места суперрезво, обставляя неповоротливые джипы и «Ауди».

Таня заранее отжала сцепление и воткнула первую передачу.

Она ездила этим маршрутом на работу уже три года и потому примерно знала — чувствовала! — когда на каждом светофоре на ее пути зажжется разрешающий сигнал.

Вот и сейчас: едва мигнул красный, Таня тут же задала шпор своему железному коню. «Пежик» так и прыгнул вперед. Тане почудилось, что преследующая ее машина укоризненно прошептала: «Ну вот. Сначала «Рамштайном» меня травишь, а теперь гонками».

Татьяна успокаивающе погладила «пежика» по кнопке гудка и выжала газ до упора. Вторая передача, третья... На спидометре сорок, шестьдесят... Впереди — пустое пространство. Машины, стоявшие вместе с ней на светофоре, остались далеко позади. Ничто не мешало ей разгоняться. Четвертая передача! Скорость — восемьдесят!

В зеркало заднего вида Таня заметила: «Нексия» увидела ее бегство и заметалась в потоке, пытаясь настичь улетающего «пежика». Вот машина преследователей опасно перестроилась, подрезала джип — тот обиженно загудел. Еще одно перестроение...

— А водитель у этой тачилы совсем неплох, — прошептала Таня.

Она неслась по правому ряду мимо военной академии. Мелькали решетки и колонны.

Впереди, на перекрестке с Китайгородским проездом, горел красный. У светофора сгрудилось железное стадо автомобилей.

«Нексия» сзади еще раз лихо перестроилась и, кажется, успокоилась: люди в ней заметили ярко-красный «Пежо».

Таня сбросила скорость. Она не собиралась больше гнать. Сомнений не было: «Нексия» и в самом деле ехала за ней.

— Что и требовалось доказать, — прошептала она.

...Всю дальнейшую дорогу Таня видела, что «Нексия» держится сзади. Корейская машина повернула за ней направо у Большого Каменного моста. Затем не свернула, как многие, налево на Новоарбатский проспект, а потащилась вслед за Таней на Манежную...

Да, сомнений никаких не было. Это слежка. Но кто? И зачем?

Справа промелькнул Манеж и башни Кремля, слева — факультет журналистики с чугунным Ломоносовым, потом родной психфак... Успокоенная «Нексия» тащилась за Таней, соблюдая дистанцию в две-три машины.

На следующем светофоре, возле здания Госдумы и пока еще не снесенной гостиницы «Москва», Тане надо было сворачивать налево, на Тверскую.

Однако она пробормотала: «Ну, мы еще посмотрим, кто кого» — и круто взяла вправо. Поперек всему потоку, уходящему по направлению к Большому театру, — четко, аккуратно и никого не подрезая — перестроилась в крайний правый ряд. И тормознула у угла гостиницы «Москва».

Здесь, напротив Думы, днем и ночью торчали милиционеры. И сейчас они, конечно, были на посту.

Татьяна выскочила из машины, даже не заперев ее, и кинулась к ближайшему стражу порядка.

— Товарищ майор! — закричала она (хотя и видела, что постовой всего лишь лейтенант). — Товарищ майор! Они меня преследуют!

«Майор»-лейтенант поднес руку к околышу фуражки и отрапортовал, невнятно пробормотывая звание:

— Бур-бур-бур Кошкарев, второй отдельный батальон ДПС.

— Они едут за мной! — истерически кричала Таня. — Подрезают меня! Вон те, на «Нексии»!

Таня затыкала пальцем в машину, как раз проезжавшую мимо. Поток уносил автомобиль преследователей прямо, в сторону Большого театра и «Метрополя». Таня, естественно, не видела, что происходит за тонированными стеклами, но готова была поклясться, что неведомые ей пассажиры головы свернули, пялясь на нее рядом с милиционером.

— Вон она, вон! Вот эта «Нексия»! — кричала Таня. — Они мне прохода не давали! Остановите их!

— Девушка, давайте успокоимся. Мы разберемся, — проговорил лейтенант-майор Кошкарев.

— Это хулиганы! Бандиты! Свистите им! Свистите!

— Девушка, давайте напишем объяснение.

Татьяна видела: «Нексия» не решилась остановиться в виду поста. Она уже подъезжала к светофору у гостиницы «Метрополь». Теперь преследователям некуда было деваться — только подниматься вместе с потоком вверх, к Лубянке.

— Какое объяснение, товарищ майор! Они уехали! А я на работу опаздываю!

— Что вы предлагаете?

Таня решительно сменила тон.

— Ничего не предлагаю. Просто хочу вам спасибо сказать. За то, что вы здесь стояли. За то, что выслушали. И за то, что помогли.

— Да чем же я вам помог?.. — вдруг смутился гаишник.

Таня промурлыкала:

— Ну, как... Выслушали. Не погнали.

— Так, вы запомнили номер этой «Нексии»? — оживился гаишник.

— Да ладно, бог с ней, с «Нексией», — вздохнула Таня. — Первый раз, что ли? Наверно, я им просто понравилась...

По глазам милиционера Таня читала: ему она нравится тоже. Она сказала:

— Знаете, что? А вы лично как-нибудь могли бы мне позвонить.

«Гаишник» опешил, а Таня протянула ему свою визитную карточку.

«Лишний приятель в ГАИ еще никогда никому не мешал», — подумала она.

Гаишник глянул на визитку.

Рекламное агентство «Пятая власть»
ТАТЬЯНА САДОВНИКОВА
Творческий директор
Кандидат психологических наук

— А теперь пожалуйста! Пожалуйста! — проворковала Таня «гаишнику», обалдевшему от смены тональности и ритма разговора. — Помогите. Мне надо повернуть на Тверскую. Представляете, что будет, если я сейчас потащусь до разворота? Тогда уж я точно опоздаю. И на работе меня прикончат!

Таня видела: «Нексия» уже далеко, она поднимается к Лубянке.

Милиционер с головы до ног осмотрел Татьяну: длинные ноги, стройная фигура, синие глаза, — а потом засвистел и с жезлом наперевес бросился останавливать поток.

Таня уселась в «пежик». Сделала менту ручкой и очаровательно улыбнулась. А потом заложила на своей машине-малютке вираж и, словно какой-нибудь депутат, мимо нетерпеливо замершего стада автомобилей триумфально выехала на Тверскую.

* * *

Когда Татьяна добралась до офиса, приключение с «Нексией» перестало казаться ей забавным. Ее начала бить дрожь.

«Кто это? — все думала она. — И почему они ехали за мной, но остановить не пытались?»

То, что слежка за ней связана со вчерашним покушением на Валеру, никаких сомнений не вызывало.

«Значит, все и правда серьезно. Значит, *они* надеются, что я приведу их к Валере».

После утреннего приключения Тане было совсем не до работы. Даже презентация рекламной концепции пивному заказчику (которая еще недавно казалась ей такой важной) отступила куда-то далеко-далеко.

И дизайнер Артем, и копирайтер Мишка так и вылупились на Татьяну, когда та явилась наконец в агентство: всего за пять минут до прихода важнейшего клиента.

— Татьяна Валерьевна! Почему вы так поздно?

— У вас что-то случилось?

Больше всего на свете Тане хотелось гаркнуть: «Случилось!» А потом — хлопнуть дверью и убежать из «Пятой власти» куда глаза глядят. Но это было чувство. А разумом она понимала, что поступить так не выход. И еще одно она хорошо понимала: сейчас совсем не время поддаваться эмоциям.

Артем и Мишка пребывали в недоумении. Было чему изумляться. Начальница удрала вчера в разгар обсуждения проекта, и с тех пор от нее ни слуху ни духу. Ничего не проконтролировала и даже не позвонила! Поздно ночью, говорят, снова появлялась в офисе, но только за тем, чтобы поменять разъездную раздолбайку на своего «пежика». И даже наверх не поднялась, не глянула, что они без нее напридумывали.

И это называется креативный директор!

Да и сейчас Михаил с Артемом уже развесили эскизы, мучаются от волнения, вот-вот заявится важный заказчик, а Татьяна прибегает за пять минут до «дэд-лайна», и лица на ней нет. И явно она волнуется по каким-то своим, личным причинам. И нет у нее ни малейшего интереса к тому, что они вчера наработали!

Дизайнер и копирайтер переглянулись. Да, будет о чем посудачить в корпоративной столовке. Будет что доложить генеральному, когда тот вернется из своих отпусков!

Но обсудить неадекватное поведение начальницы они не успели. Тут же, следом за Садовниковой, в агентство пожаловали заказчики. Директор пивоваренной компании, а с ним — его бренд-менеджер и еще какая-то сошка помельче. А креативный директор Татьяна — нет чтобы бежать сломя голову навстречу кормильцу — приникла к окну, стоит и сквозь жалюзи смотрит на улицу...

Ну и Садовникова! Она, похоже, умом тронулась! Явно тронулась.

...Таня последний раз оглядела улочку перед агентством. Никаких подозрительных машин не увидела. Все, что припаркованы, пусты и без всякой дурацкой тонировки. И никаких странных праздношатающихся людей под окнами.

Ее это слегка успокоило. «Неужели оторвалась?» — подумала она. Наконец отвернулась от окна, надела на лицо вымученную улыбку и поспешила навстречу заказчику.

— Аристарх Романович! Рады видеть вас! Проходите, пожалуйста, сюда, в переговорную. Что будете пить? Кофе, чай, минералку? Или, может быть (заговорщицкая улыбка), пивка?

— С утра пиво не пью! Даже свое, — хохотнул Аристарх.

Он одобрительно поглядывал на Танины стройные ноги и, похоже, изо всех сил сдерживался, чтобы не цапнуть ее за коленку. Чисто по-дружески, в виде приветствия.

Гости расселись на почетные места за овальным переговорным столом — важный малыш-директор Аристарх Романович с пивным брюшком, разумеется, во главе. Секретарша Наташка притащила им напитки.

Артем и Мишка маялись возле досок с эскизами плакатов, раскадровкой будущих рекламных роликов. Неужели, читалось на их лицах, Татьяна даже одним глазком предварительно не глянет на то, что они вот-вот будут презентовать заказчику?

— Дорогие друзья! — лучезарно обратилась Садовникова к пивному королю и свите (на макеты и эскизы даже не посмотрела!). — Сейчас мы представим вам наши идеи по раскрутке вашего замечательного бренда. Не буду многословной. На мой взгляд, у нас получилось неплохо. Вернее, получилось замечательно, великолепно!.. Давайте поэтому сразу перейдем к делу. Я передаю слово для презентации проекта самым лучшим, самым талантливым авторам нашего агентства — Артему и Михаилу.

В рядах «лучших» возникло замешательство. Потом Мишка толкнул Артема и с обреченностью приговоренного прошипел: «Давай!»

— Господа! — Тема занял место у досок с раскадровкой.

Голос его дрожал. Пивной король Аристарх наблюдал за ним, хмурясь. Татьяна поощрительно улыбнулась Артему.

— Господа! — еще раз повторил Тема. — Ваше пиво... То есть, простите, наше общее пиво, — заказчик снисходительно улыбнулся, — называется «Глоток». Именно от этого названия — этого прекрасного, яркого бренда, — бренд-менеджер самодовольно улыбнулся, очевидно, название «Глоток» придумал он, — мы и отталкивались, создавая концепцию рекламной кампании... Чтобы не быть голословным, перейду к раскадровке будущего рекламного ролика.

Артем взял указку и повернулся к эскизам.

— В первом кадре мы видим крупным планом лицо мужчины. Оно грустно. За кадром звучит меланхоличная музыка... Далее, — Артем ткнул указкой во второй кадр, — следует сверхкрупный план — глаза мужчины. Они полны неизбывной тоски. Звучит закадровый голос: «Бывают минуты, когда жизнь перестает тебя радовать...»

— Да он с похмелья, — раздался звучный голос заказчика и его заливистое ржание. Собравшиеся верноподданнически поддержали пивного короля смехом — правда, довольно нервным.

Когда хохот стих, Таня вкрадчиво сказала:

— Вот, Аристарх Романович, в этом и суть. Человеку плохо, у него неприятности, жена ворчит, похмелье... А тут — ваш «Глоток». Очень кстати. Давай дальше, Артем.

Тот, взволнованно потирая лицо, продолжил:

— Далее появляется — крупным планом — бутылка ледяного пива. Названия его мы пока не видим... Меланхолическая музыка за кадром незаметно сменяется мажорной... Потом слышится звук открываемой бутылки. «Чпок!» Затем, сверхкрупно, бурлящее золотистое пиво наливается в стакан...

Тема водил указкой по раскадровке, отчаянно кося в сторону заказчика.

Лицо пивного короля Аристарха оставалось непроницаемым. Татьяна Садовникова сидела с отстраненным видом, будто она здесь вовсе ни при чем.

— ...Начинает звучать бодрый закадровый голос, — продолжал Артем с упорством обреченного. — «...*Но для того, чтобы все изменилось, нужен один «Глоток»!*» Мы видим на экране, крупным планом, запотевшую бутылку с вашей фирменной этикеткой. Музыка за кадром перерастает в бравурную. На экране появляется лицо мужчины. Он удовлетворенно крякает и вытирает с губ пивную пену. Лицо его выражает полное довольство. Сверхкрупный план — веселые, радостные глаза мужчины. Он счастлив!.. Одновременно звучит закадровый голос. Он произносит слоган всей будущей компании: «*Один «Глоток», и все в порядке!*»

Артем остановился. Пивной король Аристарх сидел с угрюмым видом. Садовникова напряглась.

Мишка зажмурился. Губы его шевелились. Кажется, он молился.

Вдруг в наступившей тишине раздались мерные хлопки. Один, второй, третий...

Татьяна оглянулась. Аплодировал пивной король.

— Браво! — сказал он. И повторил еще раз: — Браво! — И добавил: — Молодцы! — А потом резюмировал, со всей вескостью, на которую способны только богатые люди: — Это именно то, что нужно!

Артем просиял детской улыбкой.

— Мы подготовили и другие варианты!.. — пискнул было он, но Мишка наступил ему на ногу, а Татьяна сделала страшные глаза. И Артем заткнулся.

— Очень, очень хорошо, — проговорил заказчик,

нагибаясь через стол к Татьяне и пытаясь поцеловать ей ручку. — Я доволен. — Его пивное пузцо цеплялось за край стола.

Татьяна царственно протянула ему руку для поцелуя.

— Я рада, что вам понравилось, — промурлыкала она. — Мы старались.

Заказчик встал.

— Сколько будет стоить клип? — словно невзначай спросил он Таню.

— Около ста тысяч долларов, — не моргнув глазом заявила она, завысив цену по меньшей мере в два раза.

— Такие деньги не проблема, — снисходительно бросил пивной король Аристарх. — Готовьте контракт. Детали согласуете с моими финансистами и вот с этим парнишкой.

Он пихнул в бок своего бренд-менеджера в костюмчике от Версаче. Тот вымученно улыбнулся.

— Молодцы! — еще раз сказал заказчик и царственно понес свое пузцо к выходу. Свита посеменила за ним.

— Молодцы, ребята! — в тон пивному королю громко бросила Таня Артему с Мишкой. — Вот что значит правильно развить идеи начальства! — А потом добавила шепотом: — Каждому премия в размере оклада. И бесплатный тур в Испанию.

Дизайнер с копирайтером расплылись в довольных улыбках.

У выхода она церемонно попрощалась с заказчиками — причем пивной король, на голову ниже Тани, все пытался ее облапить и чмокнуть в шею.

Заказчики направились к лифту.

Таня повернулась, чтобы идти к себе. С лица ее спала вымученная деловая улыбка, а глаза засветились неподдельной радостью.

— Йес!! — прокричала она.

Затем бросила секретарше Наташе:

— Мне кофейку!

А потом Артему:

— А ты беги за пирожными!

И прошла в свой кабинет.

Как бы между делом, словно по привычке, выглянула в окно.

Выглянула — и вздрогнула.

Прямо напротив подъезда стояла «Нексия». Та самая, от которой Таня оторвалась было на Манежной площади.

Темные окна машины были наглухо закрыты. Мотор работал.

Значит, внутри автомобиля кто-то сидел.

Таня отпрянула от окна и бросилась в коридор.

— Аристарх Романович! Аристарх Романович! — закричала она вслед пивному королю.

Тот со свитой стоял возле лифта, ведущего в подземный гараж.

Таня со всех ног кинулась к нему.

Дизайнер Тема, копирайтер Мишка и секретарша Наталья удивленно смотрели ей вслед.

* * *

Таня стояла в телефонной будке у метро «Маяковская».

Солнце шпарило вовсю. Поток машин, ползущих по Тверской, чадил выхлопными газами.

Свой мобильный телефон Таня оставила в ящике рабочего стола.

Она не такая широкая душа, как отчим. Не будет швырять мобильники в мусорный ящик. Сотовый ей еще пригодится, когда вся эта история закончится.

Она покинула агентство в «Мерседесе» пивного короля Аристарха Романовича.

Диалог у лифта получился что надо:

— Аристарх Романович, подвезите меня, пожалуйста!

Будто она не креативный директор, а какая-то профурсетка с Тверской.

Тот так и засиял своими маслеными глазками:

— Всегда рад вам услужить, Татьяна Валерьевна.

Чего он, интересно, возомнил? Что она отдастся ему прямо в машине?

А какими бешеными глазами смотрели ей вслед коллеги — Наташка, Мишка, Артем! Действительно, что за вопиющее нарушение деловой этики! О чем они там, в машине, будут сговариваться? О размерах «отката»? Или о любовном свидании?

Плевать на коллег! Главное, как Таня и рассчитывала, «мерс» у Аристарха оказался с тонированными стеклами. Поэтому когда они вырулили из гаража, люди из «Нексии» не обратили на него ни малейшего внимания.

Она выскочила из «мерса» пивного магната на Маяковской — через три квартала, намного раньше, чем планировала, потому что Аристарх развил бешеную активность: сразу принялся хватать ее за коленки. Таня не сердилась, просто изящно, но решительно скидывала потные ручонки со своих ног. Пусть порезвится, ей не жаль. Никакого насилия, Таня знала, Аристарх не допустит. А коленки... Да бог с ними. Пусть смешной толстячок хоть на пять минут почувствует себя Дон Хуаном. Можно потерпеть: за крупный заказ, а главное — за то, что он помог ей выбраться из «Пятой власти».

Таня была уверена: теперь-то за ней уж точно никто не следит.

Она вошла в телефонную будку. Карточка у нее была с собой — еще вчера купила, чтобы звонить Синичкину не с мобильника, а с городского таксофона.

Сперва Таня позвонила на работу, которую только что покинула.

— Наташа, — строго сказала она секретарше, — я беру отпуск на неделю.

— Романтическое путешествие? — ехидно промурлыкала Наталья, явно имея в виду ее неожиданное бегство с Аристархом.

— Семейные неурядицы, — сухо отбрила Татьяна. — У меня там отгулов накопилась чертова гора. Оформи, пожалуйста, мне отпуск с завтрашнего числа.

Ну, теперь точно: в «Пятой власти» все будут уверены, что пивной король Аристарх умчал ее в Париж или на Сейшелы. Во разговоров будет!

Ну и фиг с ними.

Таня положила трубку. Надо бы позвонить на дачу Валере... Она уже сняла было трубку. Но потом повесила ее назад.

Нет, такого рода беседы по телефону не ведут.

Таня вышла из будки и скрылась в душном полумраке метро.

* * *

Через час она уже звонила в ворота особняка, временно оккупированного отчимом.

От станции за Татьяной никто не шел. В этом она была совершенно уверена.

Коттеджный поселок был тих и пустынен. Ни

единюго человека на улицах. Только из-за одной ограды слышны тугие удары бадминтонной ракетки, взлетает воланчик, разносятся азартные выкрики, визг и детский хохот...

Сразу после того, как Таня позвонила в калитку, на нее уставилась висевшая наверху забора видеокамера. Надо же, отчим сумел разобраться с наружной системой наблюдения!

Тане показалось, что камера смотрит на нее строго-взыскательно, как иногда умел смотреть отчим: чего, мол, заявилась? Она немедленно приняла смиренный вид.

Щелкнул замок, и Таня вошла в калитку.

Прошла по газону к дому.

Отчим встречал ее на крыльце.

— Что-нибудь случилось? — вместо приветствия спросил он.

— Случилось, — ответила Таня, а затем выпалила заранее подготовленную фразу: — Знаешь, Валерочка, я не люблю, когда меня используют втемную. Тем более — родные люди.

— Проходи. — Отчим хмуро распахнул перед ней дверь.

Закончила свой заготовленный спич Таня уже в прихожей:

— ...Поэтому я прошу тебя: расскажи мне все. Пожалуйста.

Ходасевич вздохнул и мрачно сказал:

— Значит, все-таки что-то случилось.

* * *

После того, как они попили кофе и Таня доложила отчиму о своих утренних приключениях, Валерий Петрович пригласил ее в гостиную. На удивление, он легче легкого разобрался с системой управления Hi-End аппаратуры, поэтому вскоре дом затопили чистейшие звуки Вивальди. Музыкальный вкус у отчима был непритязательный, и далее «Времен года» он не продвинулся.

— От тебя очень легко протянуть ниточку к этому особняку, — задумчиво сказал Валера, погрузившись в кресло. — Кто знает о том, что начальник поручил тебе сюда наведываться?

— Никто не знает, — твердо сказала Таня. — Шеф у нас скрытный. И очень боится, как бы его не обвинили в личных отношениях с сотрудниками. И в злоупотреблении служебным положением.

— Но раз тебя проверяют, значит, допускают, что именно ты нашла мне убежище. И о том, что тебе поручили этот особняк охранять, тоже могут узнать, — вздохнул отчим.

— И что они будут делать теперь, когда я от них ушла?

— Полагаю, начнут проверять твои связи.

— Флаг им в руки! — воскликнула Таня. — Да у меня в записной книжке — сотня друзей и знакомых. И еще столько же — в памяти телефона. Сколько нужно времени, чтобы *они* всех их проверили?

Отчим затянулся своей вонючей сигаретой.

Казалось, он рассуждает сам с собой, не обращая никакого внимания на Татьяну.

— Значит, эти ухари на «Нексии» не собирались тебя брать... — задумчиво произнес он. — Только вели...

— Потому что думали, что я приведу их к тебе.

— Но в таком случае они ведь могли *спросить* у тебя, где я.

— Спросить?

— Ну да. Такие умеют спрашивать.

У Тани прошел мороз по коже.

— Валера! Зачем ты меня пугаешь?

— И не дай бог им не ответить, — как бы не слыша ее, произнес Ходасевич. — Современные средства могут заставить говорить кого угодно. Поэтому, если вдруг начинают *спрашивать*, лучше выкладывать все, что знаешь. Абсолютно все — и сразу. Чтобы не мучиться.

Валера затушил вонючий окурок, исподлобья посмотрел на падчерицу и закончил:

— Поэтому чем меньше ты знаешь, тем лучше.

Таня с вызовом поглядела на отчима.

— Все равно я хочу знать все, — твердо проговорила она. — Я не могу играть втемную. Ты ведь понимаешь: я уже ввязалась в игру.

Отчим поколебался, пожевал губами. Сказал:

— Только у меня одно условие. Ты будешь жить здесь, в особняке. И отсюда — ни ногой.

— Хорошо, — улыбнулась Таня. Она внутренне возликовала. — Тогда и у меня есть к тебе встречное условие.

— Какое? — нахмурился полковник.

— Ты будешь меньше курить.

С этими словами Таня встала со своего места, подошла к нему, вытащила из его рук еще не раскуренную новую сигарету и смяла ее в пепельнице.

* * *

— О-о, нет! Давай!.. Еще! Еще! Еще!..

Потом Любочка закричала.

Павел Синичкин застонал, изо всех сил сжал ее плечи...

...Когда все было кончено и он лежал, отвернувшись, на краю кровати, раскрасневшаяся Любочка прошептала:

— Боже, как хорошо...

Павел встал и, не одеваясь, прошел на кухню. Любочка проводила взглядом его стройную фигуру с аппетитными мускулистыми ягодицами.

Через десять минут Паша, облаченный в фартук на голое тело, явился с подносом, на котором дымились две чашки кофе, а рядом громоздились бутерброды и шоколадные конфеты в вазочке.

Несмотря на то что у частного детектива Синичкина по ходу выполнения им служебных обязанностей (а бывало, и вне зависимости от оных) случались романы[1], он больше всего на свете ценил свободу. А непременным атрибутом его холостяцкой свободы была Любочка — девушка со скуластым лицом обезьянки, но с потрясающей фигурой.

Любочку Синичкин знал уже тысячу лет. Она была готова принять Пашу в любое время дня и ночи, а также пожаловать к нему по первому его зову.

Ясное дело, она на что-то надеялась. «Но ведь я ей никогда ничего не обещал, верно?» — цинично думал Павел. Нахальство в обращении с девушками — даже не второе, а первое счастье, полагал он. И потому руку, сердце и жилплощадь на Большой Дмитровке ей не предлагал. Более того, активно использовал Любочкины возможности для решения сыщицких и

---

[1] Подробнее о работе и приключениях частного детектива Паши Синичкина читайте в книгах Анны и Сергея Литвиновых «Заговор небес», «Дамы убивают кавалеров», «Все мужчины любят это», «Миллион на три не делится», вышедших в издательстве «Эксмо».

иногда личных дел. И бедная девушка все его просьбы всегда выполняла...

— Ну, что тебе от меня нужно? — спросила Любочка.

Она прикрылась простыней и с видимым удовольствием прихлебывала кофе.

— Мне? От тебя? — фальшиво изумился Синичкин. — С чего ты взяла?

Любочка служила в главном информационном центре МВД и потому была для частного детектива исключительно ценным кадром.

— Ты мне первый раз в жизни кофе в постель приносишь.

— Правда? — фальшиво изумился Павел. — Неужели ни разу не приносил? Вот видишь, я исправляюсь.

— Ну а каким делом ты сейчас занимаешься? — Любочка отхлебнула кофе. — Опять следишь за неверным мужем? Или за женой?

— Я вытаскиваю из лап мафии одного пенсионера.

— Пенсионера? — расхохоталась дурочка. — А мафия у него пустые бутылки отбирает, что ли?

Любочка, раскрасневшаяся после любви, была чудо как хороша. «Может, мне и вправду на ней жениться? — мелькнула у Павла предательская мысль. — Будет мне носки стирать... Надоели мне всякие ученые эмансипе типа Кати Калашниковой... С Любочкой хоть не надо каждую минуту думать, что сказать, да как сказать...»

— Что я делаю конкретно — это тайна, — произнес Паша. — Тайна следствия. Но тебе я, так и быть, могу открыться.

— Ну и?..

Любочка допила кофе. Приоткрыла плечико, высунула из-под простыни ножку: дразнила Павла.

— В дело, любовь моя, замешаны высшие чины МВД, КГБ, а может быть, и других силовых структур.

— О-о! Не боишься с ними-то тягаться?

— А я никогда ничего не боюсь.

— Оу, я знаю: ты сильный... — проворковала Любочка.

— И я тебя хотел попросить... Ты не могла бы для меня кое-что выяснить... По своим каналам...

— Я так и знала... — прошептала она. — Ты меня просто используешь...

Синичкин сделал вид, что не заметил ее реплики, и продолжал:

— Мне нужны данные по высшим руководителям МВД, ФСБ и прочим силовикам. Где они живут, где у них дачи, на чем они ездят... А главное — кто у них дети. Точнее, даже не дети — а сыновья.

— Сыновья? — промурлыкала Любочка, высвобождая из-под простыни второе плечико и грудь.

— Именно сыновья. Мне нужны все установочные данные на них. Фамилия, имя, чем занят, где живет.

— А как скоро тебе нужна эта информация?

Любочка стала легонечко, нежно поглаживать саму себя рукой: по плечам, груди, животу. Павел, уже еле-еле сдерживаясь, проговорил хриплым голосом:

— Эта информация была мне нужна вчера.

— Ты понимаешь, Синичкин, — Любочка томно облизнулась, — что эти сведения не просто какая-то там сопливая коммерческая тайна...

Она высунула остренький розовый язычок и томно облизнула губки.

Синичкин почувствовал, что с фартуком, надетым на голое тело, что-то происходит... Любочка тоже это заметила, усмехнулась, спросила:

— Так ты осознаешь, Павел, что эти данные дорого тебе обойдутся?

— Да! — просто сказал Синичкин и одним движением сбросил с себя фартук.

Любочка откинула простыню.

На пол полетела пустая чашка из-под кофе и розетка с недоеденными конфетами. Зазвенел и улетел под кровать поднос.

* * *

В то же самое время, когда частный детектив Павел Синичкин в своей квартире предавался любви с незаменимой Любочкой, Таня и ее отчим Ходасевич разговаривали в гостиной особняка Таниного босса.

— Значит, ты изучал различные уголовные дела... — проговорила Таня. — И успел понять, что ж все-таки между ними общего?

— Да. Успел. Во всяком случае, я заметил, что есть общего между шестью из них.

— И что же?

— Способ убийства.

— А именно?

— Убивали женщин. Не в лесу, не в парке, не на улицах. Убивали у них на квартирах.

— Маньяк?

— Да. Но какой-то странный маньяк.

— То есть?

— Никаких следов сексуального насилия. Ни в одном из случаев. Ни малейших.

— Маньяк был импотентом?

— Маньяки практически все импотенты. Потому и мучают своих жертв. Только так они могут получить сексуальное удовлетворение.

Татьяну передернуло. Она слишком живо представила себе эту ужасную картину. Стараясь оставаться спокойной, она спросила:

— Может, этот маньяк хотеть-то *хотел,* да у него не получилось? Ну, ты понимаешь, о чем я...

Таня никогда не обсуждала с Валерой вопросы секса и потому слегка покраснела. Отчим пожал плечами:

— Может быть.

Таня спросила:

— А они, эти убитые женщины, — молодые?

— Они — разные. Не дети. Но и не старухи. Самой молодой семнадцать. Самой старшей — тридцать восемь.

— А что еще общего между жертвами?

— По внешним параметрам общего между ними нет ничего. Среди жертв есть блондинки, брюнетки, рыжие, крашеные.

— А рост?

— Разный. От ста пятидесяти двух до ста семидесяти восьми.

— Они были проститутками?

Отчим покачал головой:

— Не все. Я думаю, только три из них. Они работали через Интернет. Кстати, как это, Танюшка, работать проституткой через Интернет?

Таня порадовалась, что хоть чем-то может быть полезной высокоумному отчиму.

— Ну, как... — протянула она. — Девушка фотографируется в полуобнаженном виде. И помещает свою фотографию в Интернете, на одной из страниц, или сайтов. Их, этих сайтов для мужиков-придурков, в Сети много. Есть, например, даже такой: «prostitutki.ru»... И вот фотография девушки там висит, как на доске объявлений. А рядом с фото — ее цена и телефончик. И любой сексуально озабоченный мужчина может на нее полюбоваться, а потом позвонить. Если у него есть деньги, конечно.

— Ах, вот как все организовано... — прокомментировал Валера, слегка вроде даже разочарованно.

— А ты как думал? — улыбнулась Таня.

— Ну, не знаю... — с усмешкой ответил отчим. — Я думал, может, они прямо из монитора вылезают...

Татьяна расхохоталась.

— Видишь, как я тебе полезна, — сказала она, отсмеявшись. — Просвещаю. Ну, давай рассказывай дальше. Может, я тебе еще чего подскажу.

— Ох, Танюшка... Оно тебе надо?

— И не сомневайся, — твердо заявила она. — Скажи, пожалуйста: может, убийства в каком-то одном районе Москвы происходили?

— Москвы? А я разве сказал, что они были в Москве?

— А что — нет?

— Три убийства действительно произошли в Москве. А одно — в Санкт-Петербурге. Одно — в Твери. Одно — в Самаре.

— Были какие-то подозреваемые?

— Да. И в каждом случае — разные люди. По трем делам произведены аресты. Одно даже довели до суда. В двух других подозреваемых в конце концов отпустили.

— А почему ты уверен, что действовал один и тот же человек?

— Детали, Танюшка. И интуиция.

— А точнее?

— Все шесть жертв совершенно не связаны между собой, но чем-то очень похожи друг на друга.

— А именно?

Таня изо всех сил старалась казаться холодной, равнодушной — словом, профессиональной сыщицей. И она терпеливо ждала ответа.

— Все они жили в одиночестве. В собственных квартирах. Без мужа, родителей или детей. Там, в их квартирах, и происходили преступления... И все девушки были красавицами.

— Ну, красота — понятие субъективное... — буркнула Таня, слегка уязвленная. Как женщина, она терпеть не могла, когда в ее присутствии какую-то другую объявляли красивой. Пусть даже девушку, которой уже нет на свете.

Отчим, будто не заметив ее реплики, продолжал:

— И еще: все шестеро были умницами. С высшим образованием.

— Ну, сейчас каждая собака с высшим образованием...

— Одна — та, что из Питера, — работала преподавательницей английского в вузе. Вторая — из Твери — преподавала в частной школе. Кстати, тоже вела английский. Две москвички — проститутки, одна была студенткой педагогического, вторая училась в Лингвистическом университете. Женщина из Самары — самая старшая, ей тридцать восемь — работала переводчицей. И последняя, москвичка, двадцати семи лет, в прошлом закончила филфак, романо-германское отделение.

— Может, маньяк — иностранец? — воскликнула Татьяна. — Какой-нибудь англичанин?

— Все может быть, — пожал плечами Валера. — Но английский язык, которым владели жертвы, — это зацепка.

— А когда происходили убийства?

— Первую, жительницу Самары, переводчицу тридцати восьми лет, убили в октябре позапрошлого года. По тому делу даже был арестован ее постоянный половой партнер. На предварительном следствии он во всем сознался...

— Сознался?!

— Ну, ты же знаешь ментовские методы... Дело передали в суд, и там обвиняемый от своих показаний отказался. Заявил, что их выбили у него под пытками. Его освободили в зале суда, дело передали на доследование. Сейчас оно приостановлено.

— Значит, не он?

— Конечно, не он.

— Следствие пошло по ложному следу.

— Такое часто бывает в делах, где фигурируют маньяки, — пожал плечами Валерий Петрович.

— А дальше?

— Второе убийство произошло в Москве спустя пять месяцев после первого — двадцать шестого марта прошлого года. Убита семнадцатилетняя студентка, подрабатывавшая проституцией. Квартира была подожжена, выгорела дотла. Останки идентифицировали по ДНК. Задержали друга девушки, выколачивали из него признание, но у того оказалось железное алиби. Через месяц его выпустили...

— Может, она просто с сигаретой уснула?

— Нет. Эксперты установили, что она была убита *до* пожара...

— Третья жертва тоже убита в Москве. Она также была проституткой. Имело место характерное «маньячное» преступление. Девушку обнаружили привязанной к кровати за руки и за ноги. Ее убили осенью прошлого года, тридцать первого октября... Маньяк взял с ее тела, так сказать, сувенир. Своего рода фетиш. Доказательство своего преступления.

— Что именно?

— У нее был вырезан сосок — видимо, с пирсингом.

Таня ощутила дурноту.

Она выдохнула:

— Боже мой!

— Если это в самом деле маньяк, — кивнул отчим, — значит, у него бывают обострения. Весной и осенью... Второго мая убийство произошло в Петербурге. В однокомнатной квартире на Гражданке девушку искромсали ножом. Восьмого июня убита девушка в Твери. Обезображенный труп обнаружили спустя восемь дней... И, наконец, двадцать первого июня снова была убита проститутка в Москве.

— Убийства происходят все чаще, — заметила Таня. — А промежутки между ними — все короче.

Отчим кивнул.

— Это значит, — сказал он, — что маньяк распробовал вкус крови. И он не успокоится, пока опять кого-нибудь не убьет.

* * *

Она была такой лакомой, такой соблазнительной, что сразу бешено забилось сердце. Точеная фигурка, упругая попка. Распущенные волосы до плеч. Беззащитный поворот лебединой шеи.

Она сошла с эскалатора и стала беспомощно озираться, явно не зная, куда ей идти. Ее толкнула бабка с тележкой. Мужик заехал портфелем по бедру.

Подойти. Нежно взять за локоток. Вывести из толпы. Ласково спросить:

— Can I help you?[1]

— Че-го?

Очарование стало медленно разрушаться, словно и не прекрасная девушка стоит совсем рядом, а какая-то мокрица, слизняк, червяк. Дрянь.

Не терять ее! Не терять!

Не терять надежды!

— I mean, I can help you somehow?[2]

Огрызнулась:

— Да иди ты!

Ах ты, курица! Тварь! Мокрая, гнусная! Сволочь! Дура! Дура! Дура!

Оттолкнуть, развернуться.

Быстро уйти прочь.

...А душу, где только что появились было предвкушение, полет, надежда, снова затопляет черная, бездонная тоска-печаль...

* * *

Таня в роли детектива — или скорее помощника детектива — чувствовала себя как рыба в воде. Эта работа намного, черт возьми, интересней, чем придумывать дурацкие слоганы и концепции для дурацкого пива! «Один глоток, и все в порядке!» Ну и гадость. Как хорошо, что она взяла отпуск. Как хорошо, что она сейчас рядом с Валерой!

---

[1] Могу я чем-то вам помочь? (*англ.*)

[2] Я имею в виду, может, я вам смогу чем-то помочь? (*англ.*)

Она встала и прошлась по огромной гостиной.

— Значит, английский... — задумчиво проговорила Таня. — А еще? Что между ними общего?

— Я видел их фотографии. И мне бросилось в глаза знаешь что... — сказал отчим, посасывая незажженную сигарету.

— Что?

Он выдержал паузу и закончил:

— Волосы.

— Волосы?

Таня остановилась.

— Да. У всех шести были длинные волосы. Распущенные. До плеч.

— Может, случайное совпадение?

Отчим покачал головой:

— Думаю, нет.

Таня остановилась у журнального столика. Взяла из стопки чистый лист бумаги. Выудила из сувенирного стаканчика карандаш.

(У босса повсюду в коттедже была разложена бумага с карандашами — наверное, чтобы умные мысли записывать. Хотя за все время совместной работы Таня слышала от него не больше двух умных мыслей.)

Таня написала на листе:

Английский.

Длинные волосы.

Потом взяла листок, пришпилила его к мишени для игры в дартс.

Отчим посмотрел на нее, усмехнулся:

— Зачем?

— Во всех книжках про маньяков сыщики составляют таблицы. И развешивают их по стенам.

— Ох, Таня, — покачал головой Валера, — какой же ты у меня еще ребенок...

— Ребенок не ребенок, а мы с тобой этого маньяка поймаем!..

— Хотелось бы, — усмехнулся отчим. — А то ведь он поймает меня.

— Ну а что еще? — вдохновенно спросила она.

— В смысле?

— Что общего между убийствами?

— Понимаешь, Таня... — задумчиво проговорил отчим. — Все эти дела я просматривал только один раз...

— Ну и что? У тебя же, Валерочка, феноменальная память!

— Да? Спасибо за комплимент... Мне бросилось в глаза следующее... — Отчим полуприкрыл глаза. — На руках и на ногах третьей жертвы, проститутки из Москвы, не оказалось никаких царапин, синяков или гематом...

— И что это значит?

— При этом, — продолжал Валера, словно не замечая Таниного вопроса, — она была привязана к кровати одновременно и за руки, и за ноги...

— Ну и что? — не поняла Таня.

— А то, что она не сопротивлялась, когда ее привязывали. Значит, *он* смог убедить ее, что это просто игра. Сексуальная такая игра. И она доверилась ему. Значит, они были давно знакомы. Или...

Валерий Петрович остановился.

— Что «или»?

— Или он каким-то образом сумел внушить всем жертвам доверие при первой же встрече.

Татьяна захлопала в ладоши:

— Браво, Валера!

Она подошла к доске-мишени и написала на своем листочке: «Преступник внушал доверие».

— Может, жертвы и вправду были раньше знакомы с ним? — спросила она, обернувшись.

— Возможно. Но не факт. Скорее, мне кажется, нет, незнакомы.

— Почему ж они ему все-таки доверяли?

Валера грустно усмехнулся:

— А почему вы, девушки, вообще так часто доверяетесь подлецам?

— Сама не знаю, — развела руками Таня.

— И я не знаю, — вздохнул отчим. — Может, потому что у подлецов денег много?

— Подлецы — наглее, чем прочие мужчины.

— А девушки любят наглых?

Таня минуту поколебалась, а потом ответила честно:

— В общем-то, да.

— Ох, не так я жил... — горестно вздохнул Ходасевич. — Ох, не так...

— Но это в большей степени относится ко всяким профурсеткам, — быстро поправилась Таня. — А нормальные девушки любят честных, умных, неженатых.

— Значит, у меня еще есть шанс... — усмехнулся Ходасевич. — Ну, ладно. Вернемся, как говорят французы, к нашим мутонам... Почему-то у меня есть такое чувство, что этот маньяк — как раз из таких.

— Каких?

— Молодых, богатых, наглых.

— Правильное чувство. Бедные по Интернету проституток не заказывают, — заметила Таня. — Да они и вообще Сетью не пользуются.

— А кроме того, — вздохнул отчим, — есть еще одно обстоятельство. В пяти случаях из шести — кроме одного с пожаром — осмотр места происшествия показал: каждый раз на столе было хорошее вино. И закуска. — Валера полуприкрыл глаза, припоминая. — В одном случае — шампанское «Моэт и Шандон». В другом — шабли. В третьем — бордо, и не просто бордо, а «Сен-Эмильен Медок»... Кроме того, как тебе нравятся такие закуски... Я уже не могу припомнить, что конкретно у кого на столе стояло, но имелись у жертв и сыр с плесенью, и суши из японского ресторана, и гусиная печенка... И салат из креветок, купленный в супермаркете... Ох, — прервал сам себя отчим. — Что-то я перекусить захотел.

— Сейчас. Договорим, и я приготовлю. Я привезла для тебя кое-что вкусненькое.

— Да? — оживился Валера. — А что?

— Сюрприз... Может наоборот — девушки-жертвы были такими хлебосольными? И это они нашего безумца так угощали?

— Нет. Закуски и вина он приносил с собой. Сохранились пакеты из супермаркета.

— А чеки?

— Увы, нет. Ни одного чека. Каждый раз, как я понял, менты искали, но ни разу не нашли.

— Предусмотрительный мерзавец.

Таня подскочила к своей таблице на мишени для дартса и подписала под четвертым номером:

«Богатый человек, гурман, знаток вин».

Повисла пауза.

Валера, долго сдерживавшийся, раскурил-таки свою очередную вонючую сигарету.

* * *

— Ну, где толстяк?

— Пока не знаем.

— А она?

Ему пришлось покинуть свой офис. Такого рода разговоры нельзя вести в офисе.

Они прогуливались по Страстному бульвару — от памятника Высоцкому вверх по аллее. Несмотря на то что надвигался вечер, жара и не думала спадать. По обе стороны сквера завязло в пробке жестяное чудище автомобилей. Впрочем, на дорожках бульвара не было ни души. Все оказавшиеся в Москве в этот жаркий предвечерний час старались спрятаться в кондиционированных прохладах офисов и магазинов.

Кобылин шел, отставая от него на полшага.

— Мы ее не нашли, — кротко ответил он. — Она не оставила никаких следов.

— Что-о?

Кобылин молчал и покорно тащился чуть сзади.

— А ну, повтори!

— Мы ее не нашли, — шепотом повторил подчиненный.

Он остановился, почувствовав, как гнев поднимается изнутри, застилает красным глаза...

Он повернулся, огляделся по сторонам. Вокруг никого. Тогда он коротко и сильно ударил Кобылина в живот. Тот задохнулся, стал хватать ртом воздух.

Глаза Кобылина вылезли из орбит.

— За что-о... — простонал бедолага.

Сцепив руки в замок, он ударил его сверху по корпусу. Кобылин охнул и опустился на колени.

Никто не видел этой сцены. Страстной был совершенно пуст. Разве что заметили пара-другая равно-

душных ко всему водителей — из числа парящихся в пробке...

В тот момент, когда Кобылин корчился у его ног, он вдруг почувствовал: дикий гнев проходит. Ярость отпускает его, расслабляет свою железную хватку. Пелена, застилавшая глаза, исчезает. Дышать снова становится легко. В душе возникло ласковое, сладостное чувство — как всегда после разрядки. Как приятно... Настоящая эйфория...

— Ну, ладно тебе, Кобылин... — ласково проговорил он. — Ты уж меня извини... Не сдержался... Ну, давай, поднимайся...

Тот по-прежнему стоял на коленях у его ног.

Он подал Кобылину руку, помог подняться. Ласково похлопал его по плечу. Приобнял.

— Ну, не серчай, Кобылин, не серчай... Бывает... Давай лучше подумаем: что нам с тобой делать дальше?

Глава 4

ВОСЬМОЕ ИЮЛЯ, ВТОРНИК

Неизвестно почему, но Таня проснулась в самом радужном настроении.

Хотя, казалось бы, чему радоваться? Ее преследуют непонятно за что! Преследуют какие-то неизвестные силы. Она вынуждена скрываться. Спит не в своей постели, а черт знает где — даже собственной зубной щетки нет. К тому же пропадают отгульные дни, которые она непосильными трудами копила на тур в Китай...

А вот поди ж ты!.. Радостно на душе — и все тут. Может, это оттого, что у нее по жизни организм мало адреналина вырабатывает? И когда ничего не происходит, ей скучно? Когда все гладко и размеренно — она хиреет, тоскует и вянет? А если ей угрожает опасность, то сердце уже бьется живее, кровь бурлит и поутру почему-то хочется петь.

К тому же приятно, что она оказалась нужна отчиму. Впервые за много лет не она у него помощи попросила, а наоборот. Хотя Валерочка противится, чтоб она была рядом, Таня чувствует, что нужна ему.

Радостно и оттого, что она с ним опять вместе. Она не в гости к нему на часок заехала, как обычно в последние годы, а, словно в далеком детстве, живет с ним в одном доме. Будто они вдвоем отпуск проводят... Последний раз такое было, наверно, лет пятнадцать назад — когда отчим еще был женат на маме, и Таня с Валерочкой поехала на турбазу в Красную Поляну и Кудепсту. Лазили по горам, ходили в настоящий поход, катались на канатной дороге... Как давно и счастливо это было!..

Снизу, из гостиной, послышался кашель отчима.

«Перхотный кашель курильщика», — произнесла Таня вслух неизвестно откуда всплывшую в памяти фразу.

Отчим вечно вставал в чертову рань. Кофе дул, курил натощак...

Настоящий жаворонок. А вот она — сова. Вечером саму себя никак не уложишь, зато утром так хорошо спится!..

Таня глянула на часы.

Одиннадцать!

Вот это да! Ну она и заспалась! Даже для нее перебор.

Таня быстренько откинула простынку и, как спала, голенькая побежала в ванную. Благо, в особняке босса в каждой спальне было по ванной.

Всего спален имелось три. Как раз для нее, Валерия Петровича и Синичкина. Если, конечно, они окончательно перейдут на осадное положение и Павел тоже пожалует жить сюда.

...Когда Таня вытиралась, она услышала: внизу разговаривают два мужских голоса. Слов не разобрать. «Бу-бу-бу», — басил отчим. «Бу-бу-бу», — отвечал второй. Разговор носил мирный характер, поэтому Таня накинула халат, видимо, принадлежащий какой-то из одалисок босса («Будем надеяться, ничем не заражусь»), и спокойно пошла к лестнице.

Когда она спускалась, ступенька под ее ногой скрипнула. Разговор внизу тут же прекратился.

Она вошла в гостиную.

Отчим сидел, утопая в кресле, и — конечно же! — курил свою очередную вонючую сигарету (комната уже вся была в сизом дыму). По ней кружил Синичкин с чашкой кофе в руке. Беседа явно прервалась на полуслове.

— Опять секреты? — набросилась она на отчима. И скомандовала Павлу: — А ну-ка, сделай мне кофе.

Потом подошла к окну и распахнула его настежь — в лето, полное солнца и посвиста птиц.

— Опять все прокурил! — попеняла она Валере.

Отчим оправдался традиционно:

— Лучше помереть от дыма, чем от озноба.

— Тебе кофе с сахаром? — крикнул из кухни Синичкин.

— Мог бы уже запомнить: да!

— Откуда я знаю? Может, ты худеешь... — проворчал Павел.

— Что-о? — завопила Таня. — Ты хочешь сказать, мне *пора* худеть?!

Она была готова наброситься на Синичкина с кулаками, но посмотрела на его испуганное лицо и поняла: ничего подобного он не имел в виду, просто брякнул, не подумавши.

— Извини... — смущенно пробасил Паша. — Я привык, что все вокруг худеют...

— Почему? — вмешался в их разговор отчим. — Я вот, например, не худею.

— Танечка, что ты будешь есть на завтрак? — виновато спросил Павел.

— Сало, — буркнула она. — И большущий кусок жирного торта. И еще взбитые сливки... И попробуй только сказать, что у меня толстая попа! — с деланой яростью добавила она.

— А я разве это говорил? — искренне изумился Синичкин.

...Когда Павел обеспечил Таню кофе и бутербродами с ветчиной и сыром, отчим кивнул:

— Ну, продолжай.

Синичкин бросил на него удивленный взгляд, мигнув в сторону Тани: мол, разве при ней можно?

— Валяй-валяй, она в курсе.

Павел пожал плечами и важно произнес:

— В результате проведенной спецоперации мне удалось добыть совершенно секретные сведения, представляющие исключительную ценность для нашего расследования...

— Я представляю себе эту спецоперацию, — как бы про себя проговорила Таня. И хмыкнула: — В чьей-нибудь постели...

Синичкин слегка стушевался, но сказал не менее важно:

— Методы агентурной работы я предпочитаю не разглашать... Итак, вот они, эти данные.

Он гордо достал из внутреннего кармана летней куртешки компьютерный диск. Внушительно потряс им в воздухе.

— Включайте компьютер, Татьяна Валерьевна, — скомандовал он. — Будем смотреть.

В огромной гостиной на одном из журнальных столиков размещался компьютер. Зачем он оказался тут, в особняке? Таня не могла представить себе, чтобы ее начальник работал на даче за компьютером.

— Я завтракаю, — сказала Таня, забив рот бутербродом.

Синичкин опасливо подошел к столику.

Таня давно заметила: в современном мире водораздел между старыми и молодыми проходит не по возрасту, записанному в метрике. И даже не по тому, как человек выглядит. Он определяется по тому, как товарищ обращается с компьютерами.

Если человек подходит к незнакомой модели компа небрежно и уверенно... Если рассеянно и между делом тыкает в клавиши... Вот тогда он, значит, молод. А когда приближается к агрегату опасливо и рассматривает кнопки, как баран новые ворота, тогда, извиняйте, уже стар...

Сейчас стало очевидно, что Синичкин уже не очень молод.

Павел опасливо приблизился к компьютеру и принялся изучать кнопочки на панели процессора. Про Валеру и говорить нечего — тот остался сидеть сиднем в кресле.

— Давай я. — Татьяна оттолкнула Синичкина и уверенно нажала на кнопку.

Себя она считала молодой, и ее отношение к компьютерам это подтверждало. Комп приветливо запел, заурчал.

Таня вложила в дисковод CD.

— Ну что, можем все подряд копировать? — спросила она Павла. — Или на диске имеются интимные эпизоды? Например, твоя оперативная работа с агентом, снятая скрытой камерой?

— Копируй все, — буркнул тот.

Таня перекинула файлы с лазерного диска на винчестер. Все они оказались в табличном формате «excel» и занимали в общей сложности около шестнадцати мегабайт. Пока Татьяна занималась копированием, Синичкин провещал:

— Здесь данные обо всех высших руководителях страны. От премьер-министра до начальников главков в министерствах. Имеются сведения обо всех депутатах Госдумы. И о работниках президентской администрации. Есть информация даже о руководителях крупных компаний с государственным участием: «Газпрома», РАО ЕЭС, «Лукойла»... Итого около трех тысяч персоналий.

— Ух, ты, — присвистнула Таня. — И президент есть?

— Президента нет, — почему-то смутился Синичкин. — Но Чубайс имеется.

— Ну, наверно, нам президент и не нужен... Верно, Валера?

— Да уж не дай бог... — пробормотал тот.

— Про этих ВИП-персон, — продолжил вещать Синичкин, — в справке имеется исчерпывающая информация: год рождения, адрес, телефон, краткая биография. Состав семьи — жена, дети, даже внуки. И на каждого члена семьи здесь тоже есть все установочные данные.

— Вот это да... — пробормотала Татьяна. — И что вы собираетесь с этим богатством делать?

— По-моему, все очень просто, — лихо заявил Павел. — Сначала мы отбракуем всяких лженачальников — ну, типа замминистра сельского хозяйства...

— А начальника главка дошкольного образования? — лукаво спросила Таня.

— Тоже...

— А еще кого?

— Всех, кто, по определению, никакой охоты на Валерия Петровича и Татьяну Валерьевну организовать не мог...

— А кто мог?

— Натуральные силовики. Кто-нибудь вроде заместителей министра МВД и заместителей директора ФСБ. Ведь ясно: именно они, скорее всего, узнали об интересе Гараняна к уголовным делам, в которых фигурирует маньяк, и организовали на вас охоту... Правильно, Валерий Петрович?

Синичкин в поисках одобрения обернулся к отчиму. Тот рассеянно кивнул.

— Итак, мы находим руководителей-силовиков, — произнес Павел. — Потом смотрим на их детей. Из них выбираем сыновей — причем подходящего возраста... Скажем, от шестнадцати лет до сорока. А затем уже начинаем непосредственно по ним работать. Так, Валерий Петрович?

— Минуточку, — вклинилась Таня. — Я понимаю ход вашей мысли.

— Понимаешь? Это хорошо, — ослабился Паша.

Таня оставила его выпад без внимания.

— Вы считаете, что убил Гараняна (и стал охотиться на тебя, Валерочка) человек, прознавший о вашем интересе к уголовным делам. Это логично. Значит, он, скорее всего, замешан в убийствах... Но при чем здесь сыновья?

Синичкин беспомощно оглянулся на Ходасевича. Валера вздохнул.

— Крупный руководитель не может быть сексуальным маньяком, — безапелляционно заявил он.

— Почему? — удивилась Таня.

— Даже не верится, что ты на факультете психологии училась, — буркнул Валерий Петрович.

— Мы маньяков не проходили, — нахмурилась Татьяна.

— Ну, могла бы дополнительную литературу почитать.

— А я как на Госдуму по телевизору посмотрю, так и не сомневаюсь — в ней сплошь маньяки, — встрял Синичкин.

— Отставить шуточки, — поморщился Ходасевич.

— Так почему руководитель не может маньячить? В свободное от своей ответственной работы время? — не отставала Таня.

— Потому что это противоречит психологии, логике и статистике. И здравому смыслу. Никогда еще — и нигде! — маньяк-садист-убийца не становился крупным руководителем. Маньяки работают озеленителями, слесарями и санитарами в моргах. Предел их карьерного роста — это школьный учитель или на худой конец врач... Понимаешь, Таня: те изменения в мозгах, что происходят у маньяков, просто не могут — слова «не могут» отчим словно бы подчеркнул голосом, — позволить им вырасти до мало-мальски значимого руководителя. Даже до командира взвода какого-нибудь. А уж занимать важный пост, да еще в силовом ведомстве... — отчим махнул рукой, — этого никакой маньяк не добьется вообще никогда. Просто потому, что не сможет.

— Все когда-нибудь случается в первый раз, — упрямо пожала плечами Татьяна. — И маньяки министрами становятся.

— У руководителя есть много возможностей и способов компенсировать свою внутреннюю агрессию, — терпеливо объяснял Валера. — У него полно подчиненных. Он может устроить им разнос, унизить, выгнать из кабинета, уволить с работы... Принудить к сексу, пользуясь служебным положением... Благодаря всем этим возможностям руководитель ком-пен-си-ру-ет-ся, — раздельно, по складам произнес отчим. — Он имеет каналы для того, чтобы сублимировать свою агрессию. Ему нет нужды связывать беспомощных женщин. Ему не нужно самоутверждаться таким образом. Это тебе, Таня, понятно?

Отчим говорил чрезвычайно менторским тоном.

— Ну, допустим, — дернула плечиком Татьяна.

— Агрессия маньяка обычно не канализируется, — продолжал вещать Валера. — Он по жизни слаб, унижен, задавлен. Его агрессивность ищет выхода, никак не может его найти — а затем... Затем она его все-таки находит — в том, что он совершает преступление... Словом, Таня, ты спорь сколько угодно, хоть до завтрашнего утра. Но то, что маньяк не может стать руководителем (а, в свою очередь, руководитель не может стать маньяком), — это такая же аксиома, как то, что Земля вращается вокруг Солнца.

Таня снова пожала плечами. Валера ее, конечно, убедил — но не на все сто процентов.

— Дискуссия окончена, — безапелляционно заявил экс-полковник ФСБ. — Мы теряем много времени.

— Значит, — уточнила Татьяна, — вы построили такую цепочку: за вами охотится кто-то из силовых руководителей. Охотится, потому что в уголовных делах вы вышли на след убийцы. Но сам руководитель маньяком быть не может. И вы решили, что маньяк — его сынок, которого начальник покрывает. Правильно я поняла?

— Правильно, правильно, — досадливо отвечал отчим. — Давайте ближе к делу.

Однако сидела за компьютером — Таня, и кнопки управления, в прямом и переносном смысле, находились в ее руках. А она терпеть не могла делать что-то, когда у нее не было полнейшей ясности, *зачем и для чего* это делает. Поэтому отчиму придется потерпеть.

— А почему вы берете только одних сыновей? — спросила она.

— Ну а кого еще? — нетерпеливо спросил Валера.

— Есть еще, допустим, внуки.

— Какие, на фиг, внуки! — закипятился отчим. — Сейчас не брежневское время. У внуков руководителей пипка еще не выросла!

Таня сделала вид, что оскорблена Валерочкиной солдафонской прямотой:

— Ф-фу...

— Извини, Танюшка. Но у нас мало времени! Давай уже работать!

Однако она не собиралась сдаваться.

— А если маньяк — не сын, а *племянник* руководителя?

Отчим на секунду запнулся.

Синичкин с любопытством посмотрел на Татьяну и пробормотал:

— А ведь иногда тетка ради племянника на многое способна... Я вспоминаю, например, Катю Калашникову...[1]

Он вопросительно глянул на Валерия Петровича.

— Сначала отработаем сыночков — и, если не найдем, возьмем в разработку племянников, — твердо сказал отчим. — А сейчас давайте не будем разглагольствовать, а перейдем наконец к делу.

— Подождите! — воскликнула Таня. — А если маньяк — это не племянник и не сын, а чей-то *любовник*?

— Какой там любовник! — пренебрежительно махнул рукой Валера. — У нас женщин среди руководителей и политиков — раз-два и обчелся. Слиска, Хакамада, Матвиенко... Какие там у них могут быть любовники! А в силовых структурах женщин и вовсе нет.

— А я имею в виду любовника не женщины, а — мужчины.

Тане доставило удовольствие наблюдать за вытянувшимся Валериным лицом.

— Да, — неожиданно поддержал ее Синичкин. — У нас в верхних эшелонах власти много педиков. Особенно в Госдуме. Я сам в «Мегаполис-Экспресс» читал.

Валера прикрыл глаза, а потом, после паузы, процедил сквозь зубы:

---

[1] Павел Синичкин намекает на свое участие в деле, описанном в романе А. и С. Литвиновых «Дамы убивают кавалеров» (издательство «Эксмо»).

— Об этом я, признаться, не подумал... И все равно. Представь себе, Синичкин, что ты один из начальников в МВД...

— Охотно, — приосанился Паша.

— ...И при этом у тебя есть парень-любовник...

Синичкин скривился, словно выпил стакан уксусу.

— И представлять себе не буду такую гадость.

— ...Неужели ты станешь, — продолжал Валерий Петрович, — спасать его, если узнаешь, что он маньяк? Будешь ради него убивать ни в чем не повинных людей? Рисковать собой?

— Тайны однополой любви мне неведомы, — брезгливо ответил частный детектив.

— Я не о любви, — досадливо отмахнулся Ходасевич. — Я о психологии...

Он прищурился, пожевал губами, а потом решительно сказал:

— Это исключено. — И сделал не терпящий возражений отметающий жест. — Ради любовника никто убивать не станет.

И добавил:

— И я прошу тебя, Татьяна: не надо больше странных идей. И так работы выше крыши.

* * *

— Ты очень красивая.

Она улыбнулась:

— Странно, что ты мне это говоришь.

— А что, тебе никто до меня этого не говорил?

— Говорил, но...

— Ой, засмущалась! Не надо... Все будет хорошо. Даже лучше чем хорошо... Давай для начала поедим. Хочешь?

— Хочу.

— Знаешь, что у меня есть — вон там, в пакетиках?

— М-м?

— Очень вкусненькие вещи. Бутылочка бордо. Знаешь такое вино?

— Да-а... Я читала, Д'Артаньян такое пил...

— А еще есть фляжечка коньяка, если тебе вдруг не понравится вино... И сыр бри...

— Это такой, с плесенью?

— Ну да. А ты что, не любишь с плесенью?

— Да нет. Можно. Прикольно даже.

— А еще там есть сырокопченая колбаска, и консервированный язычок, и салатик из мидий с помидорами...

— М-мм... Кажется, это вкусно...

— Слюнки текут?

— Знаешь, текут.

— Ну, тогда давай накрывай на стол. А я... Я пока пойду приму душ — если ты, конечно, не возражаешь.

— Не возражаю. Люблю чистеньких. Там в ванной есть свежие полотенца. И тапочки.

— А потом я вернусь, и мы с тобой поедим... А затем поиграем. Да?

— Не больно?

— Нет, ну что ты!.. Я знаю одну очень, очень интересную игру...

* * *

Примерно к пяти часам вечера Валерий Петрович и Паша Синичкин определились со списком «кандидатов».

Таня все это время как паинька выполняла обязанности высококвалифицированной секретарши: сидела в кресле за низеньким столом, на котором стоял компьютер (спина стала уставать и чертовски болеть!), и стучала по клавишам. Отчим сидел рядом, вглядывался в экран и коротко командовал:

— Вниз гони!.. Стоп. Вернись чуть назад...

Таня послушно гоняла курсор по спискам, привезенным Пашей.

От фамилий, имен, адресов у нее рябило в глазах.

Центральный аппарат МВД, центральный аппарат ФСБ... Сотрудники, члены семей... ФСО, СВР, Минобороны...

— Вот этого помечь... А теперь гони дальше... Стоп! Назад!..

Отчим работал как бешеный — ни на минуту не отвлекался. И курил тоже как бешеный. Таня только и успевала — между делом, не отрываясь от экрана, — останавливать Валеру, вынимать новую, нераскуренную сигарету из его рук. Если бы не она — Ходасевич бы, наверно, пачку извел. А так — всего половину.

Синичкин тоже сидел рядом — но скорее как мебель. Пялился в экран, в стремительно летящие строчки. Украдкой позевывал.

У Тани устали спина, плечи, руки и особенно глаза. Да и голова под конец перестала соображать — она действовала как автомат. А отчим оставался сосредоточенным и неутомимым.

В итоге за пять часов безотрывной работы они просмотрели все данные с Пашиного диска. И получили, как его назвал Валерий Петрович, «первоочередной список» — двенадцать человек. И еще семь «запасных».

— Будем надеяться, что *он* — среди них... — пробормотал Валерий Петрович. — Танюшка, ты можешь вывести это на печать?

— А почему нет? — усмехнулась она.

— Приятно иметь дело с компьютерно грамотным человеком, — удовлетворенно потянулся отчим. — Н-да-с. По-моему, мы заслужили хороший обед... Танюшка, сварганишь чего-нибудь перекусить? Господин Синичкин привез нам всяческой провизии...

— Слушаю и повинуюсь, товарищ полковник.

Таня смиренно склонила голову и отправилась на кухню. Компьютер, надо признать, изрядно ей надоел.

Закупленная Пашкой еда была типичной для мужчин: все самое дорогое, но отнюдь не самое вкусное. Эскалопы. Замороженная картошка фри. Салат «Столичный» в пластиковом корытце. Два сорта соков. Две бутылки пива. И хлеб — далеко не первой свежести. При этом никаких приправ, равно как соли и масла, Синичкин купить не догадался.

Ну, ладно: без приправ еще можно обойтись. Соль и перец, слава богу, нашлись у хозяина. А вот без масла поджарить картошку и мясо будет трудновато...

Таня порылась в кухонных тумбочках, заглянула в посудомоечную машину. Ура! — нашлись три сковороды с антипригарным покрытием. Значит, можно выкрутиться и без масла.

Татьяна принялась отбивать эскалопы — и думала: до чего же приятно кормить дорогих тебе людей. Для отчима она вообще готова все на свете сделать. Он стольком у ее научил! От стольких бед спас! Да и вообще, все самые светлые детские воспоминания с ним связаны. Дура мать, что с ним развелась... Ох, какая дура! Такими мужиками не бросаются. Да, по-моему, она и сама сейчас жалеет...

Паша Синичкин — тоже, в общем-то, близкий Тане человек. Совсем в другом роде, конечно, чем Валерочка. Но он — ее верный друг. Друг в самом прямом смысле этого слова. Ничего сексуального ровным счетом между ними не было (если не считать одного-единственного давнего поцелуя в Кусковском парке). Таня порой Пашу годы напролет не видела, но если с ней случалась неприятность, она всегда бежала за помощью к нему. К Пашке — Пашуне... Вроде бы все просто с Синичкиным: он — боец, не рассуждающая гора мускулов. Но при этом у него имеется четкое представление, где в мире зло, а где — добро. И постоянно действующая внутренняя установка: зло должно быть наказано, а добро — торжествовать. И — внутренняя готовность сделать для этого все, что в его силах. И даже больше.

Пока она избивала эскалопы, на плите раскалились все три сковороды. Таня посолила-поперчила мясо, вывалила на одну сковородку картошку, на две другие разложила пять эскалопов: мужчинкам — по два, а ей и одного куска хватит.

Пища тут же зашкворчала, застреляла на огне. Эх, для полноценного обеда не помешали бы, конечно, помидорки, маслинки, огурчики... Ну, ладно, ограничимся глупым салатом «Столичный» — если уж Пашка такой тупой и хватает в супермаркете все подряд, не рассуждая.

Таня выглянула из кухни в гостиную.

— Ма-альчики! Идите мыть руки. Скоро обедать. Но что это?

Отчим — еще минуту назад, кажется, безнадежно

уставший от поиска «первоочередных» подозреваемых — сейчас сидит, сосредоточенный, над только что отпечатанными списками и что-то тихо-тихо втолковывает Синичкину. Тот притулился рядом в кресле, ловит каждое его слово и сосредоточенно кивает.

— Вы что это там обсуждаете?!

Отчим, не отрываясь от списка с «кандидатами», повел носом:

— Таня, Таня! Мясо!

Мясо и вправду пригорало — и Татьяне пришлось броситься к плите. Знала: Валерочка не простит ей испорченного обеда, ворчать будет до вечера.

Она убавила огонь, стала переворачивать эскалопы. Кусок мяса шмякнулся на пол. Она схватила его руками, обожглась, кинула назад в сковороду... Негигиенично, конечно, но очень уж она злилась.

Да что ж это такое! Мужики — шовинисты! Принялись втихаря от нее что-то обсуждать! А ее загнали на кухню! Что она им — повар Фриц?![1] Секретарша какая-нибудь?! Эта, как ее... Из романов Гарднера... Ну, неважно... Спасибо, что Валера с Пашей не возомнили, что она — садовник Теодор, газон постригать не заставили!..

Помешав лопаточкой картошку, Таня постаралась умерить гордыню, привести себя в равновесие. Смириться. Все равно, если отчим чего решил ей не говорить — ни за что не расскажет.

Лучше подумать, как быть. Что и как ей удастся у него выведать. И чем она сможет быть ему реально полезна.

---

[1] Персонаж из романов Рекса Стаута о Ниро Вульфе.

Поджаривание эскалопов с картошкой за помощь, конечно, не считается.

Татьяна выключила газ и прокричала:

— Валера! Паша! Пора обедать!..

* * *

Генерал был уверен, что этот телефон не слушают.

Хотя бы потому, что аппарат был изъят полгода назад при аресте одной криминальной «шестерки». С тех пор сотовый проходил в качестве вещдока, а на самом деле просто валялся у него в ящике стола.

— Давай докладывай, Кобылин.

— Работаем, — выдохнул тот с оттенком безнадежности.

— Ра-бо-та-ем... — угрожающе повторил генерал по складам. — А результаты?

— Работаем по толстяку, — тоскливо доложил Кобылин. — Отслеживаем все его связи. Отсмотрели пограничные КПП. Госграницу он не пересекал...

— Да в Москве он, в Москве!.. Это бритому ёжику ясно!

— Мы шерстим его знакомых.

— А девчонка?

— Она тоже... Исчезла...

— По ее контактам работаете?

— Сил у нас мало, — тоскливо выдохнул Кобылин. — Людей раз-два и обчёлся.

— Я сам знаю, — закипая, сказал генерал.

Диким усилием воли смирил привычно подступивший к горлу гнев. Аж зубы от напряжения скрипнули... Но если нет возможности разрядиться — ударить, растоптать, унизить — зачем тогда и начинать гневаться?

Спокойно произнес:

— *Ты что, не понимаешь, Кобылин, свое положение?*

— *Понимаю,* — *покорно проговорил тот.*

— *Ты что, не соображаешь, Кобылин: эти двое могут привести нас к объекту?*

— *Так точно, соображаю.*

— *Давай действуй, Кобылин. До завтра срок у тебя. Помнишь?*

— *Так точно.*

Он положил трубку.

Никакой разрядки.

Это плохо.

И дело не движется.

Это еще хуже.

* * *

Валера улегся спать, как всегда, рано. Посмотрел десятичасовые новости, похрумкал сушек с чаем. Сказал:

— Спокойной ночи, Танюшка, — легонько чмокнул ее в висок и отправился наверх, на боковую.

Синичкин уехал с дачи сразу после обеда. Видимо, инструкции, которые успел ему дать отчим — пока Таня, как кухарка, готовила им пищу! — были ясными и исчерпывающими. Никаких вопросов при ней Павел не задавал. Ни о каких делах они с Валерием Петровичем за едой не говорили.

Уехал Синичкин взбодренный, нацеленный на дело. На неведомое Тане задание.

Распечатанные списки возможных преступников он, естественно, увез с собой.

Татьяна ни о чем отчима не спрашивала. Все равно ведь тот не ответит — нахмурится или высмеет ее.

Она послонялась по особняку, полистала старые «Спид-Инфо», посмотрела одним глазом телевизор.

А вот когда Валерий Петрович отправился почивать, выждала для верности полчаса, а потом подошла к компьютеру, за которым они сегодня работали.

Прислушалась. Сверху, из спальни, не доносилось ни звука. Отчим даже не храпел.

Таня включила комп. Довольно быстро разыскала директорию с Пашкиными списками. Действительно, в общей сложности шестнадцать мегабайт. Для дискеты многовато.

Однако она еще днем заметила в дискодержателе на столике стопку дисков с надписью «CD-R». Это означало, что они чистые. А компьютер, слава богу, у босса оказался последней модели и был снабжен «резаком» для записи информации на лазерный диск.

Таня вставила чистый CD в записывающее устройство. Вызвала программу *Burn*.

Через каких-нибудь две минуты все было готово. Шестнадцать мегов информации, которую Синичкин добыл благодаря своим оперативно-постельным мероприятиям, прекраснейшим образом уложились на CD.

А диск — нырнул в глубины Таниной сумочки.

Она снова прислушалась. На втором этаже, где спит отчим, — тишина. А принтер у босса — лазерный, почти бесшумный. Вполне можно рискнуть.

Она вызвала на экран список первоочередных подозреваемых, нажала на иконку печати. Тридцать секунд — и дело сделано. Фамилии «чинов», состав их семей, адреса, телефоны, места работы и даже хобби...

Распечатку Таня тоже бросила в сумочку. Потом взяла лист бумаги из стопки на одном из журнальных столиков, пошла на кухню. Минуту подумала и написала:

Валерочка!

Ты будешь ругать меня. Ну и пусть.

Все равно у меня есть собственный план. План, как изловить этого гаденыша. И поэтому — спасти тебя.

В моем плане нет ничего опасного — но ты все равно не разрешил бы мне им заниматься, я тебя знаю.

А сидеть без дела на даче — сил нет как скучно.

Поэтому я уезжаю. Пожалуйста, не волнуйся за меня. Я найду себе «укрывище» еще лучше, чем у тебя, и буду в полной безопасности.

Пожалуйста, не ищи меня. Я буду сама тебе звонить — из автомата, по здешнему городскому телефону. О том, что это я, ты узнаешь из нехитрого шифра: звоню — слушаю два гудка, а затем кладу трубку. Потом звоню еще раз, уже по-настоящему.

Постараюсь звякнуть тебе завтра. Доложусь, как у меня дела.

Целую тебя крепко.

Все будет хорошо.

Твоя Т.

Таня подумала было добавить хулиганский постскриптум. «Записку сожги или съешь», — но удержалась.

Она напоследок опорожнила отчимову пепельницу и прижала ею листок сверху.

Огляделась. Взяла сумочку, в которой лежал бесценный диск.

Тихонько открыла дверь особняка.

Было не поздно, и электрички в Москву еще ходили.

Таня заспешила по темной и тихой дачной улице к станции.

Насчет того, что придуманный ею план «абсолютно безопасен», она, конечно, лукавила.

Глава 5

ДЕВЯТОЕ ИЮЛЯ, СРЕДА. НОЧЬ

Среда для Тани началась под стук вагонных колес.

«Я — предательница и дура», — корила она себя, качаясь в полупустом вагоне. За окном мелькал унылейший пейзаж: свалки, ржавые ряды гаражей, редкие фонари: будто и не в столицу, не в *центр России* въезжаешь, а в какую-то дикую провинцию.

От самоукоров Таня перешла к аутотренингу: «Нет, я не дура. И никого не предаю. Наоборот — работаю на общее дело. И, могу поспорить, добьюсь результатов куда быстрее, чем Пашка!»

Фонари за окном мелькали все чаще, свалки исчезли — электричка приближалась к центру столицы. От яркого света, сполохов реклам, отремонтированных зданий сразу и настроение улучшилось.

Электричка начала тормозить. Ого, почти час ночи! Пассажиры резво выпрыгивают из вагонов и спешат на последний поезд метро — кто в режиме спортивной ходьбы, а кто и бегом. Таню тут же подхватил людской поток, повлек в сторону станции «Комсомольская». Она не противилась. На вокзале ей делать нечего. Здесь опасно — особенно если ее действительно ищут. В голове плотно засело, еще из старых советских детективов: «Проверяйте вокзалы, аэропорты и другие места массового скопления граждан». Так что на всякий случай нужно как можно быстрей покинуть «массовое скопление»...

Была, правда, мысль потолкаться на вокзале, присмотреться к старушкам, которые шустрят с табличками «сдаю жилье». Уж бабулька-то вряд ли потребует у нее паспорт...

Но по зрелом размышлении Таня от этой идеи отказалась. Даже не потому, что в съемных комнатках наверняка живут тараканы, а соседями могут оказаться лихие джигиты. Просто вспомнила: когда-то отчим рассказывал — почти все старушки-«одуванчики», сдающие жилье на короткий срок, сотрудничают с ментами. Сливают им информацию о подозрительных квартиросъемщиках. Кто за малую копеечку старается, а кто по зову души. И Таня не сомневалась: бабульки наверняка решат, что она — *подозрительная*. Да тут любой задастся вопросом — зачем Татьяне, явно москвичке, причем на вид совсем не бедной, снимать комнатуху в переулках Каланчевки?

Нет, прочь с этого вокзала!

Таня спустилась на Кольцевую линию метро и вышла на следующей станции, на «Проспекте Мира». Здесь «скопления» уже не было — народ, подкошенный дневной жарой, отдыхал перед рабочим днем. У подземного перехода скучала парочка милиционеров. Они откровенно зевали и в сторону Тани даже не взглянули.

«Хорошо, конечно, что во мне не признали возможного фигуранта. Хотя, скорее всего, я и не являюсь *фигурантом*. И официально меня никто не ищет.

А вот на грудь под новой кофточкой господа милиционеры могли бы и посмотреть. Впрочем, менты, они и есть менты. Что с них взять...»

Таня прошла под проспектом Мира и взяла курс на «Макдоналдс». Не время, конечно, лопать бигмаки, но, с другой стороны, когда у Микки Спилейна или Рекса Стаута герой не знает, что делать, он коротает время в какой-нибудь точке быстрого питания.

«Макдоналдс» оказался почти пустым — всего несколько посетителей. Завидев Таню, продавцы вскинули руки в усталом приветствии: «Свободная касса!»

Прежде чем сделать заказ, Таня украдкой осмотрелась. Публика в закусочной выглядела необычно — сплошь в спортивных костюмах и тапочках, а у одного мужика, расправлявшегося с огромной порцией картошки, рядом со столиком стояли костыли. Таня сначала удивилась странному составу посетителей, но быстро поняла: здесь ведь Склиф поблизости. Небось народ оттуда и набежал. Дождались отбоя, подкупили медсестричек с охранниками и теперь отдыхают от больничной кормежки.

«Может, мне тоже в Склифе поселиться? — мелькнуло в голове. — А что, это идея!»

Таня вспомнила, как однокурсница Маргарита рассказывала, что в Склифе недавно открыли какое-то восстановительное отделение для «практически здоровых».

«Деньги неслабые, зато отдельная палата и максимум внимания. И массажики тебе, и иглоукалывание, и барокамера! Я за неделю на пять кило похудела!»

Таня, помнится, тогда подняла подругу на смех. И процитировала Майю Плисецкую: «Как вам удается сохранить такую замечательную фигуру?» — «Сижу не жрамши!» А Маргарита в ответ припечатала: «Можно подумать, ты — идеал! Ну, худеть тебе, допустим, не надо. Зато цвет лица оставляет желать много лучшего и спина сутулая...»

Стервоза она, эта Маргарита! Вспомнишь про нее — и сразу настроение портится. Как будто в Москве можно встретить хоть одного человека со здоровым цветом лица!

Таня так и не распечатала свой биг-мак. Вместо этого достала зеркальце и проинспектировала «цвет лица, который оставляет желать».

Осмотром, впрочем, она осталась довольна. Странно: время — начало второго ночи, а вид у нее — будто только что с курорта. И румянец в наличии, и глаз горит. Вот как на нее приключения действуют! Но, впрочем, подлечиться никогда не помешает. Особенно если это нужно для дела.

Таня уже потянулась к записной книжке — искать телефон Маргариты. Но взглянула на посетителей «Макдоналдса» — своих будущих соседей — и отдернула руку. Это что же, ей тоже придется ходить в спортивном костюме и тапочках? А после отбоя бегать подкрепляться биг-маками? Нет, не пойдет. Да и лечиться — пусть и во всех отношениях приятным массажем — ей решительно не хочется. К тому же и времени на такие глупости нет.

«Нет уж, доживу до пенсии — тогда и буду в больницах киснуть да на массажи ходить, — порешила Таня. — А сейчас нужно искать более «здоровое» укрытие».

Она сняла крышечку с биг-мака и щедро сдобрила бифштекс кетчупом из пакетика. Хилый юноша с соседнего столика (клетчатая пижамная куртка, тоскливое личико — в общем, типичный язвенник) вперился в залитый томатом бутерброд завистливым взглядом.

Таня хмыкнула — представление еще не закончено. Она распечатала коробочку горчичного соуса и выложила ее содержимое поверх кетчупа. Юноша охнул и отвернулся.

А Таня с аппетитом вгрызлась в свой «неправильный» бутерброд и задумалась.

«И все-таки: где мне ночевать? У друзей? Не годится. Во-первых, небезопасно — и для меня, и для них. Во-вторых, последует неизбежная куча вопросов, а отвечать на них я не могу... Значит, остаются гостиницы — но в них без паспорта не пускают, а его мне показывать нежелательно. Тупик. Замкнутый круг. Впрочем, великий Валерочка говорит, что тупиков да замкнутых кругов не бывает. Есть только дураки, которые не видят элементарного выхода... Интересно, а что будет, если я ломанусь в совсем уж крутой отель, где с клиентами негусто? В «Метрополь», например, или в «Мариотт»? Попросят они показать паспорт? Бог его знает, какие у них правила... Можно, конечно, положиться на удачу и попробовать».

Таня представила, как она идет по мраморному холлу, подходит к стойке, отвечает на дежурную улыбку администратора... «Пожалуйста, ваш паспорт», — просит тот. «А паспорта у меня нет. Не могли бы вы пойти мне навстречу?» Ну и что — пойдет? Или не пойдет? Скорее всего, нет — несмотря на всю ее красоту и умоляющий вид. Что ему, этому администратору, работа в такой кормушке не дорога? Да и не Клава она Шиффер, чтобы из-за нее инструкции совсем уж внаглую нарушать. В гостиницах, кажется, регистрировать обязаны всех — и направлять списки в ОВИРы или паспортные столы. А в дорогущих отелях правила должны быть еще строже — чтобы по соседству с Кремлем какой-нибудь снайпер или шахид не поселился.

А если ей рискнуть и все-таки въехать в гостиницу по паспорту? Тогда в паспортный стол придет информация, что госпожа Садовникова живет в «Мариотте». И коль скоро они с Валерой полагают, что преступник действительно крупный милицейский чин, то ему эти списки получить — раз плюнуть... Нет, не пойдет. Опасно. Валера ее за такую опрометчивость на месте прикончит. Вербально, конечно, но прикончит.

«Ну и что мне остается? — резюмировала Таня. — Ночевать на скамейке? С позором возвращаться к отчиму?..»

И тут она вспомнила. Выхватила из сумки записную книжку, начала лихорадочно перелистывать... Ура, есть!

У Тани была давняя привычка. Называлась она — как ехидничали на работе — «записывать всякую дрянь». Таня вносила в свою телефонную книгу не только друзей и знакомых, не просто полезных, а также потенциально полезных людей, — но и всякую, как говорили коллеги, «шушеру». Телефон скорняка, который клепал норковые шубы прямо на дому. Координаты торгинспекции. Телефон секции конного спорта... В итоге она не обращалась к подпольному скорняку, не «стучала» в торгинспекцию и так и не научилась ездить на лошадях. Но верила: когда-нибудь эти телефоны ей пригодятся. Вот оно и случилось.

Зачем, скажите, она чуть не год назад внесла в записную книжку координаты «первого в столице семейного отеля»?

«Кажется, я тогда подумала: вдруг Том опять в гости нагрянет... Или какой-нибудь его приятель... В моей квартире или в «Метрополе» жить не захочет — вот и поселю его в «семейный отель».

Никакие иностранцы к ней, правда, не приехали, а телефончик в записной книжке остался.

Таня прикрыла глаза и постаралась воспроизвести в памяти рекламное объявление «семейного отеля»: *«Настоящий домашний уют... вкусные горячие завтраки... в самом центре столицы... полный комфорт... эксклюзивный сервис... ваши желания угадываются еще до того, как они появились!»*

Кажется, это то, что нужно.

Таня торопливо доела биг-мак и покинула «Макдоналдс».

В семейный отель она позвонит с телефона-автомата.

* * *

— *Ее нигде нет. Мы проверили все.*

— *Плохо проверяли. Она где-то рядом. Где-то в городе.*

— *Но вы же сами говорили, что эта девушка непредсказуемая.*

— *Говорил. Но сейчас она точно в Москве.*

— *Ясно...*

— *Тогда действуй.*

* * *

«Памятник надо поставить тому, кто придумал этот «семейный отель», — думала Таня. — Тьфу, все время забываю, что памятники ставят покойникам, а живым — монументы».

Уже через полчаса после того, как она позвонила диспетчеру, Таня обживалась на новом месте.

В систему «семейного отеля» входили апартаменты, раскиданные по всему центру столицы. Вежливая телефонная девушка подробно расспросила Таню о предпочтениях — и тут же предложила на выбор четыре квартиры.

Таня выбрала «двушку» на Третьяковской.

Диспетчерша в трубке пощелкала клавишами компьютера.

— О'кей... Квартира ваша. Куда присылать машину?

— На проспект Мира. К «Макдоналдсу».

— Одну минуту... — снова стрекот клавиатуры, — ...к вам едет серая «Ауди А4», номер 213. Машина будет через пятнадцать минут. Вы ответите на несколько вопросов?

Таня напряглась — вдруг спросит паспортные данные или номер кредитной карточки? Но диспетчер повела разговор совсем в другом направлении.

— В котором часу вы будете завтракать?

— Не знаю, — растерялась Таня. — Как проснусь, так и буду. Часов в десять, наверно.

— Хорошо. — Опять щелчки клавиатуры. — Тогда стол накроют к десяти утра. А круассаны на всякий случай положат в микроволновку. Так что, если проспите, сможете разогреть сами. Дальше... Вам машина нужна?

Здорово! Может, ей и автомобиль дадут, не спросив документов?!

— А какие у вас машины? — осторожно спросила Таня.

— Любые, — последовал ответ. — И водители — очень хорошие.

Нет, с водителем ее не устраивает.

— Пожалуй, машину не надо... А вот компьютер... — забросила удочку Таня.

Диспетчер не удивилась.

— Да, пожалуйста. Вы предпочитаете стационарный или ноутбук?

— Лэп-топ, — ответила обнаглевшая Таня. — То
есть ноутбук.

Девушка не удивилась.

— Хорошо. «Ровер» вас устроит?

— Сойдет, — согласилась Таня.

— Доставим в течение часа, — пообещала диспетчер.

— Везите... — Таня поймала себя на том, что в ее
тоне уже зазвучали барские нотки. — Телефон в
квартире, надеюсь, есть?

— Конечно.

— Это хорошо... Но у меня, знаете, какая еще
проблема? Я тут мобильник уронила, и он теперь не
заряжается, — осторожно сказала Таня.

— Нет проблем, — тут же откликнулась девушка. — Мы можем сами отвезти его в ремонт. Но это, к
сожалению, только завтра.

— Жаль, — вздохнула Таня.

— Но у нас есть дополнительный сервис. Прокат
сотовых телефонов.

— Ого! — не удержалась Таня. — А дорого это
стоит?

М-да, несолидная реплика получилась... По-настоящему «крутая» особа так никогда бы не спросила.

— Прокат компьютера и телефона входят в стоимость квартиры, — отрапортовала девушка. — Вам
придется оплачивать только Интернет и мобильное
время.

— А сама квартира в какую сумму обойдется?

В ожидании ответа Таня напряглась.

— Сто пятьдесят долларов в сутки.

«А что — дешевле, чем в «Мариотте». Но все равно дорого. Что ж... тогда будем гонять их по максимуму».

И она сказала:

— Меня это устраивает. Только, пожалуйста, не забудьте про телефон.

— Конечно, — пообещала диспетчер. — Ноутбук и мобильный вам доставят в течение часа. Кстати, не хотите поужинать? Доставка из любого ресторана у нас бесплатная...

«И чего я зря давилась этим биг-маком?»

— Нет, ужина не надо. Если только минералки...

— В квартире есть мини-бар. Безалкогольные напитки тоже включены в стоимость.

— Ну, тогда вопросов больше нет, — восхищенно сказала Таня.

И подумала — как хорошо иметь привычку записывать на всякий случай разную ерунду!

* * *

Никаких особых изысков в квартире не было. Две комнаты — гостиная и спальня. Неплохой ремонт. Чистенькая кухня с букетом скромных незабудок на подоконнике. Действительно, уютно, как дома, но без золотых унитазов.

«Могли бы и джакузи поставить», — ворчливо подумала Таня. И фыркнула: быстро, оказывается, вживаешься в роль богачки!

Она прошлась по квартире. Оценила, что постель застлана белоснежным бельем, а в ванной имеется не

Только запечатанная в целлофан зубная щетка, но и бритвенные станки — мужские и женские. Напилась бесплатной минералки из мини-бара. Пощелкала каналами телевизора...

Хотя время и близилось к двум, настроение было совсем не сонным. Давняя особенность организма — когда что-то удается, хочется действовать дальше, а не дрыхнуть.

Но чем можно заняться глухой ночью, Таня не представляла.

Взгляд упал на аккуратную стопочку журналов, украшавших столик возле телевизора.

Ну-ка, какую прессу «семейный отель» приготовил для постояльцев?..

Что и следовало ожидать: «Досуг в Москве», «Рестораны Москвы» и прочие гиды по столичным развлечениям.

Таня небрежно пролистнула журналы. Обычный ассортимент: кабаки рекламировали живые устрицы (хотя летом свежих устриц не бывает), ночные клубы — второразрядные поп-группы (настоящие звезды расползлись на традиционный гастрольный «чес»). В театрах гастролировали провинциальные труппы, казино приглашали на «летний покер» (а по Тане — что летний покер, что зимний — все равно обираловка).

В общем, обычная скучища. Только и остается — дождаться курьера, а потом завалиться спать.

Таня зевнула. И тут ее взгляд упал на яркое рекламное объявление, украшавшее разворот одного из журналов. На нем изображались две девицы. Довольно страшненькие. Зато одеты замечательно — в одних шелковых шортиках. Девицы стояли на некоем подобии ринга (Таня иногда смотрела бокс и знала, что настоящий ринг должен быть больше). Кожа блестит от масла, физиономии у девиц свирепые. А вокруг — толпа восторженных мужиков...

Текст гласил: «Настоящий экстрим! Женские бои без правил! Клуб «Киборг».

«Вот дурочки! И без того не красавицы — а как будете смотреться, когда вам физии расквасят?» — сказала Таня девицам и отложила журнал.

Снова прошла на кухню — к холодильнику, который в «семейном отеле» именовался «мини-баром». Прикончила минералку — после биг-мака с дополнительными порциями горчицы и кетчупа пить хотелось безумно.

«Я не лучше этих боксерок. Они свои лица не жалеют, а я — желудок... Нет, те девчонки рискуют все-таки больше... Интересно, до какого момента они дерутся? До того, как одна другой нос разобьет? Или по раундам? Наверно, разбитым носом дело не кончается — кровь зрителей только подхлестывает. И приходится им мочить друг друга, пока судья не смилостивится... Вот дуры, жаль их. Да что мне эти девицы, почему я о них все думаю?»

Прозвенел дверной звонок. Таня взглянула на часы — половина третьего. Курьер явился точно в срок.

Таня распахнула дверь. Вот молодцы ребята из «семейного отеля» — даже курьеры у них симпатичные!

Она приняла у молодого человека ноутбук с сотовым телефоном и заверила его, что больше ей ничего не нужно.

Боксирующие девицы никак не выходили из головы. Почему? Может, это как-то связано с расследованием. Но как? Таня не понимала. Но ведь помнится что-то... Вертится в голове...

Спать расхотелось совершенно.

«Как-то женский бокс пересекается со списком подозреваемых... Может, это чье-то хобби? Кого-то из тех, кто входит в Пашину базу данных? Да нет, несерьезно. Не может быть у милицейских чинов такого хобби. А в информации по их детям графы «хобби» вообще нет... Но ведь неспроста же меня этот женский бокс так зацепил?»

Таня включила ноутбук, вставила лазерный диск. Открыла список из двенадцати «основных» и семи «запасных». Министры, их замы, начальники главков. Ну и какие у наших главных правоохранителей хобби?

Сплошь горные лыжи, теннис и, согласно последней моде, дзюдо. Скучища.

На всякий случай Таня нажала кнопочку «*сортировать*».

— Критерий отбора? — поинтересовался компьютер.

— Хобби — женский бокс, — ответила Таня.

— Соответствий не обнаружено, — откликнулся компьютер.

Что и следовало ожидать. А если пройтись по всему остальному, огромному списку? Пусть машина потрудится!

Таня вводила и «женский бокс», и «женские бои без правил», и даже «ночные клубы», но компьютер стоял на своем: «Соответствий не обнаружено».

— Все. Ухожу спать, — сообщила компьютеру Таня. И потянулась выключать агрегат.

«Нет, стоп. А почему я решила, что речь идет именно о хобби? Может быть, клуб «Киборг» — это как раз работа?!»

Таня торопливо вбила новую задачу: «Сортировать по месту работы, клуб «Киборг».

И тут же взвизгнула: «Йес!»

На экране вспыхнула плашка — *«найдено одно соответствие»*.

И через секунду Таня уже рассматривала фотографию.

Максим Константинович Лучников, тридцать лет, совладелец и директор ночного клуба «Киборг».

Максим Константинович Лучников оказался сыном заместителя министра внутренних дел.

«Валера с Пашкой меня убьют, — вздохнула Татьяна. — Но что делать, раз само идет в руки?!»

Она достала косметичку и начала лихорадочно подкрашиваться.

* * *

Клуб «Киборг» выглядел скромно — отдаленный район, хиленькая афишка, вытертые ступеньки. И швейцар невоспитанный. Вместо того чтобы дверь распахнуть и поздороваться, хмуро пробурчал:

— Куда?

Глупейший вопрос. В клуб, естественно!

— Зачем? — не отставал негодяй.

— Никогда не видела женских боев, — кротко улыбнулась Таня. — Хочу посмотреть.

— У вас заказано? — Швейцар не сводил глаз с ее сумочки. Гипнотизировал: гони, мол, бабки, а то не пущу.

— Нет, но...

— Тогда вход будет платным, — отчеканил швейцар. — Пятьсот рублей.

Вот паразит! Открытым текстом вымогает. Денег не жаль, а вот спонсировать хама не хочется.

— «Совершенно ненавистная порода», — произнесла Таня.

Швейцар не понял.

— Чего-чего?

Таня закончила цитату:

— «Гаже котов. Живодер в позументе». — И пояснила: — Это Булгаков так о швейцарах писал.

— А ну, пшла отсюда! — разозлился мужик.

Гонит ее, словно пса!

Таня проворковала:

— Послушай, дядя... Хочешь, я шефа позову? Расскажу ему, как ты деньги с клиентов тянешь? Себе на карман?

Швейцар окинул скептическим взглядом ее несолидные джинсы и кофточку. Весь его вид говорил: «Да тебе до нашего шефа — как до луны!» Он презрительно дернул плечом:

— Да звони куда угодно!

И демонстративно отвернулся.

Таня вытащила из сумочки телефон. Без разбора отсчитала семь щелчков, сделала вид, что жмет кнопку посыла. Проворковала в трубку:

— Максим Константинович?

Швейцар в стремительном броске кинулся к ней. Таня показала ему язык и продолжила:

— Ага, это я... решила вот сегодня в ваш клуб нагрянуть...

Швейцар потянулся было перехватывать ее руку с телефоном, но Таня предусмотрительно отпрыгнула в сторону.

— Столик у сцены? Ну, спасибо. Знала, что порадуете...

Тане показалось, что на глазах швейцара выступили слезы. Он стоял навытяжку и нервно теребил приколотую к груди карточку с логотипом клуба и своим именем: Михаил Бубырин.

Таня произнесла в трубку:

— Кто, вы говорите, швейцарит? Мишка? Ладно, скажу... Ну, до встречи.

Она нажала на кнопку отбоя.

Спасенный Мишка ринулся растворять перед ней дверь. Забормотал:

— Девушка, милая... так вы к самому Лучникову? Что же сразу-то не сказали?

У, двуличная тварь!

Верно классик писал: «Вот бы тяпнуть за пролетарскую мозолистую ногу».

Таня не удостоила швейцара ни ответом, ни взглядом и царственно вплыла в недра ночного клуба «Киборг».

* * *

Максим Константинович Лучников с отвращением приканчивал третью чашку зеленого чая. Чай казался горьким, словно хина. Выпить бы сейчас коньяку, хоть глоточек, один-единственный, крошечный, обжигающий... Но пить он не мог. Запрещено. Да он вообще ничего в этой жизни не мог. Он — ничтожество. Слизняк, позорище, *отребье*. Человек, который ни на что не способен. Как говорил его отец: «Твое место — последнее. Как говорится, у параши».

Все, что ни делал Лучников-младший, по мнению отца, никуда не годилось. Философский факультет — смешно. Школа танцев — ублюдочно. Корейский автомобиль — убого... «А женские бои — вообще полный бред. Какие из баб бойцы? Прогоришь. Лучше обычный клуб открывай. Или казино — лицензию мы организуем...»

— На Западе такие клубы процветают! — убеждал Максим отца. — Обороты — миллионные!

— А ты прогоришь, — усмехался тот. И добавлял: — Впрочем, ты в любом случае прогоришь. За что бы ни взялся.

Но денег на клуб все же дал.

«Киборг» существовал уже год, но пока у Максима ничего не получалось доказать отцу. Его клуб до сих пор оставался убыточным.

— Говорил я тебе, что женские драки — это идиотизм! — издевался отец. — Они никому не нужны. Посмешище.

— Это сексуально! — горячился сын.

— У тебя странные понятия о сексуальности, — пожимал плечами отец. И добавлял: — Извращенец.

— Я извращенец?! — кипятился сын.

— Было б красиво, к тебе народ бы шел. А так — шиш, — усмехался папаша.

И самое грустное, что он был прав.

Лучников-младший изо всех сил старался заработать на своем клубе. То есть приманить народ. Чего только не придумывал. Каких только девчонок не стравливал... Иногда — получалось неплохо. «Но чаще — как всегда», — издевался над ним отец.

Вот и сегодня вышло как обычно, то есть плохо. А какой был план! Сколько он готовился!

«Игра на контрастах» — назвал эту схватку Максим.

И девочки действительно являли собой разительный контраст. Прекрасная, худенькая, зеленоглазая Лаура и коренастая, угрюмая, с волосками на подбородке Мадлен.

«Публика должна поверить, что вы действительно деретесь. Не на жизнь, а на смерть, понятно?» — вбивал он в их тупые головы.

И девки клялись, что все поняли, и божились, что бой пройдет в лучшем виде... А что получилось? Как он ни натаскивал эту стерву Лауру — все равно на ринге получился не бокс, а балет. Ей драться надо, а она попой вертит. Так и норовит половчее выгнуться да грудешку из купальника вывалить. А Мадлен — упрямая крокодилина. Понимает, что с такой рожей клиенты ей не светят — вот и старается хотя бы призовые урвать, и как можно быстрей. Ладно, двенадцати раундов от нее никто и не просит, но минимум восемь-то нужно! Договорились ведь: Лаурка — демонстрирует прелести, Мадленка — мочит ее осторожно, бережет для решающего нокаута... Максим им сказал: «Держитесь, девочки, в рамках. Ты, Мадлен, особо не бей, а ты, Лаурочка, по рингу как по подиуму не ходи, хотя бы делай вид, что дерешься». Обе кивали, клялись, мол, так и будет. Лучников и паре клиентов шепнул, что ставить нужно на победу Мадлен именно в восьмом раунде... И что в итоге? Только публика разгорячилась, только в кассу посыпались деньги, как Лаурка — совсем оборзела. На соперницу даже не смотрит, отмахивается от нее, как от безобидной мухи, и посылает в публику томные взгляды. Зрители, ясное дело, ревут, а Мадленка злится. До третьего раунда продержалась, а потом не выдержала — вмазала смазливой подруге со всей дури, Лаурка так и рухнула... И вот итог: товарный вид у Лаурки подпорчен, врач вообще брешет, что сотрясение мозга, а главное — публика недовольна. Особенно Арсен, постоянный клиент, бушевал: он собирался после боя Лауру в сауну везти, а та лежит в гримерке, вся в кровище, и выворачивает ее, какие уж тут сауны...

«Хорошо, что отец не пришел, — порадовался Лучников. — Вот бы поиздевался!»

Нет, надо «Киборг» реформировать, новых девок искать. А Лаурку с Мадлен гнать взашей... Только где же их брать, новых? И так уже — и дзюдоисток смотрел, и самбисток, и в школы карате ходил, даже к сумоисткам наведывался... Но те девки, кто соглашается идти в «Киборг», страшны, как Майкл Тайсон. Или как Мадлен, которую еще ни один клиент не заказал. А те, кто посимпатичнее, работать у него не хотят. Умные стали. Понимают, что платить им тут будут не за драки, а за «дополнительные услуги».

Вот и приходится набирать в штат проституток с Ярославки. Таких, как Лаурка... А из шлюх какие борцы?..

Максим Константинович включил чайник и бросил в чашку очередной дурно пахнущий пакетик. Эх, водочки бы сейчас, хоть полглотка, хоть просто намочить язык...

Дверь в кабинет отворилась.

— Вали отсюда, — не глядя, буркнул Лучников.

Мадленка явилась, кому же еще. Прощенье будет вымаливать.

— Максим Константинович? — прошелестел тоненький девичий голосок.

Нет, Мадлен так пищать не умеет. Лучников вскинул глаза. Это еще что за фря?

На пороге кабинета стояла стройная, ладненькая блондинка. Глазищи голубые, губенки пухлые. Лупится на него во все глаза. Кто ее, интересно, в клуб провел? Швейцару, кажется, ясно сказали — теток в «Киборг» не пускать. Гнать под любым предлогом.

— Чего тебе? — грубо спросил Лучников. Сработала привычка: разговаривать с овцами надо строго, добрых слов они не понимают.

— Да вот, хотела узнать, — блондинка нагло похлопала длиннющими ресницами, — где вы таких уродок набрали?

Михаил Константинович поморщился.

— Ты про что?

— Да про Лауру вашу. И про Мадлен. Смотреть тошно, — продолжала разливаться блондинка. — Вы бы эту... как ее... Лауру хотя бы прямому справа научили! But now... this is a comedy. Cheap show. Frankly speaking, a piece of shit![1]

— Mean, you can fight better?[2] — Признаться, Лучников удивился: редко увидишь, чтобы смазливые блондинки изъяснялись на английском — неплохом, с добротным американским акцентом.

— Не вопрос, — ухмыльнулась блондинка. — Хотите попробовать?

Максим Константинович сглотнул. Ну и фигурка у этой девчонки — закачаешься. И грудь — настоящая, не силиконовая, схватить бы такую, стиснуть изо всех сил, впиться зубами, сдавить, напугать, стереть с ее лица беззаботную улыбку...

Видно, он себя выдал, по лицу пробежала тень — потому что девица попятилась и ухмыляться перестала.

— Ты кто вообще такая? — спросил Лучников.

---

[1] Но сейчас просто комедия. Дешевое шоу. А если честно, просто фуфло (англ.).

[2] Хочешь сказать, что можешь драться лучше? (англ.)

— Да я... — девчонка замялась, — я думала, может, вы меня на работу возьмете?

Он чуть не рассмеялся. Да за кого его эта идиотка держит?

Лучников нахмурился. Сказал себе: «Главное — не спеши. Не пугай ее раньше времени». Он игриво спросил:

— А что ты умеешь делать?

Обычно девки спокойно, даже устало перечисляли, что именно они делают. Орал там, анал, садомазо... А эта — глазами хлопает и несет какую-то дичь:

— Ну я же говорю, что тоже могла бы... в ваших боях участвовать.

— Ты что, спортсменка? — Он еще раз окинул ее взглядом всю: от головы (на тоненькой шейке) до ног — худеньких, затянутых в джинсу.

— Можно подумать, Лаура ваша спортсменка, — фыркнула гостья.

— Ладно, иди сюда, — Лучников указал на стул.

Девица послушалась, подошла, села.

— Расскажи о себе, — потребовал Максим Константинович.

— А что рассказывать? — глуповато спросила блондинка.

Лучников скривился — неужели еще одна тупота на его голову? — и досадливо произнес:

— Да все рассказывай. Что умеешь, где училась, чего хочешь?

— Ну... вообще-то, у меня все по жизни благостно. Я закончила университет. Работаю в рекламном бизнесе... знаю английский... играю в теннис... вожу машину... Жизнь, короче, налажена.

«И какого дьявола ты тогда здесь?» — быстро подумал Лучников.

А девица лукаво вскинула на него огромные глазищи и закончила:

— ...но мне так скучно! На всех премьерах я уже побывала, все ночные клубы изучила. Сегодня вот случайно попала к вам. Посмотрела, как девчонки дерутся. Адреналин, эмоции, мужики в восторге! Вот я и подумала: может, и мне попробовать? Ну, подработать у вас, если возьмете. Борьбой я, правда, никогда не занималась, но постоять за себя могу.

Максим Константинович внимательно выслушал весь этот бред. Молча встал из-за стола. Девица хлопала ресницами и не сводила с него глаз.

Он подошел к двери, щелкнул замком.

Девица, кажется, заволновалась, вскочила со стульчика... Лучников, плотоядно улыбаясь, подошел к ней вплотную.

— Вы... вы чего? — испуганно спросила гостья.

— Ничего.

Он резким движением вырвал из ее рук дамскую сумочку, вывалил содержимое на стол. Телефон, ключи, губная помада, зеркальце, носовой платок со слоненком...

— Эй, вы что делаете? — возмущенно запищала блондинка.

Лучников схватил девицу за плечо и несильным броском швырнул ее обратно на стул.

— Клюв свой закрой.

— Помогите!

Максим пожал плечами и несильно выкрутил ей руку. Девица пискнула. На глазах выступили слезы.

— Помо...

Он усилил захват. Блондинка послушно заткнулась.

— Умница, — равнодушно похвалил он. — Орать не надо. Не поможет. Ну, давай дубль два. Только честно. Зачем явилась, что тебе надо?

* * *

Таня в ужасе смотрела на хозяина клуба.

«Все. Мне конец. Дура, идиотка, кретинка! А ведь казалось, что такая хорошая легенда! И он, похоже, клюнул на меня, заинтересовался... а потом как с катушек съехал!»

Она произнесла тихо и жалобно:

— Максим Константинович, я не понимаю, что случилось? Я вас чем-то обидела? Сказала что-то не то?

Лучников молчал. «Глаза у него совсем пустые. Мертвые. И руки огромные, словно у палача».

— Я правда зашла в ваш клуб совсем случайно... Посмотрела схватку, потом поговорила с той девушкой, которая победила, ну, с Мадлен. Она сказала мне, что тут неплохо платят. И что вы постоянно ищете новых девушек... Чтобы и симпатичные, и вмазать бы умели. А я в детстве знаете как драться любила...

Она выдавила самую обольстительную улыбку, но глаза Лучникова остались недвижимы — словно мертвые бабочки, пришпиленные к картонкам.

«Только не молчи. Говори, говори, не останавливайся! И придумывай, как отсюда вырваться!»

— Вот я и решила попробовать к вам на работу попроситься. Мадлен мне объяснила, где ваш кабинет — я и пришла. А вы почему-то злитесь... Я вам помешала? Тогда так и скажите, я могу уйти.

Еще одна улыбка, слегка обиженная... Лучников

продолжает молчать, только играют желваки на скулах, судорожно дергается кадык. Да еще ни один мужчина не оставался равнодушным к ее улыбкам! В смысле — нормальный мужчина... Черт, все это очень плохо. Окон в кабинете нет, стены толстые, дверь он запер...

— Скажите хоть что-нибудь! — взмолилась Таня. — Не молчите!

Она почти физически ощущала — от Лучникова исходят волны, потоки, буруны ненависти. Вот он протягивает руку... стальные пальцы тянутся к ее шее...

Таня отпрянула. Черт, кажется, надо бить куда-то под кадык... Она размахнулась... Лучников легко перехватил ее руку, сжал в своих клешнях. Потом дотянулся до ее шеи, сдавил... Сопротивляться было бесполезно. Таня из последних сил выдавила:

— Пожалуйста, отпустите меня!

В ответ он сжал пальцы еще сильнее. Склонился к ее лицу. Пустые глаза очутились на уровне ее глаз.

— Спрашиваю последний раз. Кто тебя прислал?

«Ну что... что мне ему соврать?!»

Лучников слегка ослабил хватку и повторил:

— Ну?

— Я... я из газеты. Газета «Экспресс». У меня задание — написать о женских боях.

Он снова сжимает пальцы.

— Врешь. Газета «Экспресс» про наш клуб уже писала. В прошлом месяце.

— Я... я...

Лучников внезапно ослабил хватку. Брезгливо оттолкнул Таню — так, что она отлетела к противоположной стене. Неожиданно сказал:

— Я понял. Тебя прислал он?

«Псих. Точно — псих. Господи, что же мне делать? Соглашаться. Только соглашаться! С психами — только так!»

— Да, — кивнула Таня.

Кого, кого он имеет в виду?!

Лучников снова подошел к ней:

— Он. Я знаю. Он всегда лезет в мои дела.

Таня, словно под гипнозом, смотрела на волосатые, страшные руки директора клуба.

— А мне от него ничего не нужно! Ничего, поняла?!

Да про кого же этот Лучников говорит, как бы понять?! Господи, кажется, его руки опять тянутся к ее шее...

Таня вжалась в стену и пискнула:

— Он... он, наверно, хотел как лучше!

Все, можно прощаться с жизнью.

Но Лучников вдруг отступил. Прошипел с ненавистью:

— Ну, папочка... Этого я тебе не прощу!

Папочка?! Черт, как же его зовут?

Таня сделала адское усилие. Отец... Как же зовут его отца? Лучников... Замминистра МВД... Перед глазами словно всплыла строчка из досье... Правильно? Неправильно? Эх, была не была... Она промямлила:

— А мне ваш папа... То есть Константин Андреевич — понравился. Респектабельный мужчина. И здравомыслящий.

— Ненавижу... — выдохнул ее противник.

Таня тут же бросилась в контратаку:

— И я все ему расскажу. Как ты мне руки выкручивал. Как шею чуть не сломал.

Лучников-младший на угрозу не отреагировал. Но хотя бы не душит — уже хорошо.

— Где ты с ним познакомилась?

— Я... — Таня лихорадочно соображала. — На улице. Точнее, на дороге. У меня машина заглохла, а он остановился. Его шофер трамблер мне поменял.

— И что дальше?

— Дальше?.. Ну, он сказал... что у него есть сын. Молодой, симпатичный, умный. Бизнес, говорит, у сына, свой дом, годы поджимают, а хозяйки нет.

«Боже, что за пургу я несу!»

Но Лучникова ее пурга, кажется, не смущала.

— Когда это было?

Ладно, рисковать — так рисковать.

— В июне. Числа восьмого.

Она опасливо взглянула на Лучникова и добавила:

— Вы тогда, кажется, в Тверь ездили.

Никакой мимики. Каменное лицо, пустые глаза. И только губы шепчут:

— Убирайся.

Он швырнул ей ключ от кабинета. Таня поймала его на лету.

Первой мыслью было — вскочить и броситься прочь. Но она удержалась. Выдавила улыбку, сказала обиженным тоном:

— Между прочим, я вам не наврала. Я и правда МГУ закончила, работаю в рекламе, знаю языки. И выступить могла бы в вашем клубе. Мадлен, конечно, мне не по силам, а с Лаурой мы бы смотрелись шикарно.

— Убирайся, — снова повторил он.

Таня внимательно посмотрела ему в лицо. Ей показалось: мертвые глаза наливаются кровью. Еще одна попытка...

— Я понимаю. Неприятно, конечно, когда предки в наши дела вмешиваются. Я тоже на маму злюсь, когда она меня со всеми знакомит. Но ведь ваш папа хотел как лучше.

Пауза, вопросительный взгляд...

А Лучников тихо, без эмоций, произносит:

— Я тебя сейчас по стенке размажу. Вон!

— Но мои вещи... — Таня кивнула на содержимое сумочки, разбросанное по столу.

Он резким движением сошвырнул ее барахло на пол. Жалобно звякнул мобильник, помада покатилась под стол, зеркальце разбилось, ключи отлетели в угол, любимый платочек со слоненком спланировал под стол.

Таня схватила только сумочку, телефон и ключи и опрометью бросилась из кабинета. Хорошо хоть, руки не тряслись — ключ в замок она вставила с первой попытки.

Затворяя за собой дверь, Таня услышала, как в кабинете что-то с грохотом упало, разбилось, зазвенело... А потом оттуда донесся дикий, нечеловеческий крик: «Ненавижу тебя! Ненавижу!!!»

Держать лицо Таня больше не пыталась и припустила по коридору бегом.

Когда она вылетела из клуба, живая и невредимая, ее первой мыслью почему-то было: «Извини, Валерочка. Я сделала все, что могла!»

ДЕВЯТОЕ ИЮЛЯ, СРЕДА. УТРО И ДЕНЬ

Валерий Петрович проснулся в пять утра, когда рассвело. Проснулся оттого, что сильно колотилось сердце.

Он спустился на первый этаж выпить воды. Сад

был весь в утреннем тумане. Птицы орали как оглашенные.

Тут-то он и обнаружил Танькину записку.

Прочитал. С досадой пристукнул листок пепельницей.

Закурил.

Чего-то подобного он и ожидал.

Ох, будто чувствовал! Да, не надо было вмешивать девчонку в это дело. Слишком она недисциплинированна. Слишком самоуверенна.

И что теперь прикажете делать? Как вернуть ее назад? Как уберечь?

С полковника Ходасевича слетели остатки сна. Он вздохнул и поплелся наверх в душ. Все равно заснуть у него больше не получится.

* * *

Частному детективу Павлу Синичкину работа на Валерия Петровича Ходасевича не сулила ни рубля прибытка. Однако взялся он за нее с гораздо большим рвением, чем за любую высокооплачиваемую халтуру. Валерий Петрович был его любимым учителем по Высшей школе милиции, а потом не раз и не два помогал ему в самых сложных делах. Поэтому уважение Синичкина к Ходасевичу — его знаниям, уму и таланту — было беспредельным, граничащим с обожествлением. И теперь, когда Валерию Петровичу грозила серьезная опасность и только он, Синичкин (как он сам думал), мог вызволить полковника из беды, Павел готов был работать бесплатно и круглые сутки напролет.

В среду, в восемь тридцать, едва допив кофе, Паша принялся за дело. Он вооружился списком подозреваемых, составленным Ходасевичем вчера на даче. Двенадцать человек. Все, в общем-то, по жизни пристроены. Люди с положением. Директора, топ-менеджеры, начальники отделов и департаментов в крупных структурах. Да еще и с такими папами. В общем, только тронь — такая вонь поднимется... Но трогать придется. И изо все сил стараться, чтобы не завоняло.

Инструкции, которые ему выдал Ходасевич, были просты и исчерпывающи.

Первым номером в его списке помечен некий Иван Георгиевич Ионов. Двадцати семи лет, сын первого зама министра внутренних дел. Директор фирмы «Инфра».

По рабочему телефону Ионова Синичкину ответила секретарша.

— Компания «Инфра», доброе утро! — пропела она.

— Это с отделения милиции звонят, — отрапортовал Павел, намеренно делая ошибки в грамматических конструкциях. Ему не понаслышке был известен уровень грамотности народа, работающего в райотделах милиции. — Мне нужен Ионов.

— Он сейчас занят. — Девушка на другом конце провода испугалась. Голосок дрогнул. — А вы по какому вопросу?

— По вопросу правонарушения, которое совершил гражданин Ионов.

— Одну минуточку. Я узнаю. — Секретарша была близка к панике.

Последовали переговоры по селектору, а затем, как и ожидал Синичкин, трубку взял сам товарищ директор.

— Дознаватель лейтенант Синичкин на проводе, — отрекомендовался Павел. — С районного отделения милиции. Вам надо к нам подъехать, товарищ Ионов.

— А в чем дело? — Голос директора был насторожен и любезен.

— Бумага на вас поступила.

— Бумага? Какая бумага?

— Вы в гостинице залили горячей водой нижний номер.

— В гостинице? Залил? Что за бред?!

— Это не бред, а официальное письмо. С города Тверь.

— Тверь?! Сроду не был ни в какой Твери!

Голос Ионова звучал очень искренне.

Но Синичкин продолжал гнуть свою линию, изображая простоватого, недалекого, молодого дознавателя — явно из лимитчиков.

— Вами был нанесен ущерб гостинице на сумму тринадцать тысяч сорок два рубля ноль три копейки. По этому поводу был составлен акт. Однако еще до составления акта вы успели выписаться с гостиницы и скрыться с города Тверь.

— Ерунда какая-то! Говорю вам: в Твери я никогда не был!

— Тут у меня написано: восьмого июня, гостиница «Юность», вы проживали в номере четыреста три. А номер триста три, находящийся под вами, был залит горячей водой, истекшей из вашего номера.

— Да идите вы в баню со своей горячей водой!

Ионов, похоже, действительно искренне недоумевал и злился. Однако... Однако Паша Синичкин привык все доводить до конца.

— А где вы были со второго мая до двенадцатого июня сего года?

— Как где?! В Москве. Дома.

— Кто это может подтвердить?

— Да кто угодно! У меня на фирме тысяча человек подтвердят!

— У вас тысяча сотрудников работают?! — В голосе Паши, игравшего роль дурачка-дознавателя, зазвучало недоумение, смешанное с восхищением.

— Да это я образно! Я имею в виду, кто угодно подтвердит!

— Ну... Если так... Возможно, какая ошибка вышла... Когда я могу приехать опросить ваших сотрудников?

— Да когда хотите, приезжайте!

— Благодарю вас. Так вы уверены, что не были в Твери?

— Уверен, уверен!

— Ну, тогда... Мы проверим этот факт.

Павел положил трубку.

Почесал затылок концом ручки. Голос директора «Инфра», сына заместителя министра, звучал очень искренне. Точнее, ровно в той степени искренне, чтобы ему поверить. К тому же — Ионов ни разу не пытался апеллировать к своему высокому папане. Не прозвучало никаких возмущенных реплик типа: «Да вы знаете, кто я?!» и «Да вы соображаете, кому звоните?!» Столь уверенное поведение, в общем-то, характерно для невиновного человека.

Конечно, по большому счету, все эти голословные утверждения Ионова: «...не был в Твери восьмого июня» — ровным счетом никакое не алиби. До Твери ехать два часа на машине. Смотался, нашел проститутку, зарезал, вернулся. И гостиницы никакой не потребуется...

Но интуиция, в которую Синичкин верил железно, или так называемое «оперативное чутье», подсказывало Павлу, что на девяносто девять процентов гражданин Ионов ни при чем. Хотя досконально проверить его, конечно, не помешало бы... Но время, время...

И Павел пометил своего первого клиента как «СВН», что означало: «скорее всего, невиновен». А затем перенес его в самый конец списка.

По-хорошему, конечно, требовалось действительно приехать на фирму к Ионову и поговорить с сотрудниками. Затем проработать жилой сектор — потолковать с соседями этого самого Ивана Георгиевича... Все это он должен был делать, когда бы по-прежнему служил оперативником в милиции. И все это Паша сделал бы, если бы не был ограничен во времени.

Однако Валерий Петрович просил работать не просто «тщательно», но и «максимально быстро».

Синичкин об этом не забывал.

Он понимал: если они не успеют первыми добраться до маньяка — высокие покровители убийцы доберутся до них. Как добрались до полковника Гараняна.

И первым пострадает Ходасевич.

А этого Синичкин никак не мог допустить.

* * *

Танин план требовал тщательной подготовки, и потому, проснувшись и наскоро выпив кофе, она помчалась в салон красоты.

Несмотря на то что легла Татьяна в пять, а встала в семь, чувствовала она себя прекрасно. Ей и вправду к лицу были неприятности. *Ей шли проблемы.*

С утра пораньше, пока ее коллеги по агентству еще спали, она высвободила из заточения — то бишь из подземного гаража — свой «пежик». Никакой «наружки» перед зданием «Пятой власти» не наблюдалось.

Татьяна рассудила — кажется, справедливо, — что охота за ней и за Валерой — это частное дело кого-то из высокопоставленных ментов или кагэбэшников. И коли так, ГАИ к этому он подключать вряд ли будет. А значит, она может пользоваться своей машиной как хочет.

Вот Таня и явилась в восемь утра в гараж при агентстве.

— Татьяна Валерьевна! — обрадовался охранник. — А нам сказали, что вы на Сейшелах!

— Кто сказал? — буркнула она.

— Наталья, — опешил охранник. — Секретарша.

— Передайте Наталье, чтоб она не распускала слухи, — бросила Садовникова и, взвизгнув шинами, триумфально вырулила из гаража.

...В салоне красоты, расположенном на соседней с агентством улице, по случаю раннего утра никого из посетительниц не было. Богатые клиентки отсыпались после светской жизни. Давно — ох, давно! — собиралась зайти сюда Татьяна. Да все не могла выбрать время: текучка заедала. Да и страшновато было, потому как слегка косноязычная реклама салона гласила: «Новая красота — новый имидж».

Тане очень хотелось хотя бы на пару дней полностью сменить имидж, но в обычной жизни разве до этих глупостей? Но теперь, раз нужно для дела...

Она коротко обрисовала администраторше задачу: «Хочу полностью измениться. Стать... м-м... радикальной, вызывающей особой. Не просто блондинкой, а такой... ярко-белой. Изменить цвет глаз, увеличить ресницы — чтобы были как у Барби. Только, ради бога, не навсегда».

— И еще одна просьба: пока уберите, пожалуйста, зеркала. Не хочу раньше времени расстраиваться. И, если можно, работайте побыстрей. Я очень спешу.

Обслуживать необычную клиентку сбежалось полсалона — одни возились с ее лицом, другие с прической, третьи — с ногтями.

Работу выполнили, как Таня и просила, быстро.

— Ну, вот все и готово, — сообщила ей администратор. И дрогнувшим голосом предложила: — Зеркало?

— Честно говоря, даже страшно, — призналась Таня.

И, словно в омут, кинулась в свое новое отражение...

Ну и ну. Валеру бы точно инфаркт хватил. Да что там Валера — даже Синичкин и тот грохнулся бы в обморок.

Администратор салона красоты подметила ее брезгливую гримаску и тут же защебетала:

— Потрясающе! Так смело, радикально, неожиданно! Вы просто созданы для этого имиджа!

— Не дай бог... — пробормотала Таня.

Из зеркала на нее смотрело типичное «дитя подворотен». Мечта торгаша-джигита на ржавой «копейке». Кто бы мог подумать, что еще час назад она выглядела вполне приличной девушкой...

Натуральные светлые волосы сначала слегка подстригли, а потом — покрасили. Стрижка получилась стильной, а цвет — радикальней не придумаешь: снежно-белая шевелюра с резко-красными прядками. Глаза (совсем недавно не только красивые, но и умные!) тоже изменили окраску: приобрели дикий васильковый цвет и стали похожи на очи Иванушки-дурачка — все потому, что Таня выбрала самые экстремальные контактные линзы. Но это было еще не все. Васильковый взор оттенялся щеточками накладных ресниц — густых, как у куклы Барби. Накладные ногти свисали чуть не до пола. А довершал картину пирсинг в носу и на правой брови.

— Ну и рожа... — покачала головой Таня.

— Да что вы! — взвилась администраторша. — Вам очень, очень идет!

— А вы уверены, что эта краска действительно смоется? — Таня повертела в руках прядку своих новых ярко-белых волос.

— Конечно. И ресницы снять очень легко, и ногти можно убрать когда захотите, — заверила ее администратор. И заученно похвасталась: — Тем наш салон и хорош, что в любую минуту можно избавиться от нового имиджа.

...Даже ради любимого отчима Таня никогда бы не решилась покрасить волосы и проколоть нос с бровью *навсегда*. Но если цвет волос изменили оттеночные шампуни, а роль пирсинга сыграла искусно сделанная клипса — почему бы и не попробовать, исключительно для пользы дела?

Таня повертела закрепленное в носу колечко. Может, конечно, клипса и высокого качества, но жмет — нещадно. И чихать все время хочется.

— Скажите, на кого я похожа? — требовательно спросила Таня у администраторши.

Та на секунду замялась, потом выпалила:

— На смелую, прогрессивную, модную девушку!

Таня отмахнулась:

— А если честно?

Администраторша смущенно опустила глаза.

— На шлюху? — подсказала ей Таня.

— Ну что вы! — ненатурально изумилась та.

— Да мне и нужно выглядеть шлюхой, — утешила ее Татьяна.

Администраторша с облегчением улыбнулась.

— Ах, вот как. Тогда могу заверить: это у вас получилось.

«Отлично, — подумала Таня. — Он, кажется, любит шлюх. Особенно со светлыми волосами до плеч».

* * *

Фотостудия Леши Тоцкого помещалась в огромном смурноватом офисном здании в районе метро «Водный стадион». Здесь располагалась куча редакций глянцевых мужских и женских журналов. Таня не раз бывала тут раньше, *в другой жизни*: приезжала лично размещать рекламу самых важных клиентов. И у Леши, которого считала одним из лучших современных фотографов-портретистов, в студии она тоже бывала: привозила сюда моделек для съемок рекламы «Нивеа» и «Леванте».

С тех пор, как она здесь была, студия ничуть не переменилась: в огромной комнате царил тот же творческий кавардак. Несмотря на яркий день, окна были плотно зашторены — лишь через узкие щелки прорывались кинжально-острые полоски света, да портьеры временами вздымались от теплого ветра, бившего в растворенные окна. Откуда-то лилась тихая джазовая музыка.

Таня с любопытством огляделась. Ей всегда нравилось бывать на необычных рабочих местах — непохожих на ее собственное, стандартно-офисное.

В огромной студии там и сям громоздились штативы, осветительные приборы, отражающие зонтики. В углу стоял холодильник с прозрачными дверцами, где лежали ряды фотопленки разных видов. У стены располагались намотанные на огромные валы трехметровые рулоны разноцветной бумаги — для фона. Висели вешалки с самыми разнообразными нарядами: от купальника до вечернего платья с боа. По всем углам была разбросана куча необычнейших предметов: зонтики, чемоданы, старые кресла, листы разноцветного оргстекла, метла на длинной ручке, кирпичи, бюст Ленина, стопка собраний сочинений Мопассана, древняя пишущая машинка — и прочее в том же духе.

Леша с важным видом сидел в очках за компьютером в углу. Несмотря на всю его важность, Таня заметила, что рассматривал он порносайт. Впрочем, заслышав ее шаги, Лешка немедленно свернул экранную порнушку и поспешил Татьяне навстречу, распахнув объятия:

— Танюшка! Садовникова! Сколько лет!.. А ты все хорошеешь!

Он ласково подергал колечко-пирсинг в ее носу и разочарованно протянул:

— Клипса... А я думал, настоящее...

— Тебе нравятся девушки с пирсингом? — усмехнулась Таня.

— Только на расстоянии, — заверил ее Леша.

По богемной привычке он крепко облапил ее и расцеловал в обе щеки. Третий поцелуй норовил влепить прямо в губы, но Таня извернулась, опять подставила щечку.

— Решила переквалифицироваться в модель? Давно пора! — добродушно улыбаясь, проговорил Лешка. — А новый имидж у тебя прикольный. Так и хочется спросить, в каком ПТУ училась.

— А зачем моделям институтские дипломы? — улыбнулась Таня. — Ну, что? Создашь из меня новый секс-символ?

Лешка отступил от нее на шаг, со знанием дела оглядел с ног до головы и прищелкнул языком:

— Да, фактура у тебя знатная.

— Угу, жалко, что пропадает, — в тон ему ответила Таня.

— Ну, такая разве пропадет!.. Не успеваешь, поди, от поклонников отбиваться!

— К сожалению, успеваю.

— Значит, все еще не замужем?

— Ты же меня не взял.

Тане нравился необязательный, по верхам, треп. Она, словно рыбка, в рекламно-богемную речку попала: в ту привычную воду, по которой — подумать только! — за два дня приключений успела соскучиться.

— А меня вот окольцевали. — Леша повертел на безымянном пальце свеженькое кольцо.

— И кто счастливица? Модель?

Неприкрытый ужас отразился на лице Леши.

— Ты что, с ума сошла?! — Его передернуло. — Избави меня бог от моделей! Говорю же тебе: ими я восхищаюсь на расстоянии. А супруга моя — финансист. Бухгалтер.

— Значит, денежки твои считает?

Леша закатил глаза:

— Еще как считает!

— Ну, вот и я решила: дам-ка тебе заработать.

— Да брось ты, Танюха! Сниму тебя просто так, без всяких денег!

— Э-э, нет, Лешечка. Дружба — дружбой, а табачок врозь.

— Ну что ты, право... — заломался Лешка.

— Нет, я сказала. А то сейчас развернусь и уеду к Владу Локтеву.

— Влад дороже, чем я, берет.

— Вот я и хочу, чтоб ты сэкономил мне мои денежки.

— Ох, ладно, дорогая. Уговорила. Я с тебя по минимуму возьму.

— Триста гринов?

Леша замахал на нее обеими руками.

— Какой!.. С тебя — двести. И еще семьдесят — стилисту.

— Идет.

— Ну, пошли в гримерку. У меня стилистка — золотце. Лучшая в Москве... А я пока тут фон выставлю. Ты запасную одежку привезла?

— Не гони, Лешечка. Я тебе еще не сказала, какие мне фотки нужны.

— Ну?

— Во-первых, на электронном носителе. Только на электронном. Не надо никакой пленки.

— Нет проблем. Сегодня же получишь диск.

— А во-вторых... — Таня невольно оглянулась и понизила голос: — Мне нужны эротические снимки.

— Супер! — совсем не удивился, но восхитился Леша. — Хочешь оставить память для потомства? Для того и новый имидж слепила? Чтобы было, что внукам показывать? Вот это молодец!.. Это я понимаю!

— Да, годы уходят... — изобразила, что взгрустнула, Таня.

— Правильно! Я считаю, каждая девушка должна сделать это, — философски заметил Леша. — Когда ей двадцать, как тебе. А то не успеет оглянуться, а ей уже пятьдесят. Грудь висит, животик торчит, целлюлит выпирает... И вспомнить нечего... Впрочем, — спохватился Леша, — такую красавицу, как ты, никакие годы не возьмут. Еще придешь ко мне через тридцать лет сниматься. Для «Пентхауса».

— Договорились.

Таня совершенно не собиралась распространяться, для чего ей в действительности понадобились собственные откровенные снимки. Да Лешка и сам придумал для себя объяснение.

Фотограф озабоченно почесал в затылке:

— Тогда надо будет стилистке заплатить стольник. Ты ж понимаешь: она не одно лицо тебе будет гримировать, а все декольте.

Леша движением руки продемонстрировал, какой величины придется гримировать «декольте» — от шеи до ступней.

— Да! В «Плейбое» ахнут.

Леша предвкушающе потер руки и окинул взглядом всю фигуру Тани. Но его взгляд был отнюдь не плотоядным, а профессиональным, озабоченно-рабочим.

Художник предвкушал сложную, но интересную творческую работу.

* * *

В то же самое время Танин отчим сидел за компьютером в особняке-убежище и в очередной раз просматривал привезенный Синичкиным список.

Вдруг он что-то упустил? Вдруг в его рассуждения вкралась неточность? Или же список из двенадцати подозреваемых можно сократить, кого-то вычеркнуть? Ведь не успеет Павел всех проверить, не справится...

Краем глаза Валерий Петрович посматривал на включенный без звука телевизор. Типично «летние новости» — то бишь переливание из пустого в порожнее. Но вдруг на экране появилась картинка — и тут же заставила Ходасевича отвлечься от монитора, схватить пульт управления и сделать звук громче.

— ...Убийство, по всей видимости, произошло несколько дней назад, — вещала за кадром женщина, ведущая сводку криминальных новостей. — Убитую обнаружила ее мать, приехавшая в гости к дочери из Украины...

На картинке появилась залитая кровью простыня на пустой кровати; затем мельком показали стол, на котором помещались две бутылки и закуска. Экс-полковник Ходасевич заметил: одна из двух бутылок, стоявших на столе, очень похожа на недешевое французское вино.

— ...По свидетельству соседей, — бесстрастно-победительным тоном продолжала ведущая, — погибшая, приезжая из Украины, снимала жилье на Сиреневом бульваре. Она, по всей видимости, занималась в Москве проституцией...

Показали плачущую мать — она закрывала глаза рукой...

Лица соседей, глядящих с жадным любопытством...

Мешок на носилках, заталкиваемых в машину...

Потом на экране возник усталый следователь.

— Основная версия мотива совершения преступления у следствия, — косноязычно проговорил он, — криминальная разборка...То есть убийство от руки сутенера.

— А возможно ли, что девушка была убита ее клиентом? — жадно спросил репортер.

— Следствие не исключает также и данный поворот развития событий... — проговорил следак.

— Может быть, убийца был маньяком? — не отставал репортер.

— Мы не исключаем и данный факт, — важно промолвил следователь.

Картинка на экране сменилась. В телевизоре появилась искореженная машина.

— ...На улице Большая Ордынка произошло дорожно-транспортное происшествие... — проговорил голос за кадром.

Ходасевич выключил звук. Пожевал губами.

— Еще одна... — пробормотал полковник вслух. — Кажется, он пошел вразнос...

* * *

Таня выскользнула из гримерки в халатике, который ей одолжила стилист Стелла.

Все ее «декольте», от шеи до бедер, Стеллочка подмазала тон-кремом. Заретушировала, скрыла мелкие прыщички и дефекты кожи. А лицо... Таня сидела в кресле с прикрытыми глазами, а когда снова открыла их и посмотрелась в огромное, во всю стену зеркало, то... Нет, не то чтобы она НЕ узнала себя. Конечно, узнала. В зеркале отражалась она, Таня. Вернее, не она, а словно бы ее подредактированная копия. Улучшенное и исправленное издание.

Глаза стали больше и ярче. Брови — более крутыми и дерзкими. Скулы — четче очерченными. Губы — полнее и сексуальнее.

Прическа, спасибо стараниям мастеров в салоне, выглядела встрепанной, непокорной — но теперь лежала особо элегантно, то есть чрезвычайно встрепанно и непокорно.

— Стелка... Ты волшебница... — ахнула Таня.

Еще раз с нескрываемым удовольствием осмотрела себя — ни единого изъяна! И философски подумала: «Вот оно в чем заключается массовое искусство. Натуральная лакировка действительности. Глянец. Все вроде как в жизни — только намного красивее и ярче».

Таня налюбовалась собой, встала с кресла. Стелла тоже пошла вместе с ней к Леше в студию.

— Прекрасно, — пробормотал фотомастер, оглядев Татьяну с головы до ног. Он был сосредоточен: уже начал работать. — Ну-ка, давай становись сюда, выставим свет. Видишь вот эту полосочку на полу? На нее вставай. Халат можешь пока не снимать.

Стелла села в уголке и принялась листать глянцевый журнал.

Таня встала на указанное место. На душе было страшновато, но как-то ярко и радостно — словно перед первым парашютным прыжком. Все тело покрылось гусиной кожей. Соски напряглись.

Не обращая на Таню никакого внимания, Леша включил софиты и принялся передвигать с места на места штативы и зонтики, изнутри покрытые отражающей свет фольгой.

— Леша, — робко попросила Таня, — а можно меня снять так, чтобы лица не было видно?

— О! — удивился художник. — Это еще зачем? Внуки же тогда тебя не узнают. Скажут: Анжелина Джоли какая-то.

— А может, я в «Молодежные вести» на конкурс «Купальник месяца» хочу себя послать? — попыталась пошутить Таня. — И лишней славы не желаю?

— И ты в этом конкурсе победишь! — заверил ее мимоходом мастер фотопортрета, в очередной раз поправляя софиты. — Ладно. Сделаем все, как ты скажешь. Но я б посоветовал и лицо тоже снять. Не везде, но все же... А потом ты сама решишь: кому себя показывать, кому нет...

— Хорошо, Лешечка, — покорно проговорила Таня. — Но все равно: побольше таинственности, ладно?

— Угу, — сосредоточенно кивнул фотограф. — Давай показывай свою одежку.

Через пять минут одежда, привезенная Таней, была безжалостно забракована: только что купленные прекрасный откровенный купальник, и суперминиплатье, и обтягивающий шейпинговый топик. «Условно» (как сказал Леша) он оставил только трусики-стринги и туфли на высоченном каблуке.

— Ладно, сейчас придумаем что-нибудь. Скинь на секунду халатик, я посмотрю.

Таня расстегнула пуговицы. Пальцы слегка подрагивали. От необычности ситуации холодок пробежал по коже, несмотря на жару за окнами и в студии. Она сняла и отбросила халат и осталась посреди студии совсем голой.

Леша еще раз озабоченно осмотрел ее — снова с ног до головы, и это снова был взор не мужчины, но художника. Медленно обошел вокруг нее, приговаривая:

— Супер! Афродита... Все модели отдыхают! Что за грудь!.. Боже. А эти ноги... Какой плоский живот. А что за попа!.. Нет, Танька, тебе надо менять профессию. Пойдешь в модельный бизнес — будешь миллионами ворочать.

— Стара я уже, — попыталась отшутиться Татьяна. — Двадцать семь. — Во рту почему-то пересохло, и язык не очень-то слушался.

— Не гневи бога! — заорал Леша. — Не гневи! И давай одевайся! Быстро! А то я сейчас кончу!

Таня быстро и испуганно накинула халатик. Стелка в углу расхохоталась.

Леша прикрутил на штатив фотоаппарат и принялся таскать его по студии туда-сюда.

— Как же нам, Танечка, тебя снимать? — проборматывал он вроде бы про себя. — Ведь просто голое тело, Танечка, — это не искусство. И тем более не эротика. Голое тело — это баня. Оно только хачиков интересует — да не обвинят меня собравшиеся в неполиткорректности... Да, эротика! Эротика — это смирение. И одновременно — вызов...

— Как у Хельмута Ньютона. — Таня кстати вспомнила (для поддержания умного разговора) имя классика современной фотографии.

— Я тебя умоляю! — вскричал фотомастер. — Какой там Ньютон! Дутая, абсолютно дутая величина! Дикая агрессия, холод, лед! От его телок импотентом станешь! Не говори при мне «Ньютон»!.. Ладно. Все. По местам! Сделаем пару пробников.

Два раза на Таню пыхнула вспышка.

Алексей посмотрел на экранчик цифрового фотоаппарата, подозвал Стеллу, показал изображение ей.

Снова глянул на Таню. Взор его был затуманен, как у человека, мучимого приступом вдохновения.

— Давай для начала попробуем мужскую рубашку, — вдруг предложил он. — Старо, избито? Да, согласен. Зато беспроигрышно. Мужская рубашка, на три размера больше, да на голое тело — это очень, очень красиво.

Леша принес рубашку.

Таня скинула халатик. Странно, но, обнажившись во второй раз, она уже не испытывала ни малейшего смущения перед Лешей. Ей словно передался его творческий азарт — она, как ни крути, сейчас была Лешкиным соавтором. Он художник — а она модель. Как Ахматова у Модильяни.

Таня надела белую свежевыглаженную рубашку — кажется, от Кардена.

— Застегивать? — спросила.

— Пока да, — мимоходом бросил сосредоточенный Леша. По его лицу было видно: он все еще думает над ракурсом и позой.

— А давай, — вдруг предложила Таня, — я встану на колени. Лицо закрою волосами. Руки сложу на груди, как в молитве. Получится — смиренная блудница. Кающаяся Магдалина.

— А что... — задумчиво произнес Алексей. — Это мысль... Ты рубашоночку только расстегни, чтобы грудь была видна. Слегка, только слегка... Эротика — это всегда слегка...

* * *

Фотосессия заняла у Таня намного больше времени, чем она планировала.

Постепенно Леша вошел в раж. Кричал ей:

— Замечательно! Классно! Головку чуть правей! Правей и выше! Выше, я тебе говорю, а не набок! Отлично! Божественно! Умница, Танька! Все модели отдыхают!

И вспышкой: «Пых-пых!» И снова:

— В камеру смотри! В камеру! Да не как баран смотри! Ты люби ее! Люби камеру! Люби! Представь, что за ней не я, а Ричард Гир стоит! Голый! Ты хоти ее, камеру! Ты себе эротику в глаза дай! Дай эротику в глаза!

И опять: «Щелк-щелк!»

И потом сразу подбегает Стеллочка, поправляет Тане прическу. Делает мазки по лицу кисточкой... А затем опять Леша целится аппаратом, бегает туда-сюда и кричит:

— Танька! Что ты стоишь, словно аршин проглотила?! Расслабься! Расслабься, тебе говорю! Правее голову! А взгляд — на камеру! На камеру, дура бестолковая!.. Нежнее, нежнее на нее смотри!

Под конец Таня чуть не ослепла от бликов. Глаза щипало, тело ломило.

«Не врут фотомодели, когда говорят, что у них работа тяжелая! — думала Татьяна. — Хотя чертовски приятно быть в центре внимания — ты принимаешь разные позы, художник вокруг тебя суетится, стилист причесочку поправляет!»

В итоге они отсняли всего-то несколько (как говорил Леша) «сюжетов».

Сначала такой: Таня (как она и предлагала) стоит на коленях. Волосы закрывают лицо, рубашка распахнута. Голова скорбно склонена... В другом варианте она по-прежнему стоит на коленях, но теперь словно у чьих-то ног... Голова ее отведена назад и вбок, будто в ожидании удара... Рука вскинута вверх, вроде она пытается от кого-то защититься...

«Мазохизм какой-то», — пробормотал по поводу этого сюжета Леша.

В другом варианте он снял Таню в агрессивном стиле *«твоего любимого Ньютона — раз он, сволочь такая, тебе нравится»*. Получилось: абсолютно обнаженная Таня стоит в туфлях на высоченных каблуках, широко расставив ноги и опершись на левую руку, — а правой при этом зло закрывает лицо от фотовспышки.

«А это садизм», — со вздохом прокомментировал итоги этой съемки Леха.

Далее он настоял на четвертом, бытовом сюжете. Таня стоит за гладильной доской с утюгом. (Откуда-то у фотомастера в хозяйстве и утюг нашелся, и доска.) Таня делает вид, что гладит ту саму карденовскую рубашку. Этакая скромница домохозяйка. Только из одежды на ней почему-то один лишь фартучек на бедрах... И туфли на высоченнейших каблуках.

После каждой серии вспышек (Таня от них уже обалдела), Леша бежал к компьютеру. Переписывал получившиеся снимки с цифрового фотоаппарата на жесткий диск — освобождал в аппарате память. Многие кадры тут же уничтожал — даже Тане не показывал, как она ни просила. При этом приговаривал: «Не надо заводить архива, над рукописями трястись...»

В итоге после трехчасовой съемки Леша вручил измученной Татьяне два CD (один, на всякий случай, — абсолютная копия другого). На каждом диске было больше полусотни отборных, прекрасных, мастерских фотографий — достойных (без дураков!) хоть

«Хасслера», хоть «Плейбоя». И модель оказалась на диво хороша (Таня признавалась себе в этом без ложной скромности). И фотограф, конечно, был классным. Да и стилистка постаралась. (И от нее, оказывается, тоже много зависит!)

— Ты только, Лешечка, со своего компьютера меня сотри, — сказала на прощание Татьяна.

— А что? — усмехнулся мастер, устало потирая глаза. — Боишься, я твои фотки в Интернете выложу? Голая знаменитость и все такое?

— А разве я знаменитость?

— После этой съемки будешь знаменитость. Фигурка у тебя, Танюшка, высший сорт... Может, как-нибудь сходим в ресторацию? Обмоем фотосессию?

— Ты же женат, чудило!

— Ах да! Ой, совсем забыл с тобой.

Таня расхохоталась.

Но за этим псевдосветским трепом она не забыла: настояла, чтобы Леша при ней выделил в своем компьютере в отдельной директории все ее фото и нажал **delete.** Нечего тут подпольную эротоманию разводить... По поводу своего изображения, а также Интернета у Татьяны имелись собственные планы.

Глава 6

ДЕВЯТОЕ ИЮЛЯ, СРЕДА. ДЕНЬ

Перед тем как освоить новый для себя рынок, Таня решила сперва его изучить.

Ее рекламный босс, директор агентства, исповедовал научный подход. Причем — во всем. «Рынок — король мира. А маркетинг — король рынка!» — важно говаривал начальник (тот самый, на даче у которого ныне скрывался Валерий Петрович Ходасевич).

Татьяна, рекламщица, прекрасно знала: перед тем, как выбросить на рынок новый товар, при капитализме всегда изучают, насколько он нужен потребителям. Оценивают, какую нишу он может занять. Прикидывают: каковы возможности конкурентов. Определяют, как придется бороться с ними. Оценивают конкурентоспособность собственного товара... И прочее, прочее, прочее...

Вот и теперь Татьяна хотела для начала провести *маркетинговый анализ*. Пусть не по методике и без дорогостоящих исследований, а на глазок. Все равно надо знать, с чем ей придется столкнуться на *новом рынке*.

Ведь законы капитализма незыблемы — несмотря на то что *ее товар* был, мягко говоря, не совсем обычным.

...Вернувшись в гостиницу от замечательного фотографа Лешечки, Таня открыла ноутбук, подключилась через встроенный модем к Интернету и набрала искомое слово в поисковом сервере.

Тот немедленно откликнулся преогромнейшим списком сайтов:

Globalfuck.net
Sexygirl. ru
Kisok.net
Osobo.ru
Другие сайты назывались незатейливо, даже без намека на конспирацию и эвфемизмы:
Prostitutki.ru

Otsos.ru

Таня наудачу кликнула по одной из страниц.

Ох, ничего себе!

С первого же взгляда стала ясна *насыщенность* рынка и его *высокая конкурентность*.

Сколько, оказывается, в Интернете прячется живого товара!

Девки, девки, девки... Они нахально пялились на нее с экрана: худые, дебелые, жирные, тощие... Рыжие, крашеные, брюнетки... Полуголые и совсем неодетые, они застыли на фотографиях в неестественных позах. Каждая принимала такую позицию, чтобы подчеркнуть свои сомнительные достоинства или, наоборот, скрыть очевиднейшие недостатки. И все это — вживую, в открытую, никого не стыдясь и ни от кого не таясь...

Фото каждой девицы сопровождалось указанием ее возраста, роста, веса, объема груди... Ниже следовали цены — за час, за два, за ночь. И — телефон. Можно заказать игрушку к себе на дом. Можно приехать к ней. Или в сауну. Или в «апартаменты».

«Воображаю себе, что это за «апартаменты»!.. — фыркнула Таня. — Диваны с клопами!.. А может, наоборот — натуральные публичные дома с бархатными портьерами?»

Таня, конечно, не с луны упала и знала, что подпольная секс-индустрия в столице чрезвычайно развита. Однако она не думала, что даже Интернет, такой продвинутый способ коммуникации, коим пользуются, в общем-то, интеллигентные люди, окажется переполнен этой заразой.

Одно утешало: *качество товара-конкурента* оставляло желать много лучшего. Девки были страшны как на подбор. Траченные жизнью, пустоглазые, истисканные мужскими руками...

При этом *ассортимент* был весьма широк. *Товар* предлагался самых разнообразных технических характеристик и возрастов. В основном — восемнадцати, двадцати, двадцать пяти лет. Но встречались и тридцатипяти-, и сорокалетние. Была даже одна старуха шестидесяти лет! (Она кокетливо закрывала лицо веером.)

Была бы Таня мужчиной — она, кажется, ни одно из этих созданий не захотела бы даже забесплатно. А вот поди ж ты, эти девчонки имеют нахальство требовать с кого-то деньги — за свои-то жидкие волосенки и висячие грудки! А раз они требуют денег — значит, и получают их?

Таня принялась читать послания, что оставляли на интернетовских страницах падшие женщины, — с целью завлечь потенциальных клиентов. Эти тексты она, даже против воли, оценивала как копирайтер, специалист-рекламщик.

Реклама, надо признать, выглядела такой же доморощенной и непрофессиональной, как и сами девки.

«...Любые ваши фантазии меня порадуют, или можете полностью отдаться во власть моих нежных рук...»

«...Я знаю, как помочь расслабиться и хотя бы на время заставить вас забыть о проблемах, доставить вам настоящее удовольствие...»

Н-да, убого. Татьяна бы за такие тексты своим копирайтерам руки-ноги поотрывала!

Одна («Инна, индивидуалка: 50 у. е. за час, 70 — за два, 120 — за ночь») завлекала клиентов виршами собственного сочинения:

Высока, с приятным взглядом,
с очень-очень круглым задом,
с головой — не без идей,
с третьим номером грудей.
С узкой талией притом,
с пышным, нежным, алым ртом.

А вот какое послание оставила в Сети блеклая (судя по фотографии) дама по имени Ирина (метро «Пролетарская», рост 170; грудь — 3; вес — 63. Час — 50 у. е.; 2 часа — 80; ночь — 100).

«Ты крепко сжимаешь охапку моих волос и жестко притягиваешь мое лицо к своему багровому члену. Я начинаю жадно лизать и покусывать твой раздутый жезл...» *Ну, и парочка абзацев в том же духе.*

«Настоящая порнозарисовка, — усмехнулась Таня. — Прямо хоть в «Эдичку» Лимонова вставляй. И написано, надо признать, ярко! С любовью к делу. Может, предложить авторше стажировку в нашем агентстве? Или она с таким жаром души только о «раздутых жезлах» может писать? Или просто слямзила откуда-то текст?»

В итоге часа за полтора Таня просмотрела семь или восемь порносайтов. Ее удивило (в данной ситуации — приятно) одно обстоятельство: несмотря на *высокую насыщенность* рынка, он, этот рынок, в принципе, не был закрыт для *нового товара*.

Практически каждый из проституточьих сайтов предлагал любой желающей девушке включиться в нелегкий бизнес по продаже собственного тела. Каждая начинающая шлюха, решившая попробовать силы на новой стезе, могла разместить на любой из порнушных веб-страниц свою собственную анкету.

Почти всюду эта услуга — публикация анкеты на сайте — была платной и стоила одинаково. Чтобы твое изображение, с ценой на тебя и рекламой твоих услуг, появилось на сайте, надо было заплатить одну тысячу пятьсот рублей или пятьдесят долларов. За эту плату объява висела на интернетовской «доске объявлений» месяц.

Деньги за саморекламу предлагалось вносить вперед. Можно воспользоваться электронной почтой и расплатиться так называемыми веб-деньгами. Или вызвать курьера.

Ну, что ж: *открытость рынка* Тане была на руку.

Оставался, правда, один, но главный непроясненный вопрос. Как скоро после публикации ее фотографии к ней придут крепкие ребята с предложением влиться в стройные ряды организованной секс-индустрии? Ясно, что придут, но когда?

Таня надеялась: пара дней у нее будет.

И она решительно придвинула к себе телефон.

* * *

Из дневника убийцы

Я знаю, что такое ад.

Он, оказывается, совсем не в загробной жизни. И он не *снаружи тебя,* со всякими там котлами, крючьями, смолой, сковородками и чертями.

Ад — он здесь, на земле. И — при жизни. И он — внутри тебя.

За каждое удовольствие господь нам повелел платить. И чем сильнее радость — тем горше, тоскливее и отчаяннее расплата.

Когда эти несчастные корчились под моими руками, молили о пощаде, стонали и орали от боли, в моей душе вспыхивало яркое, ослепительное, неслыханное наслаждение. Наслаждение, равное тысяче

оргазмов. Нет, сильнее тысячи оргазмов! О, это упои́-
тельное чувство всевластия! Всевластия над самым
главным для человека: его болью. Над самым важным для него — его жизнью.

Какие сладостные, восхитительные, упоительные
минуты!.. Минуты — каждая секундочка из которых,
каждое мгновение длится, длится — доставляет не-
описуемое удовольствие, — а потом взрывается в
мозгу атомным взрывом кайфа!..

Как явственно помню я все мои разговоры с эти́-
ми женщинами — каждое наше с ними словечко...
И этот наш предубийственный флирт, и наши
ласки...

Я очень хорошо помню каждую из них. Ее первое
ошеломление: «Что ты делаешь?» А после — ее воз-
мущение: «Перестань! Отпусти!» А потом возмуще-
ние переходит в негодование. Сыплются жалкие уг-
розы... А затем... Затем — эта первая сладостная минута, когда на ее лице появляется страх... И — самое
яркое, самое вкусное — ее унижение, ее порабоще-
ние, ее готовность на все... На все — ради меня... На
все — ради того, чтобы остаться в живых...

Как жалко, что они так быстро умирали!.. Как бы
мне хотелось растянуть удовольствие... Но они в
конце концов ускользали от меня в иные миры...
Глаза их замирали, стекленели... И мне — мне приходилось отрываться от них... Отрываться — и уходить.
И это тоже было очень, очень приятно: и радость, и
опустошение, и удовлетворение, и спокойствие...

Жаль, жаль, жаль... Это спокойствие длится так
недолго... А потом... Потом начинаются муки... Да,
наверное, я все-таки совершаю Преступление... Потому что за Преступлением следует Наказание... А в

моем случае Наказание не заставляет себя ждать...
И так как я натура утонченная, изысканная, ранимая, оно, это Наказание, приходит изнутри меня.

Видимо, правы церковники: ничто для человека не проходит даром. Все оценивается кем-то, а потом тебе воздается. Только они не правы в том, что воздается после смерти. Воздается при жизни. И мне за мои поступки — воздается.

И вот теперь — в ответ, в качестве компенсации за мое неслыханное удовольствие я испытываю горе, страх, отчаяние, унижение.

Сейчас мне ничего не хочется. Ни есть, ни курить, ни жить.

Я не могу спать. Я забываюсь на минуту, на две — мне все равно когда, днем или ночью. Но затем просыпаюсь в страхе, в ледяном поту, с диким сердцебиением. Долгими черными ночами лежу без сна, неподвижно, и смотрю в потолок, и чувствую, как на мою грудь большой тяжелой жабой навалился саднящий страх...

И днем этот страх не проходит, и у меня в горле комок, и глаза на мокром месте, и все время хочется плакать...

Я не хочу выходить на улицу. Я не могу видеть людей. Я стараюсь не открывать штор в своей квартире.

Это видимые, физиологические проявления того ада, что живет внутри меня.

Он, этот ад, страшнее, чем любое наказание, которое, возможно, когда-нибудь придумают для меня на Земле.

И — хуже любой из тех кар, что церковники сулят нам после смерти.

И эта моя смертная тоска все длится и длится... И с

каждым днем она становится все тяжелее и больше...
И *это* — продолжается уже много дней... И *это* всего-то в расплату за один или два часа наслаждения...

Можно было бы покончить с собой...

Да, можно...

Смерть — она прохладна и легка. Она куда милее, чем те адовы муки, которые я сейчас испытываю.

Лишь одно меня удерживает от того, чтобы наложить на себя руки. Только одно.

Воспоминание.

Я знаю себя. Я уже очень хорошо знаю себя.

Я помню, что со мной такое случалось и раньше. И знаю: все проходит. И в один прекрасный день я проснусь и вдруг почувствую себя великолепно: бодро, солнечно, страстно. Я буду ясно и радостно чувствовать каждую клеточку своего тела. И тогда я снова выйду на улицу. И буду улыбаться прохожим. И все происходящее на свете — все подряд! — будет радовать меня. Каждое дуновение ветерка, каждое шевеление листьев будет замечаться и радостно отзываться во всем моем теле. И это успокоение будет длиться день, и два... Пока... Пока постепенно оно не перейдет в пьянящий зуд. В желание. В страсть. В тягу найти ее, новую женщину, и испытать свое **особенное** счастье.

И тогда я отыщу ее, жертву. И испытаю **его** — мое Наслаждение.

И придет оно — мучительное, яркое, ни с чем не сравнимое удовольствие!.. Эта неземная радость... И настанет... О, тот сладостный момент, когда **они** плачут, и извиваются, и молят о пощаде...

О, какая это будет бездна наслаждения!..

И я предчувствую: моя тоска пройдет. Скоро пройдет.

Мой ад на земле кончится. И оно, мое очередное перерождение, вот-вот случится. Скоро.

Совсем скоро.

* * *

Оперативное чутье подсказывало Паше Синичкину, что к номеру два из списка полковника Ходасевича ему нужно прибыть лично.

Из строчки в досье следовало, что подозреваемого зовут Николай Калачев, ему двадцать лет от роду, и он сын генерал-полковника ФСБ Николая Калачева.

Калачев-младший числился третьекурсником платного отделения Лингвистической академии имени Мориса Тореза. Однако в учебной части иняза Паше сказали, что студент Калачев в данный момент пребывает в академическом отпуске по болезни. По тону, которым с Синичкиным разговаривали, он сделал заключение, что Калачев в вузе звезд с неба не хватает. Было даже похоже, что сынок фээсбэшного генерала надоел доцентам с кандидатами хуже горькой редьки.

Прописан двадцатилетний Калачев оказался не у генерала с генеральшей, а отдельно. Причем в гордом одиночестве и в самом центре — в наиблатнейшем квартале неподалеку от Патриарших прудов, по адресу: Спиридоньевский переулок, дом двадцать три, квартира пять.

По счастью, тамошний участковый, майор Подрезков, оказался знакомым Паши. Когда-то Синичкин работал с ним в райотделе. Потом Подрезков сделал карьеру и теперь вот стал участковым на Патриках. А быть городовым на Патриарших, где что ни квартира, то банкир, бандит или кинорежиссер, — это и престижно, и перспективно. Это вам не какое-нибудь плебейское Орехово-Борисово Южное.

Порой Павел, благодаря своему центральному местожительству, совершенно случайно сталкивался с Подрезковым на улице. Пару раз они даже выпивали по рюмахе — за Пашин, естественно, счет. Кроме того, Подрезков числился в Пашином золотом списке нужных людей. Поэтому Синичкин регулярно лично поздравлял его с Новым годом и даже пару раз посылал ему с курьером бутылку хорошего виски.

Стало быть, звонить Подрезкову Синичкин мог с легким сердцем. Он знал, что тот расскажет ему о Калачеве. Возможно, даже поведает о нем то, чего не расскажет своему непосредственному начальству.

Синичкин позвонил Подрезкову по мобильному и предложил ему опрокинуть где-нибудь рюмаху-другую. Тот сказал: «С удовольствием, но послезавтра». Паша рубанул сплеча: «А мне надо поговорить с тобой прямо сейчас». Подрезков засмеялся: «Ладно. У меня дела на Петровке. На обратном пути загляну к тебе. Прогуляемся».

В очередной раз Синичкин возблагодарил свое центровое место жительства. Поехал бы к нему участковый, живи Синичкин где-нибудь на выселках!.. Заманить гостя на Большую Дмитровку куда проще. И в преддверие визита Подрезкова Паша навел легкий марафет в коридоре и на всякий случай на кухне.

Впрочем, Подрезков спешил и заходить в квартиру не стал.

Помаячил в коридоре, сказал: «Хочешь говорить — давай, вперед! Потолкуем по дороге». Что оставалось делать? Павел нацепил мокасины, и они вдвоем спустились по гулкой лестнице старорежимного подъезда. Вышли из его полумрака на залитую солнцем Дмитровку.

На фамилию Калачева, произнесенную Пашей, Подрезков прореагировал в том же стиле, что и в учебной части Лингвистической академии: он коротко и неодобрительно хмыкнул.

— На что он тебе? — спросил Синичкина Подрезков.

— Есть основания считать его подозреваемым в убийстве, — ответил Павел тщательно отрепетированной фразой.

— С каких это пор у нас частный сыск убийства расследует? — усмехнулся Подрезков.

— С тех самых, когда это начинает задевать интересы моего клиента, — нашелся что ответить Синичкин.

— А ты в курсе, кто у этого Калачева папаня? — спросил участковый.

— Да в курсе, — вздохнул Синичкин. — Генерал ФСБ.

— Ну, тогда ты сам понимаешь, на кого поднимаешь ножку.

Павел кивнул:

— Понимаю...

Они шли по солнечной улице в сторону Пушкинской площади.

Подрезков на ходу выдал Павлу краткую и, судя по всему, тщательно дозированную информацию.

Из его рассказа явствовало, что Калачев-младший в данный момент нигде не учится и не работает. Чем он вообще по жизни занимается — непонятно. Ведет юноша крайне уединенный образ жизни. Даже на улицу редко выходит. Отец с матерью его не навещают. Он их, кажется, тоже. Друзей у Калачева вроде бы нет. И никто в гостях у него практически не бывает.

— А на какие шиши он живет? — удивился Павел.

— Предки, скорей всего, деньжат ему подкидывают, — пожал плечами Подрезков. — Точнее, наверно, мамаша подбрасывает. Втайне от отца.

— Если он дома целыми днями сидит — чем же он там занимается?

— А хрен его знает! Может, в компьютер пялится. А может, лобзиком выпиливает.

— А машина у него есть?

— Не замечал.

— А мог этот Калачев уехать на пару-тройку дней из Москвы? — спросил Синичкин. — Да так, чтобы этого никто не заметил?

Подрезков уверенно ответил:

— Легко!

«Значит, и в Самаре Калачев мог побывать, и в Питере, и в Твери, — отметил про себя Синичкин. — Везде, где убийства были».

— А кто ж у него хозяйство ведет? — продолжал расспрашивать он.

— Приходящая женщина. Два-три раза в неделю является к нему: стирает, убирает, готовит.

— Молодая?

— Ох, Синичкин! У тебя, как всегда, одни только бабы на уме.

— Да нет, — слегка смутился Паша. — Я к тому, состоит ли Калачев с ней в интимных отношениях?

Они дошли до Пушкинской и спустились в длиннющий колготной переход под площадью.

— Может, и состоит он с ней в этих отношениях, — пожал плечами Подрезков. — В двадцать лет на кого угодно встанет.

— А другие бабы к Калачеву ходят?

— Наверно, — пожал плечами Подрезков. — Я ему свечку не держал.

— А проститутки?

— Думаю, бывают, — уклончиво ответил участковый.

— А ты неплохо о нем осведомлен, — заметил Паша.

— Я обо всех на моем участке осведомлен, — буркнул Подрезков.

— Слушай, а может, он наркоман?

— Вот этого не знаю, — еле заметно замялся Подрезков. — Приводов не было. В притоносодержании не замечен.

Они поднялись на Тверскую на той стороне, где «Макдоналдс».

Паша остановился, придержал рукой Подрезкова и попросил:

— Может, допросим этого Калачева вместе?

— Вместе? Не надо меня, Синичкин, впутывать. Мне моя работа пока дорога. Да и жизнь тоже.

— Ну, ладно. Тогда я один.

— Флаг тебе в руки. Но помни: мы с тобой не видались. Я тебе ничего о Калачеве не говорил.

— Естественно.

— И предупреждаю, Синичкин: облажаешься — тебя закатают на полную катушку. Такой уж у Калачева непростой папаша.

Подрезков сунул Синичкину свою твердую ладонь.

— Держи краба.

— Пока. Спасибо, что выручил.

Подрезков деловитой походкой пошел в сторону Большой Бронной. Синичкин пересек тротуар и нырнул в арку Малого Палашевского переулка.

Он шел по извилистой улочке и привычно поражался, как покойно здесь — особенно по контрасту с расположенной в каких-нибудь ста метрах Тверской. Переулок пустынен, лишь иногда деловой походкой пробежит важный менеджер в недешевом льняном костюмчике... Тихо прошаркает аккуратная старушка-генеральша... Алкаш нетвердой походкой пробредет в направлении винного магазина... Две расфуфыренные крали в костюмчиках от Этро выпорхнут из модного кафе и усядутся в «Мерседес»-кабриолет... Все смешалось, старое и новое, советское и буржуйское, в тихом квартале близ Патриарших...

В подъезде дома двадцать три по Спиридоньевскому переулку, где проживал младший Калачев, имелись, конечно, — согласно новым лихим временам — стальная дверь и кодовый замок.

Паша потихоньку курил на солнышке в пяти шагах около входа. Он не прикончил и одной сигареты, как из подъезда взялась выходить сухонькая старушка лет восьмидесяти. Синичкин помог ей в сражении с тяжелой дверью. Придержал железное чудище, выпустил бабку на волю, любезно с ней поздоровался. Та молвила: «Спасибо, голубчик», — и зашкрябала по улице, даже не полюбопытствовав, кто Паша таков и что ему, собственно, надо в ее подъезде.

Синичкин взлетел на второй этаж и кулаком забарабанил в дверь квартиры номер пять, где проживал сын фээсбэшного генерала Николай Калачев-младший.

* * *

К шести часам вечера дело было сделано.

Шестеро порнокурьеров получили от Садовниковой шесть «сидюшников». На каждом из дисков имелась фотография полуголой Татьяны. Для пары секс-сайтов она выбрала ту, где стоит на коленях в мужской рубашке и молит о чем-то невидимого в кадре господина. На другие два отправились те снимки, где Таня, абсолютно обнаженная, в туфлях на высоком каблуке агрессивно отмахивается от фотографа. И, наконец, остальные были осчастливлены изображением Тани-«домохозяйки», в фартучке и с гладильной доской.

Фотографии ей, по правде сказать, нравились. Никакого сравнения с беспомощной халтурой, выставленной на проституточьих сайтах. Такую красотку, как она, — хоть в Голливуд посылай. Снимки — блеск! Изысканный стиль, великолепный «мэйк-ап», яркое мастерство настоящего фотохудожника. Да и, честно сказать, сама модель — это что-то! Стройная, длинноногая, ни капли лишнего веса, с большой и красивой грудью.

Лица ее нигде на фотках не было видно. Ни один из посетителей не узнал бы Татьяну Садовникову в обнаженной секс-рабыне. Да и кому в голову придет, что преуспевающий креативный директор крупного рекламного агентства предлагает свои услуги как девочка по вызову!

Имелся ничтожный шанс, что Таню могут узнать *по фигуре*. Но кто, спрашивается, столь хорошо помнит ее фигуру? Разве что несостоявшиеся мужья: Том да Ваня Коломийцев. Но Ваня — мальчик вроде бы серьезный и по страничкам с проститутками вряд ли разгуливает. А Том сидит в Монтане. На что ему в этой дыре нужны московские жрицы любви?

После того как Таня провела маркетинговый анализ столичной секс-индустрии, она написала текст *своего* рекламного объявления. На ее удивление, пришлось немало потрудиться. Оказалось: одно дело — рекламировать на заказ пиво, совершенное тебе чуждое, или какие-нибудь там прокладки. И совсем другое — продавать *самое себя,* в подлинном смысле этого слова. В итоге после часа упорной работы у нее получился следующий текст, который она перевела на английский:

«Великолепно образованная, очень умная девушка готова ради тебя на все. Я выслушаю тебя, я тебя полюблю, я тебя всегда пойму и приму. Я могу быть покорной и яростной, страстной и нежной, мягкой и строгой. Обещаю: ты уйдешь от меня спокойным и счастливым».

Таня перечитала объявление. Вроде бы получилось неплохо. Кажется, она выполнила главную задачу. Не забыла *позиционировать* аудиторию. Ее цель — не мужики вообще. Для нее главное — заинтересовать собой *его*. Маньяка. И не только заинтересовать — но и не спугнуть.

...Татьяна условилась о встрече со всеми курьерами в ресторанчике «Киш-Миш» на Новом Арбате. Пока сидела, ждала, договаривалась и расплачивалась, пришлось выпить пару чашек эспрессо, чайничек зеленого чая, съесть лагман, чебурек и люля-кебаб с лепешкой. А потом заказать еще кофе.

Курьеры все как на подбор оказались мальчишками. Были среди них и хорошенькие. А последний — так вообще ангел, настоящий красавчик. На экране своего лэп-топчика Таня каждому демонстрировала диск с объявлением. Когда те видели обнаженное изображение Тани, а потом переводили взгляд на нее, живую и одетую, — присвистывали и немедленно предлагали купить ее услуги. Причем делал это каждый без исключения. Все шестеро!

Таня в ответ на такие заявки усмехалась улыбкой многоопытной шлюхи и отвечала стандартно:

— У тебя денег не хватит, мальчик.

— Заплачу! За все заплачу! Немедленно! — петушились парни.

— На ра-асценки-то па-асмотри, — вульгарным проституточьим тоном тянула Татьяна.

Тут мальчишки бросали взгляд в конец ее объявы:

Один час — 500 у. е.

Два — 1000 у. е.

Ночь — по договоренности.

Снова присвистывали и скисали.

Последний, самый хорошенький мальчик поинтересовался: «А что значит «ночь по договоренности»?»

Таня многоопытно усмехнулась:

— Ты душу дьяволу продашь за ночь со мной?

— Продам! — немедленно, не моргнув глазом, горячечно ответил юный красавчик.

— Верю, — усмехнулась Таня и далее процитировала «Египетские ночи» Пушкина. — А купишь «ценою жизни ночь мою»?

— Это что значит?

— А то и значит, балда. Переспишь со мной — а утром тебя за это убьют.

— Убь-ю-ут? — озадаченно почесал в затылке младой мудрец.

Потом посмотрел на Таню... На ее полунагое изображение на экране ноутбука... Снова на Таню... Махнул рукой:

— А, была не была! Согласен.

— Ты что, дурачок? — искренне изумилась она. — Тебе что, жизнь не дорога?

— Не дорога, — сияя влюбленными голубыми глазами, промолвил мальчик. — Ради тебя на все готов.

— Ну что ты, малыш... — польщенно и даже растроганно сказала Татьяна. — Зачем я тебе? Да еще за такую-то плату? Смотри, вон сколько девиц кругом. Тебе любая забесплатно даст.

— Я не хочу любую, — убежденно заявил юнец. — Хочу тебя.

— Не дури.

— Ну, давай просто в кино с тобой сходим, — жалобно попросил молоденький красавчик. — Просто сходим, понимаешь? Я до тебя не дотронусь ни разу.

В глазах мальца сияло такое искреннее восхищение, что Таня дрогнула. Сказала:

— Ладно. Когда-нибудь сходим. На той неделе. Ты мне свой телефон оставь.

— Обдуришь ведь... Не позвонишь...

— Истинный крест, позвоню.

— Я буду ждать, — не сводя с нее глаз, словно с богини или с царицы, промолвил мальчик.

А потом, когда шел к выходу из ресторана, еще три раза на нее оглянулся.

...Из ресторана Таня вышла помолодевшая, освеженная — будто в горячем молоке искупалась.

Все-таки чертовски приятно, когда тебя готовы *купить*.

Тем более — когда готовы платить *такую* цену.

Глава 7

ДЕВЯТОЕ ИЮЛЯ, СРЕДА. ДЕНЬ И ВЕЧЕР

Павел взбежал на второй этаж в подъезде дома номер двадцать три по Спиридоньевскому переулку и забарабанил в дверь, где проживал генералов сын Николай Калачев.

— Пожар! Пожар! — заорал он. — Спасайся кто может! Задохнешься!

Синичкин рассчитывал: столь нелюдимый товарищ, каковым казался, по отзывам участкового, Калачев, скорее всего, является человеком с тревожно-мнительной психикой. А такой тип должен среагировать на резкие вопли за дверью. Да еще о пожаре.

— Пожар!! — орал Павел, колотил в дверь ладонями и молился про себя, чтобы в соседней квартире никого не оказалось дома.

«Ну! Ну! — мысленно приказывал он Калачеву. — Открывай же!»

И дверь квартиры наконец распахнулась. Внутри, в полумраке жилища, возник молодой Калачев, одетый в халат.

Бац! Не успел тот понять, что происходит, как чугунный кулак Синичкина ударил его в нос, и он кубарем полетел на пол. Павел поспешно вошел внутрь и закрыл за собой входную дверь.

Он даже не хотел задумываться, сколько годков ему могут впаять за столь вопиющее самоуправство и беспредел. Знал одно: много. На его век с лихвой хватит.

Но ради любимого учителя Валерия Петровича и

его падчерицы он был готов рискнуть даже свободой. Ему было не страшно — но как-то стремно и противно. И поэтому Синичкин хотел покончить с делом как можно скорее.

В полутемной квартире плавал отвратительный запах ханки. У ног Синичкина ворочался Калачев — он был оглушен, похоже, не столько ударом, сколько наркотическими парами.

«Не сказал мне Подрезков, что Калачев наркоман, — мелькнуло у Паши. — А ведь неслучайно он так много знает про этого парня. Наверняка в связи с наркотой его разрабатывал. Побоялся, гнида участковая».

Синичкин вытащил из поясной кобуры свой газовый пистолет. Выглядел он вполне как настоящий.

Синичкин наклонился и одной рукой сдавил горло молодого Калачева.

— Тихо! — зловещим шепотом проговорил он, вперясь в самые зрачки генералова сына. Они были расширены чуть не во всю радужку. В глазах плавал ужас. — Будешь орать — убью!

— Доллары... Картины... Золото... — пробормотал окостеневшими от страха губами Калачев. — Я все отдам... Покажу, где тайник... Только не убивайте.

— На хрена мне твое золото, — усмехнулся Паша. — Ты мне о другом сейчас споешь. — И он ткнул дулом пистолета прямо в ноздри сыночка.

— Только не убивайте! — провизжал Калачев.

— Тихо! Не буду убивать. Если ты правду скажешь.

— Скажу. Скажу. Все скажу.

— Ты в мае в Питере был?

— Как? — не понял Калачев.

— Ты в Петербург когда ездил?

— Я? Никогда. А что?

Павел смотрел прямо в глаза Калачева. Они были затуманены наркотиками, переполнены страхом, но при этом — Павел был уверен — не лгали.

— А в Твери ты когда был? — продолжал допрос Синичкин.

— Ни... Никогда.

— А в Самаре?

— Тоже ни... Я здесь, я в Москве...

— Ты девок убивал?

— Ка... Каких девок?! — взвизгнул Калачев.

— Девок. Проституток. И других женщин. Ты их резал. И убивал, — утвердительно-грозно проговорил Синичкин.

— Нет!!

— А я говорю, убивал.

— Нет!!!

— Давай колись. Я тебе ничего не сделаю. Расскажешь — уйду. Не расколешься — убью.

— Нет!

— Считаю до трех, потом стреляю. Раз...

— Нет!

— Два...

— О нет, нет, нет! — заскулил, заныл Калачев. — Я прошу... Я не убивал...

— Два с половиной...

— Нет... Прошу вас... Нет... Вы меня с кем-то путаете...

— Ладно, Калачев. — Павел рывком выпрямился. — Живи пока. Но если ты, гнида, хоть кому-то обо мне скажешь — отцу или в милиции, — тебе не жить. Понял?

Сыночек генерала лежал у его ног и трясся мелкой дрожью.

— Ты меня понял? — снова наклонился к нему Синичкин и ткнул пистолетом в лоб.

— Д-д-д-а-а... — задрожал Калачев.

Синичкин снова выпрямился и подошел к входной двери.

Он почувствовал, как к отвратительному запаху наркотиков, расплывающемуся по квартире, добавляется резкий, острый запах мочи.

Между ног рыдающего Калачева растекалась темная лужа.

* * *

Почему она решила встретиться именно с этим *фигурантом* из списка, Таня и сама не знала. Может, потому, что очень ей имя его понравилось...

«Интересно, кто автор идеи? Вряд ли сам замминистра. Наверно, жена у него чокнутая. Или у тещи не все дома», — гадала Таня.

В том, что в семье Пилипчука, одного из заместителей министра внутренних дел, есть человек со странностями, Таня не сомневалась. Иначе бы Пилипчуки не назвали единственного сына *Михаэлем*. Михаэль Пилипчук. Убийственное сочетание.

«Вот над ним, наверно, в школе потешались, — пожалела неведомого Михаэля Таня. — Как, интересно, его обзывали? *Шумахером недоделанным*? Хотя нет, Шумахер тогда еще не прославился. Но все равно: в школе его наверняка дразнили... А детские обиды, как пишут специалисты, в зрелом возрасте вполне могут трансформироваться в эту, как ее... перверсию. Что ж, вот и проверим Михаэля на предмет всяких перверсий и девиантностей».

Михаэль Иннокентьевич Пилипчук, тридцати пяти лет от роду, работал в должности, вполне соответствующей его имени. Он был владельцем и директором автосалона «Автостиль»: «полный ассортимент автомобилей отечественного производства». Странно, что он торговал не «Феррари».

Таня никогда не бывала в салонах, где продаются «Жигули» и «Москвичи». Она ехала и гадала: «Интересно, а тест-драйвы в этом «Автостиле» есть? Наверно, есть. И хорошо бы, чтобы этот Михаэль проводил их самолично... Надо, надо его развести на тест-драйв... Как же, скажу, вы отпустите меня без ма-аленькой гонки — имя-то вас обязывает».

...Свой подъезд к «Автостилю» Таня обставила с шиком. Подогнала «пежика» к самому входу, лихо втиснулась между недешевыми «бэхой» и «мерином». Из машины выходила «последовательно» — сначала выставила на асфальт ноги (высокие каблуки и чулки в сеточку). Потом на свет явились юбка, еле скрывавшая бедра (купленная специально для секс-фотосессии), и кофточка-стрейч (для пущего эффекта Таня подложила в бюстгальтер прокладки, увеличивающие грудь как минимум на размер). Кукольное личико с копной волос и васильковыми глазами довершило картину.

«Вот это телка!» — расслышала Таня восхищенный вздох. Он доносился от группы менеджеров, куривших на пороге автосалона.

Таня небрежно щелкнула центральным замком и, не особо умело виляя бедрами, двинулась к входу. Самый смелый из менеджеров тут же преградил ей дорогу.

— Девушка, вы к кому?

Таня ответила, стараясь, чтобы голос звучал низко и бархатно — как у теток, которые зарабатывают «сексом по телефону».

— Я за лоханкой.

— Как? — растерялся менеджер.

— Металлолом хочу прикупить. Че, не ясно?

Менеджер оторопело молчал. «Кажется, я переигрываю», — забеспокоилась Таня. Она вернула голосу нормальный тембр и сказала:

— Ну, «девятка» мне нужна. Инжекторная. Теперь понял? Где у вас тут гараж?

Несчастный наконец врубился.

— Вы хотите купить машину?

— Ну, это ты гонишь, — Таня доверительно потрепала его по плечу. — «Девятка» — это разве машина? Так, телега. С рынка картошки привезти. Ну, веди. Показывай.

И она царственно, не оглядываясь, вплыла в автосалон.

Таня не сомневалась, что менеджер покорным телком тащится за ней. А пока они поднимаются по лестнице, специально слегка отстает — чтобы заглянуть ей под юбку.

«Эх, дурачок! Сам не знаешь, во что ввязался», — пожалела его Таня.

* * *

Менеджер «держал лицо» до последнего.

Он стоически перенес бесконечные прогулки по огромному ангару. Терпеливо объяснял, что «круглая железяка» в капоте называется воздушным фильтром, а «противная вонь» в аккумуляторе — это всего лишь запах электролита. Он разрешал Тане неистово крутить рулем, переключать передачи и жать на гудок. Извинялся, когда она находила еле заметную царапину на крыле и разражалась тирадой, что «ей тут впаривают коцаную тачку». Успокаивал ее, когда Таня начинала кричать, что «машины в «Автостиле» продаются без запасных колес», — открывал багажник, поднимал ковролин и демонстрировал запаску.

«Хорошо Михаэль их выдрессировал, — оценила Таня. — Терпеливые ребята... Ну, пора переходить к делу».

Она осмотрела очередную машину — «девятку», черную, словно южная ночь, шестнадцать клапанов, зеркала в цвет кузова. Двигатель ей понравился («красивенький такой и провода ниоткуда не торчат»), царапин на кузове не обнаружилось, и Таня заявила:

— Ну, котик, я это беру. Давай ключи.

— Отлично, — вымученно улыбнулся молодой человек. — Я попрошу вас пройти на кассу.

— Ты не понял, рыбочка, — промурлыкала Таня. И повторила: — Давай мне ключи. Хочу проверить, как эта крошка стартует. Как отсюда выезжать?

— Но... — заблеял бедняга. — Это не положено!

— Что значит «не положено»? — налилась гневом Таня.

— Вы можете завести двигатель и проверить, как он работает. Но ездить на машине нельзя. До тех пор, пока вы ее не купите, — твердо сказал менеджер.

— Да что ты говоришь! — издевательски протянула Таня. — А если эта тачила на холостых нормально работает, а на скорости глохнет? А если у нее сцепление не схватывает? Клапана стучат? Тормоза не тормозят?

Менеджер буркнул:

— Ишь, как заговорила. А придуривалась, что не знаешь, как воздушный фильтр выглядит.

— А я и не обязана это знать, — отрезала она. — Мое дело — руль крутить. Уж на воздушный фильтр найдется кому смотреть. Мало, что ли, вас, мужиков?

— И тем не менее, — сухо сказал менеджер. Он старательно отводил взгляд от выреза на ее кофточке. — Ездить на неоплаченной машине вам никто не позволит.

— А директор? — вкрадчиво спросила Таня. — То бишь Михаэль Иннокентьевич?

— Вы его знаете? — вылупился на нее менеджер.

— Ну, кто ж не знает Михаэля! — протянула Таня («Вообще-то, я имею в виду Шумахера»). А вслух спросила: — Так Михаэль здесь, в салоне?

— Он всегда здесь, — растерялся менеджер, — но...

— Никаких «но», — отрезала Таня. — Отведи меня к нему. Немедленно.

И замерла: пожалуй, она снова переигрывает.

Но менеджер, утомленный прихотливой клиенткой, кажется, был рад сбыть ее с рук. Он пожал плечами. Выудил из кармана мобильник, потыкал в клавиши и вкрадчиво произнес: «Михаэль Иннокентьевич? Простите, что отвлекаю, но тут одна дама выбрала машину и хочет сделать пробную ездку...»

Таня не знала, что ответил Михаэль Иннокентьевич. Услышала только, как менеджер сказал в трубку: «Да, симпатичная». А потом он нажал на «отбой» и произнес:

— Пойдемте. Шеф согласился вас принять.

* * *

Михаэль Иннокентьевич Пилипчук оказался совершенно нормальным дядькой. Лысоватенький, с явным пивным брюшком. И с естественными мужскими реакциями.

Одна секунда, цепкий взгляд — и он уже небрежным кивком отсылает менеджера. Еще полсекунды — и Михаэль выскакивает из-за стола и бросается усаживать гостью в удобное кресло. Страстный взор на ее увеличенную прокладкой грудь — и тут же вкрадчивый вопрос:

— Кофейку? Чайку? Или чего покрепче? Есть кампари, «Мартель», хорошее виски...

Таня небрежно закинула ногу за ногу и с достоинством ответила:

— За рулем не нарушаю. А кофе — давайте выпьем.

Пилипчук тут же вдавил кнопку селектора. Приказал невидимой секретарше:

— Мария, две чашки кофе.

«Ни «Машенька» тебе, ни «пожалуйста», — отметила Таня. — Интересно, это у него стиль такой или передо мной рисуется?»

— Ну, чем могу служить? — Михаэль по-прежнему беззастенчиво разглядывал ее грудь. Так и хочется прикрыться рукой... но что поделаешь, нельзя. Она *работает*.

«Вот, блин, пялится... Впрочем, это не показатель. Менеджер на меня тоже глазел. И покупатели в салоне. И слесари. И даже какой-то дедок, который «Оку» покупал».

Таня поправила неудобную пирсинг-клипсу в носу и откинулась в кресле.

Вспомнилось определение отчима: «*Ему* нравятся образованные девушки».

И она сказала:

— В общем, салон у вас неплохой. И товар хорошо позиционируете, и менеджеры вполне толерантны, и предпродажная подготовка на уровне. Congratulations, well done[1].

Михаэль на нее так и вылупился. Явно ждал голоска понежней, а слов попроще. Впрочем, быстро взял себя в руки и на комплимент отреагировал адекватно. Процитировал:

— Think and grow rich![2]

— Вижу, что старика Хилла читали, — тонко улыбнулась Татьяна.

«Так. Английский он, кажется, знает. Впрочем, его сейчас многие знают. Чай, не восьмидесятые годы».

— Никогда не поверю, что такая роскошная девушка тоже читает скучные книги по маркетингу, — притворно изумился Михаэль.

«Ну что, стал он на меня смотреть как-нибудь по-иному? Да нет. Как пялился, так и пялится. И, по-моему, мои ноги ему нравятся куда больше, чем образованность».

Таня, сидевшая скрестив ноги, взглянула Михаэлю в глаза и переменила позу — точь-в-точь как Шарон Стоун на допросе у Майкла Дугласа. Одна разница — у нее под юбкой хоть трусики есть.

Пилипчук сглотнул, облизал губы...

«Маньяк? Возбудился, сейчас набросится?..»

---

[1] Поздравляю, неплохо организовано (*англ.*).

[2] Думай и богатей (*англ.*). «Думай и богатей» — название книги известного экономиста и бизнесмена Наполеона Хилла.

Таня на всякий случай приготовилась — если что, так просто она не сдастся.

Но Пилипчук на нее не бросался. Только глазами ел. Пришлось признать: «Нормальная мужская реакция. Когда я в короткой юбке — кто на меня только стойку не делает».

Таня решила охладить пыл Михаэля. Нахмурилась и строго сказала:

— Но, впрочем, есть в вашем салоне и недостатки. Судите сами. Я выбрала машину. Захотела проверить, как она ведет себя на дороге. Попросила у менеджера ключи. И что? Он сказал, что я должна сначала купить, а потом проверять. Где же тут логика?

— А вы хотите прокатиться на площадке или по городу? — деловито спросил Пилипчук.

— Конечно, по городу! — возмутилась Таня. — На площадке разве поймешь, убит движок или нет?

— Подход, безусловно, правильный, — кивнул Михаэль. — Но и нас ведь тоже нужно понять. Машины новые. Как можно выпускать их в город, когда ни страховки нет, ни даже транзитных номеров? Вдруг авария? Да и любой гаишник вас тут же остановит...

— А я тут, знаете, недавно в Твери была, — неожиданно перевела разговор Таня. — Черт, когда же это было... Там еще весь город перекрыли, потому что Немцов приезжал... Какие-то стипендии участникам чеченской войны раздавал...

Она скосила глаза на Михаэля, но тот ее, кажется, даже не слушал. Таня ему выдает тщательно продуманный монолог, а он, вместо того чтоб вникать, все глазами ее раздевает...

— Ну, не суть, когда это было. В общем, заглянула я в Твери в один автосалончик на набережной. Ох, ну и «опельки» там стояли! Блеск! Нулевые, но все уже с тюнингом! А цвета какие... Один просто изумительный, васильковый, как раз мне под цвет глаз...

Таня снова взглянула на Пилипчука. Тот плыл. Он, кажется, воображал себе, что она — уже без одежды, лежит на капоте василькового «Опеля» и готова, как пишут в романах, «принять его в свое лоно».

— Врать не буду — «Опель», да еще в Твери я покупать не хотела. Но я им сказала, что, возможно, — заметьте, только возможно! — приобрету эту машину. И они без вопросов дали мне прокатиться. Сказали, что тест-драйв у них бесплатный. Блин, ну когда же это было? Еще по всему городу растяжки висели... мобильная связь рекламировала новый тарифный план...

Пилипчук, кажется, напрягся. Что-то заподозрил? Нет, просто услышал, как в коридоре зацокали каблучки. Провозгласил:

— Нам несут кофе!

На пороге показалась девица с подносом — между прочим, тоже блондинка, и тоже с пирсингом. Только сережка в носу, кажется, настоящая, не клипса. И вид довольно потасканный, куда там до Тани.

«Совершенно точно: эта Мария с Михаэлем спит. И со мной он тоже хочет переспать. Значит, ему нравятся девушки одного типа? Похоже, что да. Но следует ли из этого, что он маньяк? Нет, совсем не следует... Скорее наоборот...»

Девица водрузила поднос на стол и наградила Таню убийственным взглядом.

— Свободна, Мария, — строго отослал ее Пилипчук.

Кажется, та еле удержалась, чтобы не хлопнуть дверью.

Но не хлопнула — не зря Таня хвалила толерантность сотрудников «Автостиля».

Таня сделала глоток. Оценила:

— Кофе хороший. А вот то, что тест-драйва у вас нет, — совсем нехорошо.

Она обиженно похлопала накладными ресницами. Вот заразы, как веки царапают...

— Девушка, милая, — взмолился Михаэль. — Да разве я вам отказываю в тест-драйве? Пожалуйста, езжайте куда угодно... Только не одна, а со мной. Я с вами вместо страховки поеду. И уверяю, что мое присутствие не будет вам в тягость.

— Это дело... — Таня сменила гнев на милость. — Но что же я никак не вспомню, когда в Твери-то была! Точно — девичья память. Ведь не каждый день Немцов приезжает, и растяжки эти рекламные мне на глаза все время попадались... О, вспомнила! Восьмого мая! Ой, нет, я перепутала! В мае я в Питере была.

Ей показалось, что Пилипчук вздрогнул. Или просто кофе горячий, он обжегся?

— Ну да! — продолжила свой монолог Таня. — Точно! Я как раз на майские в Питер ездила, люблю смотреть, когда фонтаны включают. А в Тверь я всего на один день ездила по делам, заодно по городу погуляла. Тогда и наткнулась случайно на этот австосалон с «Опелями». Это уже в июне было, числа восьмого.

Михаэль наконец перестал на нее глазеть. Все уже рассмотрел или тема разговора зацепила? Заволновался или просто хочет беседу поддержать?

— А вы в Питер ездили отдыхать?

— Нет. Там выставка открывалась, в выставочном центре Союза художников. Не помню уже, как называлась. Что-то вроде «С днем рождения, Петербург». Меня пригласили на вернисаж, второго мая. Ну а раз уж позвали — я решила в Питере задержаться, погулять, поплевать в Неву...

— Поплевать?

— А я во все реки плюю, где бываю. Ритуал такой. Вот и в Волгу в Твери плевала. На набережной, где «опельки».

Нет, ни капельки Михаэль не волнуется. Просто болтает с ней и явно не хочет, чтобы она уходила.

— Ну, поедем тест-драйвиться? — Таня решила возвратить разговор в исходную точку.

Михаэль тоскливо взглянул на часы:

— Умоляю! Только не сегодня. Ко мне через двадцать минут из мэрии придут, и весь вечер, как назло, забит... Бизнес! Но завтра в любое время я к вашим услугам.

Он секунду поколебался и добавил:

— Я даже сделаю на ту машину, что вам понравилась, существенную скидку.

Взгляд Михаэля снова уперся в ее грудь, и он повторил:

— Очень, очень хорошую скидку!

— Что ж... — Таня встала.

— Минуточку, — остановил ее Михаэль. И спросил тоном обиженного мальчишки: — А ваш телефончик? Надо же нам договориться... о времени тест-драйва.

— Я позвоню вам сама, — пообещала Таня.

Михаэль сразу скуксился. Пришлось одарить его ласковой, обнадеживающей улыбкой. И, выходя из кабинета, усиленно вихлять бедрами.

Когда Таня уже открыла входную дверь, Михаэль вдруг спросил:

— А в Питере на майские хорошая погода была?

«Чтоб я знала!» — фыркнула про себя Таня. На майские она ездила на Кипр, на конференцию по рекламе.

— Да вроде неплохая погода, — как можно небрежней откликнулась она.

— Вы уверены? — усмехнулся Михаэль.

Таня как вкопанная застыла на пороге. Пробормотала:

— Чего-то я не поняла...

— Все-все, милая девушка, — подмигнул ей Пилипчук. — Жду вас завтра на тест-драйве. В любое время.

* * *

Валерий Петрович Ходасевич всегда гордился тем, что у него много друзей и знакомых. И через них он может урегулировать любую проблему и *решить любой вопрос*. И он часто пользовался своими связями для того, чтобы помочь кому-нибудь, выручить, спасти от неприятностей. Как правило, это касалось падчерицы Таньки, которая обладала удивительной способностью влипать в разного рода истории.

Но вот он сам попал в переплет. И тут выяснилось, что его знакомствам — грош цена. Просто потому, что все они так или иначе связаны с *Комитетом*. С Комитетом и другими правоохранительными органами.

Но ведь его теперешние враги — тоже родом оттуда. И, значит, он не может выйти на *контакт ни с одним из своих людей. Потому что каждый из них вполне может оказаться врагом. Или быть связан* с врагом.

Вот и пришлось ему идти на поклон к падчерице. Боже, зачем он это сделал! Будто бы не знал: где Татьяна — там непредсказуемость, бардак и детская жажда приключений.

Вот и вчера — взяла и сбежала с дачи. Зачем?! И чем она, спрашивается, сейчас занята? Что за идея пришла в ее прелестную головку? Черт побери! Двадцать семь лет — почему же до сих пор жизнь для нее как игра?

Весь день Валерий Петрович бесцельно бродил по комнатам особняка Таниного босса. Пытался размышлять: кто играет против него? Как вычислить противника? Но помимо тех идей, которыми он поделился вчера с Синичкиным и (вот дурак!) с Татьяной, в голову ничего не лезло. А вот сегодня, на свежую голову, ему казалось, что все его вчерашние построения — чересчур стандартны, чересчур в лоб. Что, возможно, имеется иное решение. Свежее, умное, яркое.

Ходасевич позвонил на мобильник Паше. Тот бодро отрапортовал ему, что проверил двух подозреваемых:

— И что?

— Пока голяк.

— Двое — это мало, — буркнул в сердцах Ходасевич.

— Стараюсь. Работаю, — покорно отозвался Синичкин.

— А ты с Татьяной не связывался?

— Нет, — удивился Паша. — А она разве не с вами?

— Она на тебя не выходила? — ответил вопросом на вопрос Валерий Петрович.

— Никак нет.

— Ладно. Какие у тебя планы?

— Есть еще одно дело. Потом подъеду, как договорились.

— Хорошо, жду.

Валерий Петрович вздохнул и положил трубку. Беспокойство за Татьяну становилось все сильнее, все острее.

Полковник Ходасевич знал, что он ничего не может предпринять. Что ему остается одно: ждать и терпеть.

Умение ждать и терпеть было главным качеством разведчика.

Этому прежде всего научили его в разведшколе. И это умение не раз спасало ему жизнь.

И тогда, в Брюсселе, когда он восемь раз в течение двух месяцев выходил на встречу со связным из Центра, а тот все не появлялся, а потом выяснилось, что Ходасевич уже был на крючке у натовской контрразведки и Центр искал возможности вывести его из игры — и вывезти из страны...

Умение ждать и терпеть спасло его и в Анголе, когда они со Степанычем тридцать шесть часов напролет лежали на брюхе в болоте, а каждый сантиметр пространства над их головами молодчики из УНИТА просвечивали прожекторами и простреливали трассирующими пулями...

Но теперь... Теперь он не мог терпеть. И не мог ждать. Противное, саднящее чувство вины изводило его. И еще ужасное чувство, что он опаздывает. Что, может быть, уже *опоздал*.

Сейчас он не имел права ждать, потому что дело

касалось не его самого, а Татьяны. Танюшки, которая была ему ближе, чем дочь.

И под вечер, когда спала жара, полковник отправился на станцию.

Там должен быть телефон.

...На станцию Ходасевич притащился весь в поту. Еще раз позвонил Синичкину: «Пока ничего».

Набрал домашний Татьяны.

Проклятый автоответчик.

Накрутил мобильный номер.

Длинные гудки — и ни привета, ни ответа.

Позвонил по рабочему.

Раздался ласковый девичий автоматический голосок: «Агентство «Пятая власть», ваш звонок очень важен для нас...» Наконец ответил человеческий голос.

— Мне, пожалуйста, Татьяну Садовникову, — пробурчал он.

— Как вас представить?

— Ниро Вульф.

— Простите, как?

— Мистер Вульф.

— Госпожа Садовникова в данную минуту находится в отпуске.

— Простите... Она не оставляла свои координаты?

— Нет. Что-нибудь ей передать?

— Если она вдруг появится, попросите ее срочно связаться с господином Ниро Вульфом.

— Хорошо, я передам.

И — безнадежные, ничего не дающие короткие гудки.

Валерий Петрович поковылял обратно в особняк, ругая себя на чем свет стоит.

* * *

— *Мы вычислили его!*

— *Ты уверен?*

— *Так точно!*

— *Ну и где он?*

— *В поселке Клязьминский.*

— *А точнее?*

В трубке поперхнулись.

— *Точнее пока сказать не могу.*

— *А чего ж ты мне звонишь?*

— *Мы ведем проверку конкретных адресов: где он может быть. Через пару часов мы его точно вычислим.*

— *Вот когда вычислишь, тогда и звони. Не дергай меня по пустякам. Понял, олух царя небесного?!*

— *Так точно,* — *растерянно протянули в трубке.*

Глава 8

ДЕВЯТОЕ ИЮЛЯ, СРЕДА. ВЕЧЕР

«Что ж, сделано много», — без ложной скромности оценила свои успехи Татьяна. Фотки в Интернете размещены, двое потенциальных подозреваемых проверены. И времени только семь часов вечера. Вполне можно ехать к Валере и рапортовать о достижениях. И пусть уж он, как полагается, сначала отругает ее за самоуправство, а потом, может, и похвалит.

Таня совсем было собралась брать курс на поселок Клязьминский, да что-то ее остановило. Какая-то иголка воткнулась в сердце, интуиция подсказала: что-то не то, как-то не так все...

«Но что же я сделала плохого — кроме того, что сбежала?»

Таня снова перебрала в уме все свои действия за прошедшие ночь и день: клуб «Киборг», салон красоты, фотосессия, размещение фоток в Интернете, разговор с Михаэлем из «Автостиля»... Все вроде бы сделано грамотно. С выдумкой, с огоньком, с нестандартным подходом... Все идеально? Нет! Она не выполнила одного. Быть может, самого главного. Она не согласовала свои действия с Пашей.

«Боже, ну и идиотка!»

Хоть вечер был жаркий, Таню пробрал озноб. Ведь у Паши — такой же список, как у нее! А если Синичкин тоже встречался — или будет встречаться — с Лучниковым из «Киборга» или с Пилипчуком из «Автостиля»? И задавать им те же вопросы, что задавала она?

«Черт! Как я могла об этом не подумать!»

Таня немедленно набрала домашний телефон Синичкина. Ну, разумеется: «Привет, дома никого нет». И вдруг... автоответчик оборвался на полуслове и раздался голос Синичкина: «Слушаю!»

«Привет», — чуть не вырвалось у Тани.

Но она промолчала и нажала на «отбой».

Она не такая дурочка, чтобы говорить по телефону, который может прослушиваться.

Теперь нужно молиться, чтобы не было пробок. Чтобы добраться до Большой Дмитровки, прежде чем Паша куда-нибудь отправится. А в том, что тот не будет сидеть сиднем в четырех стенах, Таня не сомневалась.

* * *

Купить провизию в центре Москвы стало невозможно.

Продуктовые магазины лихо подменились тысячедолларовыми ресторанами, казино и бутиками. На место продмага на углу Дмитровки и Столешникова, куда Паша Синичкин бегал за колбасой и водярой, въехал «Хьюго Босс». Вообще-то хлеб и плавленые сырки Павлу требовались немного чаще, чем пиджаки за десять тысяч, поэтому марку «Босс» он проклял — отныне, и присно, и вовеки веков. Последним бастионом еды в центральных кварталах держался «Елисеевский», но теперь и он закрыт. Говорили, что всего лишь на ремонт, но на самом деле кто его знает. Может, после ремонта у «Елисея» провизии дешевле, чем устрицы и фуа-гра, не найдешь.

В такой ситуации холостяку Павлу ничего не оставалось, как питаться вне дома. Не считая утреннего кофе и вечернего чая, он заправлялся один раз в сутки — зато до отвала. Слава богу, деньжат, чтобы обедать на выходе, пока хватало. Конечно, не на понтовый «Краб-Хаус» (который лихо вытеснил, сволочь такая, со своего места милое кафе «Московское»), а на заведения более демократичные. Чаще всего Синичкин заправлялся в «Макдоналдсе». Когда начинало тошнить от канадских котлет, перебирался в «Прайм» в Камергерском.

В этот раз он выбрал для ужина студенческое кафе «Пироги» неподалеку от дома, на Дмитровке. Не слишком презентабельно — однако не пристало оперу (а в душе Паша по-прежнему считал себя опером) встречаться с агентом в крутых кабаках. Расплачиваться за двоих будет уж очень накладно. А каждому

рассчитываться за себя, «сепаратно», — как-то не по-
людски. Ну, а обедать за счет агента — совсем уж за-
падло. (Хотя Синичкин не сомневался: сейчас его
информатор может без напряга оплатить счет и в
«Краб-Хаусе», и в «Циркусе», и в «Мосте».)

Паша завербовал Котомского в конце восьмиде-
сятых, когда тому светил реальный срок за вымога-
тельство. Нехитрые манипуляции с уликами позволили ограничиться условным наказанием. И обернy-
лись вечной благодарностью Котомского — который
время от времени постукивал Паше в течение всего
периода, пока тот служил в краснознаменной милиции. Да и после, уже начав свой частно-сыскной бизнес, Синичкин пару раз обращался за помощью к
Котомскому. И тот, сильно прибавивший в уголов-
ном авторитете, охотно шел навстречу Павлу. Уважал
его. А еще пуще — боялся, что расписки, написанные
им когда-то о сотрудничестве с органами, вдруг
всплывут.

Синичкин пришел в «Пироги» первым. Занял столик в углу.

Зал был почти полон — безусыми студентами, ру-
мяными студентками. Они потягивали пиво, ели мороженое и беззастенчиво кадрились друг с другом.

Синичкин сделал заказ у такой же юной, как посетители, официантки. Попросил принести свинину
по-тирольски, кофе и пиво.

Котомский явился минута в минуту: дорогой
льняной костюм от ненавистного Синичкину Босса,
взмокший от пота лоб. Паша с интересом наблюдал,
как он протискивает свою тушу мимо столиков, сле-
дуя по направлению к нему.

— Растолстел ты, Котомский, — сказал вместо приветствия Синичкин. — Настоящий боров стал.

— Во бля! — огорчился агент. — Заметно, значит?

— Еще бы.

— А я худеть решил. Думаю на кровяную диету сесть. Как эти дурачки из Думы.

Подошла официанточка, обратилась к Котомскому:

— Что будете заказывать?

— Зеленый чай есть?

— Да, конечно.

— Тащи целый чайник.

— Извините, но чай у нас подается чашками.

— В презервативах, что ли?

— В пакетиках, — покраснела официантка.

Котомский скривился.

— Ладно, неси чашку.

Когда она отошла, Котомский обратился к Павлу:

— А ты че в такие детские кабаки ходишь? С баблом проблемы?

— Мне хватает.

— А то могу прислать.

— Как-нибудь обойдусь.

Официантка принесла чай для Котомского и кусок свинины для Павла.

Котомский по роду своей околокриминальной деятельности знал многое о том, что творилось в преступном мире — в том числе в сфере торговли живым товаром.

— Ты слышал, — спросил Синичкин, отрезая кусочек мяса, — проституток в Москве убивают.

— Да слышал, — скривился Котомский.

— Что думаешь?

Котомский выругался — громко и витиевато. Потом добавил:

— Девки уже работать не хотят! Боятся, суки!

— Пусть отдохнут.

— Ну да! Щас! Они не отдыхать сюда из своих Сарансков приехали, а лавэ с лохов тянуть.

— Так что в твоих кругах про этого маньяка слышно?

— Братва сама этого гаденыша ищет. Найдет — яйца ему отрежет.

— Когда братва кого-то ищет — это серьезно, — покачал головой Павел. — И что? Скоро найдет?

— А я знаю?!

— Три девчонки ему подставились. Что ж они такие неосторожные-то?

— Неосторожные?! Ты, Синичкин, этих коз продажных когда-нибудь пользовал?

— Бог миловал, — покачал головой Паша.

— Ну и дурак. Девки, скажу тебе, одна к одной. Старательные и душевные. Хочешь, угощу?

— Да не надо меня ничем угощать, — скривился Синичкин. — И никем.

— Ну когда захочешь — свистни. Хоть полк девчонок тебе выставлю.

— Не надо мне никакого полка. Ты мне про убийства расскажи.

— С каких это пор частный сыск убийствами сосок заинтересовался? — прищурился Котомский.

— С тех пор, как это заинтересовало моего клиента, — обтекаемо ответил Паша.

— Ишь ты, какой загадочный!

— Давай рассказывай, — вздохнул Синичкин, отправляя в рот кусочек свинины.

В гулком помещении кафе, декорированном в минималистическом духе — неудобные стулья, крашенные масляной краской стены, — раздавался гул молодых голосов. Синичкин огляделся.

Один молодняк. Такие все юные, доверчивые. Изображают из себя неизвестно что, а на деле совсем еще дети. Вот девчонка сидит за столиком одна, ест мороженое и все время с надеждой посматривает на входную дверь. Входит новый посетитель, она вскидывается к нему — а потом на лице ее отражается разочарование... Не тот...

«А что, если следующей станет она? — против воли мелькнуло у Паши. — Вчера он убивал проституток. Сегодня начнет мочить студенток. Да и проституток, по правде говоря, жаль. Несчастные бабы. Приехали, называется, в Москву заработать. Детишек своих обеспечить или родителей престарелых».

— Чтоб ты знал — если не знаешь... — проговорил Котомский, — безопасность у сосок налажена. Когда девки дают объявления, они там указывают номера своих мобильников...

Он замолчал, прихлебнул зеленого чая и утер обильно выступивший на лбу пот.

— Ну? — поторопил его Синичкин.

— Баранки гну!.. А на мобильнике — определитель. И номера, с которых на него звонят, записываются. Сечешь?

— Ну.

— Баранки гну!

— Почему же номер убийцы не определили?

— Потому что ни у одной из убитых девок мобильника не оказалось!

— Как это?

— А так! Этот гад их с собой после убийства забирает, понял?!

— Предусмотрительный маньяк.

— Вот и я о том... Но это еще не все, Синичкин.

Котомский снова утер влагу со лба. Он потел так обильно, что темные полукружья выступили у него под мышками даже на льняном понтовом пиджаке.

— Когда первую кошелку убили, — продолжал он, — всех работающих в одиночку девок, естественно, предупредили. Сказали, чтоб те пострёмались. Да они и без того осторожные! Кому охота, чтоб ее, как колбасу, порезали.

Котомский сделал глоток чая.

— Ты вот, Синичкин, по б***ям не ходишь, а если б ходил, знал бы: просто так, с улицы, индивидуалка клиента к себе в гнездо никогда не приведет...

— А в каком случае приведет? По рекомендации, что ли? — усмехнулся Павел.

— И по рекомендации тоже, — серьезно кивнул Котомский. — А если кто новый звонит — девка смотрит на своем мобильнике: с какого номера звонок. И если этот номер есть вдруг в «черном списке» — никогда оттуда клиента не возьмет. И сама к нему ни за что не поедет.

— А кто эти «черные списки» составляет?

— Это не твоего ума дела.

— А чьего?

— И не моего тоже. Но только у каждой они есть.

— А если с нормального телефона мужик звонит, не с «черного»?

— Тут тоже свои хитрости.

— Какие?

— У многих баб имеются базы данных: и МГТС, и всех сотовых сетей. Ты ей, к примеру, звонишь, представляешься Васей — а она по компьютеру тут же, во время разговора с тобой, твой номер пробивает и видит: звонит ей на самом деле Павел Синичкин, прописанный там-то, и работает он частным сыщиком.

— Круто, — восхитился Паша.

— Но это еще не все. Девки — они ведь к клиенту подход имеют. Причем подход нужон не только для того, чтобы лоха на бабки развести, но и чтоб самой живой-здоровой остаться.

— Это какой подход?

— А такой! Клиент ей позвонит, а она его сразу начинает на разговор вести: фуё-моё, да как тебя зовут, да какой у тебя красивый голос... И если она во время базара вдруг почувствует напряг: клиент или сильно пьяный, или обколотый, или какой-нибудь странный — она его к себе не позовет... Скажет, занята я, типа. Предложит потом перезвонить.

— Предусмотрительно.

— А то! Жизнь ведь на кону! — покачал потной башкой Котомский. — А это самое дорогое, что у нас есть.

— Как же они все-таки не уберёглись?

— Вот и я не знаю. Ведь если мокрощёлка клиента все-таки пригласила, она ему тоже не сразу свой адрес выдает. Она называет дом, где живет, и подъезд. «А как приедешь, — говорит, — снизу мне позвони». А когда он снизу по мобиле ей звонит — она опять его на базар разводит. И в окошко на него смотрит. И если он ее чем застремает... Ну вдруг он похож на мента, наркошу или шизика — она номер своей квартиры ему не скажет. Соврет чего-нибудь, но не пустит... Понял, Паша?

— Понял. Значит, проститутки берут только тех клиентов, кто выглядит, по разговору и внешне, абсолютно нормальным.

— Правильно! А уж когда пацаны по девчонкам

телегу о маньяке пустили — те вдвое и втрое осторожней стали.

— И все равно не уберглись.

— Вот и я про то, — вздохнул Котомский.

— Значит, — задумчиво произнес Синичкин, — маньяк кажется со стороны настолько нормальным, что даже пуганые девки его не заподозрили...

— Точно.

— А «рабочие» мобильники у всех троих проституток исчезли?

— И не только мобильники. Все ихние рабочие записи — тетрадки пропали. Они ж обычно все записывают: кто клиент, какой его телефон, сколько денег она с него срубила — и так далее.

— Зачем записывают?

— Как зачем? Для отчета. Как Ленин говорил? — хохотнул Котомский. — Капитализм — это учет и контроль.

— Вот это маньяк, — покачал головой Павел. — Предусмотрительный.

— Точно. При этом совсем непохожий на маньяка.

— А вы до ментов эту информацию довели?

— Ну, ты спросил! Откуда я-то знаю? Да менты и сами не дураки...

Котомский допил чай, утер рот рукой, скривился:

— Гадость этот чай!.. — А потом продолжил: — Знаешь, Пашка, раз у тебя в этом деле интерес есть — я не спрашиваю, какой, — хочу тебе предложить сделку. Если ты узнаешь чего про этого п**ра гнойного — звони сразу мне. А я тебе лавэ за это пришлю.

— Откуда ты знаешь — может, я работаю, чтоб этого маньяка отмазать? — усмехнулся Синичкин.

— Не, ты не такой, — убежденно покачал головой Котомский. — Ты маньяка отмазывать не будешь. Ты честный фраер. Порядочный.

Слово «порядочный» в его устах прозвучало презрительно, как оскорбление.

— За конкретный стук, — продолжал Котомский, — за такой стук, после которого мы этого засранца возьмем, я тебе лично десять зеленых дубов откину.

— А ты?

— Что «я»?

— Если вдруг узнаешь чего — мне позвонишь?

— Не обещаю.

— А ты пообещай.

— Ладно, Синичкин. Может, позвоню. По старой памяти...

Котомский посмотрел на массивный золотой «Ролекс».

— Все. Хоре базарить. Бизнес стоит. За обед твой заплатить?

— Обойдусь.

— Ну, как хочешь.

Котомский встал и тяжело, как мастодонт, направился к выходу из кафе.

Синичкин отодвинул от себя тарелку с остатками свинины по-тирольски.

Итак, теперь у него появился клиент. И не только моральный стимул найти убийцу, но и материальный.

Он выждал, пока Котомский покинет заведение, и махнул официантке. Девушка явилась немедленно, хотя обычно официантки в «Пирогах» по первому зову к столу не бросались. «Наверно, я ей понравился», — усмешливо подумал Синичкин.

— Счет, лапушка, — ласково попросил он.

А девушка вдруг спросила:

— Скажите, это вы Павел Синичкин?

* * *

Тане «повезло». Подвалило, подфартило, поперло.

От «Автостиля» (он располагался на «Тимирязевской») до Большой Дмитровки она ехала почти час. Движение — сумасшедшее, поток — плотнейший. Не сидится москвичам дома. Хотя и поздно уже, на улицах сплошные пробки. Таня старалась, как могла: и стартовала резво, и по резервной ехала, и даже по тротуару один раз пронеслась, распугала разморенных жарой пешеходов. В пути, стоя на светофорах, она еще пару раз набирала Синичкина. Один раз нарвалась на Пашино «алло», а второй — когда до Большой Дмитровки оставалось всего-ничего — включился автоответчик. Неужели ушел?!

Она с визгом покрышек свернула на Большую Дмитровку — хотя теперь-то что газовать, если Пашка уже смылся? И тут вдруг увидела: знакомая походочка. Так и есть: Синичкин.

Таня тут же бросила «пежика» в правый ряд, спряталась за могучей тушей черного джипа. Остановилась под знаком «остановка запрещена», закрыла машину и выскочила на тротуар.

Не потеряла? Нет. Вот она, широкая Пашина спина, метрах в ста впереди. Таня, стараясь не цокать каблуками и хоронясь за спинами прохожих, направилась вслед за Синичкиным. Можно, конечно, просто к нему подойти... Но Павел, кажется, куда-то спешит. А тут она... Наверняка Валерочка уже рассказал Паше о ее бегстве из особняка. И Синичкин, возможно, начнет ее отчитывать прямо посреди улицы: вон как решительно выглядит...

«Все равно мне влетит. Сейчас, потом — какая разница? — убеждала себя Таня. — Что зря оттягивать? Нужно окликнуть его».

Но подходить к Паше ей хотелось все меньше и меньше. А что, если она поступит *нестандартно*?

* * *

— Да, Синичкин — это я, — удивленно ответил официантке Паша.

— Тогда вот ваш счет. И еще записка. — Девушка протянула ему запечатанный конверт.

Паша с недоумением уставился на логотип: «Рекламное агентство «Пятая власть». Фирма, где работает Татьяна.

Он разорвал конверт.

Пашуня, а ты совсем не умеешь сбрасывать «хвосты»! Я шла за тобой аж от Совета Федерации!

Сообщаю, что веду параллельное расследование. Уже проверила Лучникова и Пилипчука. Следующие в моем списке — Можин и Грибов. Так что ты уж, будь добр, с ними не встречайся. На связь буду выходить сама. Целую крепко, твоя репка.

Синичкин растерянно отложил записку. Ну, Татьяна! Ну, деятельница! Вот, оказывается, что случилось: Таня с дачи сбежала. И занялась самодеятельностью, которую она, разумеется, именует гордым словом «расследование».

Синичкин снова подозвал официантку:
— Давно это записку принесли?
— С полчаса назад.

Ну, Татьяна! Ну, негодяйка! Вот кто ему названивал и трубку бросал...

Павел взглянул на часы: половина девятого. Через час его ждет Ходасевич.

Синичкин сунул записку в карман, оплатил счет и вышел из кафе.

«Даже по сторонам не посмотрел», — обиженно подумала Таня.

Она стояла совсем рядом, возле Первой аптеки. «В принципе, мог бы меня и увидеть... Если бы захотел. Ну, и ладно. Черт с ним. Не хочется мне сейчас с ним разговаривать. И в особняк ехать тоже не хочется. Если честно, я вообще еле на ногах стою...»

Напряжение последних дней дало о себе знать. Голова раскалывалась. В глазах щипало. И даже руки подрагивали — как у старой бабки.

«Нет уж, хватит с меня на сегодня. Не выдержу я, если меня еще отчитывать начнут. Надо прийти в себя».

И Таня решила так: она поедет в свой «семейный отель» и завалится спать. А завтра определится, что ей делать дальше.

ДЕСЯТОЕ ИЮЛЯ, ЧЕТВЕРГ. УТРО

Таня сонно похлопала глазами, взглянула на часы: одиннадцать.

Организм взял свое за недосып. Отоспался. Тринадцать часов она продрыхла: рекорд! Еще бы — после стольких дел и приключений! Сколько она всего совершила за последние сутки! Фотографирование в полуголом виде, «Автостиль» с Михаэлем не-Шумахером, бойцовско-девичий клуб «Киборг»...

Фу, ну и гадость же этот «Киборг»! Таня вспомнила потных девиц на ринге, хозяина клуба с пустыми глазами, и ее передернуло. Вот урод, чуть не задушил. До сих пор синяки на шее и на запястьях... Опять придется тональным кремом замазывать. А как, интересно, общий вид?

Таня выпрыгнула из кровати, подошла к зеркалу и расхохоталась. Ну и красавица! Такие фотки надо в газетах печатать с подписью: *«Эта девушка чудом спаслась из лап маньяка»*. Спутанные красно-белые волосы, взлохмаченные со сна накладные ресницы и колечко в носу — не успела вчера снять, рухнула в кровать как подкошенная. Похожа на корову, которая с привязи сорвалась. Хотя нет, не на корову. Коров с когтями не бывает. А у нее накладные ногти такие огромные, что руки выглядят как лапы у птеродактиля. В общем, полное чудище. Очень все-таки хорошо, что она вчера к Синичкину не подошла. И не поехала в таком виде в особняк. Был бы у Валеры дополнительный повод ее распекать...

«Но если удалить реквизит, будет очень даже ничего», — утешила себя Таня.

Морщин, несмотря на стрессы последних дней, не появилось. Цвет лица — вполне приличный. И главное — в глазах огонек. Когда она в своем агентстве очередной слоган придумывает, глаза так не горят...

Напевая, Таня отправилась в ванную. Долго стояла под теплым душем, извела на красно-белые волосы полбутылки шампуня, чертыхаясь, кое-как отодрала фальшивые ресницы, а накладные ногти — выкинула в унитаз. Нет, все эти примочки не для нее. Больше никаких маскарадов.

Завернувшись в огромное полотенце, Таня вышла в кухню.

Кто-то невидимый уже сервировал завтрак. На столе в изящном натюрморте слились круассаны, дольки апельсина и серебряный кофейник.

«Круто», — оценила Таня и уселась за стол.

Подняла кофейник и обнаружила под ним квитанцию: *проживание одни сутки — 150 у. е., Интернет — 15 у. е. Чаевые персоналу приветствуются*. Ну вот. Весь аппетит испортили.

Но Таня все равно слопала круассаны (надо пользоваться, раз уплачено!) и выпила целую бутылку бесплатного сока из холодильника. Хотя денег, конечно, жаль. Кажется, плакал отпуск в Китае...

— Да ты сначала доживи до отпуска-то! — утешила себя Таня и выцедила из кофейника последние капли.

Она подошла к окну, выглянула из-за шторы во двор. Умилилась на старушку с длиннющей таксой на поводке. Понаблюдала, как два малыша ссорятся из-за игрушечного «КамАЗа». Из подъезда вышла юная парочка, пошлепала куда-то, взявшись за руки... Всем хорошо. И всем не до нее.

Таня вдруг остро, до боли, почувствовала свое одиночество. И еще — беззащитность. А самое обидное — полное отсутствие мыслей, а также конструктивных идей: чем ей заняться сегодня? «Добивать» директора «Киборга»? Снова встречаться с Михаэлем? Или же пообщаться со следующими кандидатами из списка?

«Зря я вчера к Пашке не подошла. Поехали бы вместе к Валере. Я бы повинилась, что сбежала...»

Работать самостоятельно сегодня почему-то совсем не тянуло. Наоборот — хотелось отрапортовать об успехах и спросить, что делать дальше. И пусть только экс-полковник попробует забухтеть, что она лезет не в свое дело. «Я его быстро отбрею. Вон, скажу, сколько я всяких данных собрала! И еще больше соберу — под его чутким руководством. Так и заявлю ему: «Ты, Валерочка, в нашем коллективе — мозг. Пашка Синичкин — ноги. А я... Я... — Таня на секунду задумалась. — Я — квинтэссенция красоты, фантазии и хитрости. В общем, ценнейший специалист. Таких отстранять от расследования — просто преступление! Конечно, Валера будет ворчать, но потом — смирится. Я заставлю его смириться».

Таня взяла мобильник, набрала семь цифр: телефон дачи, где скрывался Ходасевич. Раздались длинные гудки — громкие, будто она звонит в соседнюю квартиру. Раз, два... Таня нажала на «отбой» — как договаривались. Ну, давай, толстячок, подползай к аппарату. Это твоя Танюшка звонит.

Таня нажала на «redial» и улыбнулась. Как она, оказывается, соскучилась по отчиму! По его неповторимому «ал-ло», прокуренному голосу и даже по той ворчне, которой он сейчас непременно разразится.

Пять гудков, шесть, семь...

«Ну, что ты там, совсем обленился? Ждешь, пока тебе Пашка трубку подаст?»

Восемь, девять, десять...

«Валерочка, да ты обнаглел! Времени — почти одиннадцать, а ты дрыхнешь! Да нет, не можешь ты так поздно спать...»

Одиннадцать гудков... Двенадцать, тринадцать... Наконец связь оборвалась. Таня озадаченно уставилась на телефон. Она номер, что ли, забыла? Попала не туда?

Таня прошла в комнату, сверилась с записной книжкой. Нет, номер правильный. Ничего она не забыла. Она, извините, хоть и творческий, но директор, а директору грешно не запомнить элементарную комбинацию из семи цифр.

Таня снова набрала телефон особняка. Положила трубку после двух гудков. Еще раз нажала на повторный набор... И опять сплошные длинные гудки... Валера, где ты?

Нет, не отвечает. Ерунда какая-то. Ну что ж, будем тогда Пашку отлавливать.

Таня убила на Синичкина минут двадцать. Звонила ему и напрямую, и шифруясь — тоже после двух гудков. Набирала и детективное агентство (странно, даже секретарша не отвечает), и квартиру («Привет, дома никого нет!»), и мобильник («Абонент не отвечает или временно недоступен»). Глобальные проблемы со связью? (Эх, хорошо бы!) Или у Валеры одновременно с Пашей что-то случилось?

Она сжала виски: голова, еще только что бывшая легкой и свежей, начала гудеть.

Что же делать? Может быть, позвонить маме? Вдруг она в курсе? Нет, глупо. Уж ее-то Валера поставит в известность о том, что происходит, в самую последнюю очередь. Звякнуть начальнику? Еще гениальней. Шеф лежит себе на Мальдивах, греет пузо — и тут ему на пляж звонит Садовникова и милым голоском интересуется: «А не знаете ли вы, почему в вашем особняке не отвечает телефон?» Шеф спросит:

«А почему он должен отвечать?» — «Да я туда вообще-то своего отчима поселила. Он там от ментов скрывается. А теперь вот почему-то трубку не берет».

А если поступить так? Таня придвинула к себе городской телефон и набрала «07».

Вредные тетки из телефонной справочной долго кочевряжились. Уверяли, что справок по Подмосковью не дают. Но Тане все же удалось выяснить номер АТС, которая обслуживала коттеджный поселок. Еще пара звонков — и ей сообщили:

— Нет, девушка, телефон мы проверили. С ним все в порядке. Просто трубку не берут.

Таня положила трубку и возмущенно выкрикнула:

— Да куда же вас черти унесли!

Она изо всех сил старалась именно *возмущаться*. Потому что, если она перестанет злиться, ее сердце просто разорвется от ужаса...

* * *

«Быстрей, быстрей, быстрей!»

Таня, еще вчера интеллигентный и терпеливый водитель, вовсю сигналила «чайникам», проскакивала в опасной близости от грузовиков и даже, о, позор, зацепила боковым зеркальцем троллейбус.

Водитель троллейбуса не поленился высунуться из окна и заорать на всю улицу:

— Куда прешь, овца!

А Таня, которая раньше никогда не реагировала на водителей-хамов, в этот раз тоже не сдержалась — обозвала троллейбусника козлом винторогим.

И в этот момент зазвонил ее сотовый телефон. Таня на прощание состроила водителю троллейбуса страшную рожу (кто б мог подумать, что творческий директор способен на подобные гримасы!) и нажала на кнопку приема. В трубке прошелестел бархатный, развратный голосок:

— Hi, honey! Ready to come right now?[1]

В первую секунду Таня опешила. Во вторую до нее дошло: «О, дьявол! Значит, моя анкета уже в Интернете! Только этого не хватало... именно сейчас. Впрочем, раз уж она сама все это затеяла, надо самой и разгребать». И она бодро ответила по-русски:

— Привет, миленький. Конечно, я к тебе приеду. Только сначала расскажи мне, какой ты?

— А о чем тебе рассказать, крошечка? — откликнулась трубка.

«Черт его знает, какие вопросы задают проститутки... И Таня выпалила первое, что пришло в голову.

— Ты сильный? У тебя — *большой*?

«Миленький» нервно хихикнул:

— О-о, сладенькая, тебе понравится! У меня — как у Гефеста, а мой друг — просто Приап какой-то!

— Постой-постой, вас там двое? — насторожилась Таня.

— Трое, — простодушно ответил «милый». — Но ты не волнуйся. Мы тебе по тройному тарифу заплатим!

— Нет, зайчик, — строго сказала Таня. — С группой я не работаю.

— Жаль, — огорчился мужик. — Мы тут на твою картинку всем коллективом сопим — сиськи у тебя знатные...

«Тьфу, гадость!» — Таня нажала «отбой» и с отвращением отшвырнула трубку. Будто в грязи выва-

---

[1] Привет, сладенькая! Можешь прямо сейчас подъехать? (*англ.*)

лялась. Так и хочется вышвырнуть телефон в окно...
Ну и ввязалась она в историю! А главное, совершенно бесполезно — ясно, что звонил ей *не тот*. Маньяки
ки девочку на троих не делят. Да и голосов у них
таких наглых не бывает.

И сколько таких *не тех* еще, спрашивается, будет?
А если появится *тот* — что прикажете делать тогда?

Вот гадость!.. Ладно, пока забудем. Надо решать,
как до особняка добираться. На «Пежо» туда ехать
явно нельзя. Похоже, в поселке Клязьминский что-
то случилось...

* * *

Таня решила действовать поэтапно.

Сначала подкатила к станции метро «Речной вок-
зал». Загнала «пежика» во двор жилого дома — мест
для парковки полно, все жильцы на работе. Она
вспомнила: когда-то, еще в юной, безмашинной, жизни она ездила от «Речного вокзала» в аэропорт Шере-
метьево. И кажется, тогда отсюда ходило много всяких автобусов... Наверняка среди них найдется и тот,
что привезет ее в поселок Клязьминский, в двух ки-
лометрах от которого располагается несчастный
особняк.

Таня поболталась меж рядами автобусных остано-
вок. Быстро определила маршруты, которые ведут за
город. А потом вступила в разговор с бабусей явно
деревенского вида. Из ее многословного монолога
Таня установила, что в сторону Клязьминского ходит
единственный автобус, и местные жители им крайне
недовольны:

— Какое расписание, внученька! Ходют, гады, как
хочут. Раз в час — если не сломается.

— А маршрутки?

— Тридцать рубликов. Не наездишься, — вздохнула старушка. — А тебе что, в сам Клязьминский нужно?

— Нет, не совсем. Там рядом коттеджный поселок.

— Так этот автобус туда не пойдет, — развела руками старушка. — Надо на повороте выходить и дальше пешедралом топать.

— А давайте мы сделаем так, — предложила Таня. — Я куплю вам билет на маршрутку, а вы мне за это покажите, где выходить.

— Там через лес идти надо, — предупредила ее бабуля. — С версту, а то и поболе. Может, кто крутой тебя подберет? — Бабуля испытующе посмотрела востренькими глазками на Татьяну. Не дождавшись реакции, добавила: — Их там много на джипах ездют. Но ты к ним не садись. Снасильничают.

— Не сяду, — пообещала Таня. — Я лучше по лесу пройдусь.

— Или вот как сделай, — воистину древняя старушенция оказалась кладезем мудрости. — В этом ихнем поселке сейчас большая стройка идет. Бетон им возят, кирпичи, железки всякие. Даже мрамор, сама видела, полные машины. Ты лучше в такой грузовик попросись. Шофер — он наш брат, довезет, сигареточку ему дашь, и довезет. Даже денег не спросит.

— Спасибо, бабушка, — с чувством поблагодарила Таня.

— Ну, вот и маршрутка, — взмахнула рукой старушка. — Ну что, не передумала меня за свой счет прокатить?

* * *

«Самой мне лечиться надо, а не маньяков ловить! — думала Таня. — Настоящая мания преследования».

Всю дорогу до Клязьминского ее терзали страхи. То казалось, что лихой водитель маршрутки неминуемо вылетит на встречную полосу. То чудилось, что у раздолбанного «рафика» вот-вот отвалится колесо. Но хуже всего было, когда они проезжали посты ГАИ.

Их на пути встретилось целых три, и на каждом Таня наблюдала одинаковую картину: стеклянная будка, подле нее гаишник или скучающе вертит жезл, или терзает очередного понурого нарушителя. А чуть поодаль от будки, метрах в тридцати, припаркованы «девятки». На каждом посту разного цвета, и номера, естественно, разные. Но внутри, в салоне, — по двое хмурых мужчин. И эти двое не сводят глаз с шоссе, фиксируют каждую проезжающую машину.

«Да мало ли зачем эти «девятки» здесь стоят? — успокаивала себя Таня. — Может, они ждут, пока их машину на угон проверят? Или кого-то поджидают? А если и правда выслеживают — так с чего я взяла, что меня? Мало, что ли, по Ленинградскому шоссе ездит настоящих преступников? Бандитов, убийц, террористов?»

В общем, она почти успокоилась. Но настроение все равно нехорошее. Тревожно-мнительное, как пишут в учебниках по психиатрии.

А тут еще и бабуля, которой Таня спонсировала проезд, с разговорами пристает:

— А зачем тебе, внучка, в этот поселок?

— Так, по делу...

— А какие ж у тебя там дела?

— Работа.

— Работа?.. Ты этот... травяной архитектор, что ли? Будешь клумбы буржуям отращивать?

— Ну, вроде того.

— А что ж они тогда за тобой машину не прислали?

Вот приставучая старуха! «И зачем я ей за дорогу заплатила? Доброе дело решила сотворить. Тоже мне, Флоренс Нантингейл. Вот и отдувайся теперь. Будто я без этой бабки не знаю, где поворот на поселок...»

Показалась знакомая развилка. И прямо на ней, у поворота припаркована очередная «девятка». Приспущенное тонированное окошко. И цепкий взгляд холодных глаз. Неужели у нее действительно *мания?*

— Эй, ш...офер! — приказала бабуля. — Тормози. Девушке выйти надо.

— Нет, — поспешно сказала Таня. — Едем дальше.

— Так вот же поворот на твой поселок! — Старуха смотрела на нее, как на больную.

— Да я вспомнила. Мне нужно сначала в сам Клязьминский заскочить. В магазин.

— А у «новорусских» в поселке что, магазина нет? — недоверчиво спросила старуха.

Ну, пристала!

— У них только продуктовый, — терпеливо объяснила Таня. — А мне надо бумаги купить. И простые карандаши. Чтобы чертеж сделать.

— Что ж в Москве-то не купила? — не отставала старуха.

«Да чтоб тебя!»

— Забыла я, — в очередной раз оправдалась Татьяна. — Сейчас только вспомнила. По дороге.

— Эх ты, девичья память, — насмешливо прокомментировала старуха. — Непутеха.

Ну вот, за свои деньги еще и оскорбили.

* * *

От бабки удалось избавиться только на пороге захудалого канцелярского магазинчика. Таня вошла внутрь, равнодушно рассмотрела скудный ассортимент школьных тетрадок и ядовито-ярких шариковых ручек. Продавщица не обращала на нее никакого внимания — сидела себе тихонько за прилавком, читала любовный романчик. Так увлеклась, что даже отвлекать ее не хотелось... Но придется.

— Извините, пожалуйста, — обратилась к ней Таня. — А вы здесь, в Клязьминском, живете?

Продавщица вскинула на нее туманный взор. Нет, сейчас она пребывает явно не здесь, а где-нибудь в Акапулько или в Лос-Анджелесе. Там ведь, кажется, происходят развязки всех любовных романов?

— Я не хотела вас отвлекать, но мне очень нужна ваша помощь. — Таня смиренно склонила голову.

Продавщица вздохнула. Заложила книгу исчерканной промокашкой. И устало спросила:

— Ну?

— Вы не знаете, у вас тут кто-нибудь кирпичи продает?

— Кир-пи-чи?

Кажется, продавщица была ошарашена.

— Ну, может, не кирпичи. Бетон, или арматуру, или что там еще на стройку нужно?

— Я не поняла... — призналась продавщица. — Вам кирпичи нужны? Или бетон? Или что?

«М-да, по-моему, неправильно я разговор повела».

— Да мне-то ничего не надо, — развела руками Таня. — Мне человек нужен. Который стройматериалы возит. Хотелось бы в коттеджный поселок попасть. А пешком через лес идти страшновато.

— Так бы сразу и говорили, — фыркнула продавщица. — Нужен шофер. А кирпичи-то здесь при чем? Хотите, сына позову? Он вас на мотоцикле отвезет.

«Только этого мне не хватало. А те на «девятке»? Вдруг это *они*? Меня тогда мигом прихватят».

— А нельзя как-нибудь без мотоцикла? Боюсь я на мотоцикле...

— Ну, лимузинов у нас тут нет, — почему-то обиделась продавщица.

— Да мне и не нужен лимузин! К тому же и денег мало, с частным «извозчиком» расплатиться не хватит. А так бы я на попутном «КамАЗе» доехала. Или на «ЗИЛе». И шоферу халтурка, и я до места доберусь.

* * *

«Хорошо жить в маленьких поселках, — восхищалась Таня. — Как здесь все просто!»

Бутылка хорошей водки — и водитель грузовика уже улыбается и даже вытягивает из-под сиденья аккуратно сложенное одеяло:

— Подстелю тебе. Чтобы не трясло.

— А можно я в кузове поеду? — спросила Таня.

— В кузове? — изумился шофер. — Чего не в кабине-то? Не бойся, я уже старый. К девушкам не пристаю.

— Да нет, интересно просто. Никогда в кузове не ездила.

— Да хоть на крыше ехай! — Шофер с вожделением посматривал на водочную бутыль. — Хочешь кузов — будет тебе кузов, сейчас туда одеялко кину... А в поселке тебе какой дом нужен?

— Белый такой, двухэтажный. На третьей линии.

— А, знаю. Там какой-то рекламный хрен из Москвы живет.

«Мой начальник», — чуть не брякнула Таня.

Она протянула шоферу бутылку. Поколебалась — и прибавила еще пятьдесят рублей.

— А это зачем? — удивился Матвей.

— Ну как же? На закусь. И чтоб стимул был — поскорее доехать.

Шофер хмыкнул:

— Да я-то хоть сто кэмэ выжму. А вот тебе на такой скорости весь организм растрясет. Кузов-то — не пуховый...

— Потерплю, — отмахнулась Таня. Секунду подумала и добавила: — Только знаете что... Вы к этому белому дому не подъезжайте. Я заранее выйду.

— Да делай ты, что хочешь! — отмахнулся водитель. — А как надумаешь выходить — в кабину мне постучи. Ну, поехали?

...Вот и поворот на поселок — «девятка» с двумя жлобами по-прежнему стоит на развилке... Три километра тряской дороги — шофер будто нарочно все ямы собрал... Шлагбаум на въезде в поселок поднят, охранника почему-то не видать... А улицы пусты. День будний, кто на работе, кто на речке...

Таня царапнула в переборку кабины. Шофер послушно затормозил, помог ей выбраться из кузова: «Ну, удачи тебе, девушка! И жениха хорошего!»

Кажется, никто за ней не наблюдает, даже собаки не гавкают — сомлели от жары. Вот и белый особняк, все окна закрыты, ворота заперты. Никаких подозрительных машин. «Неужели зря мучилась в кузове грузовика?»

Таня нажала на кнопку звонка. Тинь-тинь... тинь-

тинь... Тишина. Подергала калитку: заперто. И что дальше?

Таня осмотрелась: кажется, никому до нее нет дела. В соседских дворах — тишина. Камера слежения, висящая на калитке, выключена, а иной системы сигнализации в особняке не предусмотрено. И забор хоть и высокий, под четыре метра, зато поперечные перекладины — ч-чрезвычайно удобные!

«А если... если в доме кто-то есть? Посторонний? Наблюдает сейчас за мной и с нетерпением ждет, пока я сама явлюсь в его лапы?» — подумала Таня. Лезть через забор сразу расхотелось. Впрочем, утешила она себя, будь в доме враги — они давно бы проявились. Еще тогда, пока она трезвонила в калитку. Нет, надо рискнуть.

Таня преодолела забор без единой царапины. Очутившись во дворе, огляделась — никого. Поскреблась во входную дверь — тоже заперто. Наверно, в доме действительно никого... Интересно, а окна все закрыты?

Закрыты. Все, кроме того, что в гостиной.

Таня осторожно потянула за створку и, еще раз оглядевшись, подтянулась и влезла внутрь. И увидела: в комнате — ничего страшного. И даже почти порядок. Единственная деталь: на полу валяется пачка болгарских сигарет. Едва початая. И зажигалка. Любимая Валерочкина зажигалка в виде пивной бутылки.

Таня растерянно подняла и сигареты, и зажигалку. Да сроду такого не было, чтобы отчим вышел из дому, не прихватив свою отраву!

Сунула единственную улику присутствия здесь отчима в карман. Прошлась по комнате: ничего интересного. Потом обследовала кухню — пуста, только на столе почти полная чашка. Таня понюхала: кофе. Крепкий. Почему его не выпили?

Она прошла в спальню — тоже пусто и чисто. Кровать, где спал Валера, тщательно убрана.

А больше никаких его личных вещей нигде не было. Никаких следов. Никаких намеков, что Валера здесь жил.

«Что, черт возьми, случилось?»

Таня снова набрала Пашкины телефоны. Заслышав уже вызубренный наизусть текст на автоответчике «Привет, дома никого нет», едва не брякнула — как просили, после сигнала: «Я же волнуюсь, неужели не понятно?»

«Похоже, Валера сбежал. Но почему? Что случилось?»

И тут зазвонил мобильник:

— Красавица, — деловито сказали в трубке, — мы тебя вычислили.

Таня даже испугаться не успела. Просто глупо спросила:

— Что-что?

— Ты что, коза, самая умная? Лившица не знаешь?

— Какого еще Лившица? — растерянно спросила она.

— А того, кто говорил, что делиться надо. Ты, похоже, совсем дура?

«Тьфу, блин. — Таня начала успокаиваться. — Кажется, это сутенер. Крышевик. Охранитель. Прочитал мое объявление в Сети».

— Да я не против, чтобы делиться, — пропела она. — Только пока нечем.

— Ладно, чмара, мозги мне не канифоль. Чтобы сегодня к семи на Пушку подъехала, поняла? К памятнику. Я сам подойду. А не приедешь — я тебя по мобиле живо вычислю. Адресок, фамилие, все, что треба. И по стенке раскрошу.

— Размажу, — машинально поправила Таня.

— Размозжу, — хохотнула трубка. — Ну, все, цыпочка. Аривидерчи.

* * *

Развилку, на которой стояла зловещая «девятка», Таня обошла лесом. Вышла на шоссе метрах в пятистах от поворота на поселок. Потом еще с километр чапала по обочине, выискивая автобусную остановку.

Хорошо хоть, автобус быстро пришел — только такой разлолбанный, что, пока ехали до Москвы, Таню растрясло похлеще, чем в кузове «КамАЗа».

Настроение было — гаже некуда. «Пежик», который ждал ее во дворе у «Речного вокзала», тоже пребывал в скверном расположении духа: глазки-«фары» грустные и завелся не с первого раза...

Таня погладила любимую машинку по кнопке гудка, попросила: «Хоть ты меня не подведи!» Потом еще раз позвонила по телефонам Синичкина. Результат опять нулевой. И при этом стойкое ощущение, что и Валера, и Паша живы. Но вот где они? И что случилось в особняке? Похоже, отчим оттуда просто сбежал... А может, его взяли? Но как, черт возьми, враги вообще узнали про это место?

Ответов, увы, не было.

А за машинным окошком — очередной жаркий день, и времени — только три часа. Возвращаться домой и *мучиться мыслями* Тане совершенно не хотелось. Она решила: «Пока нужно просто себя занять. Желательно — чем-то полезным. Что я там с утра планировала? Работать *дальше по списку*?

Таня достала из сумочки перечень подозреваемых. Кого она взяла на себя?

Егор Можин, тридцать восемь лет, директор сети парикмахерских «Бархатный локон».

Николай Грибов, тридцать один год, сотрудник Министерства иностранных дел...

Что ж, можно звонить. А легенду она придумает на ходу.

Таня набрала телефон сети парикмахерских. Секретарша проворковала: «Бархатный локон», здравствуйте».

— Добрый день, пожалуйста, Егора Можина.

Голос секретарши сразу захолодел:

— Вы имеете в виду Егора Константиновича? По какому вопросу? Как вас представить?

«Сурово, сурово!» — оценила Таня. И холодно ответила:

— Да, я имею в виду Егора Можина. Вопрос у меня сугубо личный. И представлюсь я ему сама.

— Боюсь, что в данный момент это невозможно, — отрезала секретарша.

«Ну и тон! Будто я не в «Бархатный локон» звоню, а в «Ассоциацию могил и памятников».

Таня тоже подлила в свой голос льду и желчи:

— Будьте добры сообщить, где он.

— В командировке.

«Куда, интересно, хозяин парикмахерских ездит в командировки? На завод по производству расчесок?»

— Подскажите, где именно и как мне его найти.

Гон секретарши опять изменился — в коктейль из холода и высокомерия добавилась толика презрения:

— Егор Константинович на конкурсе. Вы что, не знаете? Он же возглавляет российскую делегацию!

«Тьфу, какая же я дурочка! Ведь читала в газетах и по тевизору видела...»

— Вы говорите про конкурс парикмахерского мастерства в Монте-Карло?

— Господи, ну конечно же! — снисходительно согласилась секретарша. И ехидно добавила: — Так что потерпите уж со своими личными вопросами... до будущей недели.

...Не повезло Тане и с Грибовым, сотрудником Министерства иностранных дел. Тот оказался в отпуске, да не где-нибудь, а в Австралии.

— Николаю Евгеньевичу там очень нравится, и вернется он только через две недели, — доверительно сообщила ей словоохотливая коллега Грибова.

«В Австралии сейчас красота: зима, прохладно, — позавидовала Таня. — А ты тут парься — в духоте и в полной неизвестности... И что делать — непонятно. Вот возьму сейчас накуплю черешни и поеду на водохранилище. Позагораю, поплаваю...»

Но никуда она, конечно, не поехала. Не то настроение. Да и потом, Таня давно знала: если у тебя куча недоделанных дел, никакой отдых не в радость. Хоть и лежишь на песке — но не расслабляешься, а коришь себя за леность и дезертирство...

«Значит, остается автосалон, — подумала Татьяна. — Михаэль меня на тест-драйв вчера приглашал? Приглашал. Вот пусть за базар и отвечает. Испытывает вместе со мной «девятку».

Таня приехала в «Автостиль» в самом решительном настроении. По дороге сочинила кучу провоцирующих вопросов, которые она задаст директору ав-

тосалона. Но, видно, день сегодня был неудачным по
определению.

Михаэль не-Шумахер ее тоже подвел. Причем
так, что и придраться не к чему. Нет, против тест-
драйва в автосалоне никто не возражал, «девятка»
стояла наготове — с полным баком бензина и даже
помытая, только сам шеф отсутствовал. Менеджер
Таню узнал, невзирая на то что она отмыла волосы.

— Он на переговорах, будет ближе к семи, а может, и вообще не появится, — сообщил Тане менеджер. — Но по поводу вас шеф дал четкие указания:
оставьте в залог паспорт и можете брать машину.
Бензин — за счет «Автостиля».

Таня скривилась. «Девятка» — сама по себе, без
Михаэля? — ее не интересовала. Да и паспорт показывать не хотелось.

Таня оттопырила нижнюю губу и захлопала ресницами, вживаясь в уже привычную роль дурочки:

— Ой, нужен паспорт? А я не знала, не взяла...
Может быть, вы права в залог возьмете?

— Смелая идея, — усмехнулся менеджер.

— Ах, ну да, без прав же ездить нельзя, вдруг гаишники остановят, хотя, может быть, разрешите,
если аккуратненько, в правом ряду...

По лицу менеджера Таня поняла, что тот уже готов вызывать «Скорую» психиатрическую.

— Ладно, в другой раз. Передавайте Михаэлю
привет. Скажите, что я очень жалею, что так с ним и
не прокатилась.

Таня вышла из автосалона, остановилась на пороге, задумалась. Возле урны валялась пустая сигарет-
ная пачка. И Таня не удержалась — дала ей такого

пинка, что картонка взлетела в воздух, словно мяч, запущенный Сычевым. Вот гадский день!

И тут опять зазвонил мобильник:

— Але, кисонька? Хочу предложить тебе свой нефритовый ствол...

— What size? Is it big?[1]

— Чего-чего?

«Да, дядя, может, твой «нефрит» и хорош, а с английским у тебя напряженка. Как ты мою объяву-то перевел? Фу, как же мне это все надоело!»

— Засунь свой ствол себе в задницу! — рявкнула Таня и нажала на «отбой».

Она села в «пежик», снова прозвонила по всем Пашиным телефонам — пусто... Швырнула мобильник на сиденье, завела двигатель. Куда же ей теперь? В «семейную гостиницу», наверно... Еще раз просмотреть Пашину базу данных и подобрать очередного «кандидата». А пока она будет выбирать — может, и отчим с Синичкиным проявятся... А может, и нет... Черт, что же с ними? Как же неприятно — *ждать и гадать*...

И Таня, давая выход дурному настроению, газанула и с визгом шин отъехала от автосалона.

Впрочем, как следует разогнаться у нее не вышло — подъездная дорога к «Автостилю» была вся в выбоинах: «Специально, что ли, чтобы покупатели проверяли подвески купленных машин?»

Таня сбросила скорость, успешно объехала пару особо глубоких ям — и вдруг увидела: на обочине подъездной дороги полулежит молодая женщина. Держится за живот, лицо перекошено от боли. И жалобно машет Тане, просит ее остановиться.

---

[1] А какого он размера? Большой? (*англ.*)

Первой мыслью было: как ее сюда занесло? Абсолютно пустая дорога, заброшенные сараюхи, солнечное пекло, крики одуревших от жары ворон. Не опасно ли останавливаться? Не притаились ли за кособокими сараями сообщники женщины? Ведь в «Дорожном патруле» постоянно показывают: водитель хочет подвезти кого-то — а в итоге остается без машины и без денег. Поневоле разучишься сострадать. У Тани и личный опыт был: однажды пожалела старушку, решила перевести ее через дорогу. И вдруг почувствовала, как бабуля ловко шарит у нее в кармане, пытается вытащить кошелек... Тоже мне, наследница Паниковского!

«Пусть себе тетка лежит, — подумала Таня. — Других дураков ищет». Она уже собралась поддать газу и ехать дальше, да случайно взглянула в глаза женщины — блестящие от слез, обведенные темными полукружьями... И не выдержала. Остановилась. Но прежде чем подойти к ней, заглушила мотор и щелкнула центральным замком — если это подстава и у нее вздумают отбирать машину, она еще поборется.

— Спасибо вам... — услышала она тихий голос. Лежащая на земле женщина, кажется, плакала.

— Что случилось? — склонилась к ней Таня.

— Малыш! — выдохнула женщина.

И Таня только тут увидела: живот у несчастной — огромный. Месяцев... черт его знает сколько, в общем, много. Не просто беременна — вот-вот родит!

Все страхи мигом улетучились. Она протянула к лежащей обе руки, приказала:

— Хватайтесь! Попробуйте встать.

Та послушалась. Двигаться ей явно было больно: нахмурилась, закусила губу, на лбу — бисеринки пота. Но за Танины руки все-таки уцепилась и с видимым усилием поднялась на ноги.

— Держитесь за меня! До машины два шага, — Садовникова подставила женщине плечо. Та послушалась, повисла на ней — ну и тяжесть, чуть ноги не подогнулись... Кое-как добрели до «пежика», Таня помогла несчастной устроиться на переднем сиденье и прыгнула за руль.

Женщина устало откинулась в кресле, прошептала:

— Ой, как неудобно получилось... Вы, наверно, спешите...

— Ерунда, — благородно отмахнулась Таня.

Она завела двигатель, врубила на полную мощность кондиционер и опасливо покосилась на пассажирку: что, интересно, с ней? Рожать собралась? Но схваток вроде не видно. Впрочем, может, их снаружи и не видать — Таня плохо разбиралась в беременности, сроках и прочих составляющих деторождения.

— Ну, куда вас везти? — спросила она. — В роддом?

— Домой... если можно, — робко попросила будущая мать. — Здесь недалеко, три квартала.

— Да разве можно домой?! В больницу нужно, — возмутилась Таня. — На вас же лица нет!

— Мне уже гораздо лучше... — прошептала та. — Я чувствую: ребенок в порядке. И схваток нет. Просто слабость. Голову, наверно, напекло... зря я пошла по такой жаре.

— А зачем пошли? — строго спросила Таня.

— Да, — вздохнула женщина, — разве с моим полежишь?

— С кем это с «вашим»? — не поняла Таня.

— Да с мужем! — скривилась пассажирка. — Нечего, говорит, валяться без дела. Вчера вот окна заставил мыть, а сегодня сюда, в «Автостиль», послал. За какими-то фильтрами. А от остановки идти целый километр, жарко, у меня так голова закружилась...

— Вот свинья! — не удержалась Таня.

— Да все они такие, — устало откликнулась несчастная. — Кобели. Мой говорит: декретный отпуск для того и дают, чтобы жена наконец хозяйством занялась. Ладно, бог ему судья. Тебя как зовут?

— Таня.

— А я Вика.

Таня украдкой оглядела свою пассажирку. Та была еще совсем молода: чистая кожа, роскошные волосы, шикарная грудь... Только глаза — как у пожилой женщины, безнадежные и тоскливые. И дышит тяжело, словно усталая, старая собака.

— Вика, а давайте я вас все-таки к врачу отвезу?

— Нет, лучше домой, — повторила та. — И не «выкай» ты мне, я вроде пока не бабушка. Вот на этом светофоре надо налево повернуть и к тому серому дому...

— Приедешь сейчас домой, а тебя твой кобель опять куда-нибудь пошлет. По жаре, — покачала головой Таня.

Жаль ей было эту Вику — юную старушку, девушку с глазами пятидесятилетней женщины.

— Нет, обещаю. Больше никуда не пойду, — сказала Вика. И добавила виновато: — Мне врач тоже запретила из дома выходить. Говорит, угроза преждевременных родов.

— Но поручение мужа оказалось важнее, чем приказ врача! — саркастически заметила Таня. — Да твоего супруга убить мало!

— Нет, убивать не надо, — возразила Вика. — А насчет этих фильтров ты права. Так и скажу ему: «Да провались ты вместе со своими фильтрами!» — Она вздохнула и добавила: — Только он ругаться будет...

«Подкараулить, что ли, ее мужа и в глаз ему дать?» — подумала Татьяна.

Они уже подъехали к Викиному дому, Таня включила моргалку — поворачивать во двор.

— Не заезжай, — попросила Вика. — Вон видишь магазин? Надо зайти, а то дома — ни крошки.

Беременная выглядела уже куда лучше, чем когда лежала в дорожной пыли. Только живот по-прежнему огромный и страшный. Такое пузо надо на кровати держать, а не таскать с собой по магазинам и «Автостилям».

Таня увещевающе сказала:

— Ну, какой тебе магазин? Еле на ногах стоишь!

— А есть-то хочется, — вздохнула Вика. — Я без завтрака...

— Ну, так пойдем и поедим, — предложила Таня. — Вон кафе. Или тебе именно в магазин надо? Кобелю своему мясо покупать?

— Нет, он сегодня ужинать не придет. У них на работе сабантуй. Премию обмывают...

— Значит, идем в кафе.

— Охота тебе со мной возиться? — удивилась Вика.

— Да какая там возня! — благородно воскликнула Таня. — К тому же мне тоже есть хочется.

Она бережно — будто всю жизнь имела дело с беременными — помогла Вике выйти из машины и довела ее до веранды уличного кафе. По дороге ответила на очередной телефонный звонок. В этот раз ее возжелал горячий южный парень. Пообещал доверительно: «Я тэбя по-французски любыть буду».

— Извините, но сейчас я занята, — ответила Татьяна.

Джигит тут же утратил галантность и бросил трубку, на прощание обозвав ее «гнидой».

Таня с Викой уселись за столик. Официантка с интересом уставилась на Викин живот — Садовникова давно заметила, что женщины обожают разглядывать беременных. Вот уж сомнительное удовольствие! Таня тут же отослала любопытную официантку, первым делом попросив ее принести свежевыжатый сок со льдом.

— Зачем? Давай обычный. Свежевыжатый — дорогой! — запротестовала Вика.

— Зато вкусный, — отрезала Таня. — Я читала, что беременным именно свежевыжатый нужно. У тебя ведь аллергии нет?

— Аллергии-то нет, но... — замялась Вика.

— Я угощаю, — поняла ее сомнения Таня. — Сейчас выпьем соку, а потом семгу на гриле закажем. Ты любишь семгу?

— Странная ты, Танюшка, — пробормотала ее новая знакомая.

— Да что во мне странного? — пожала плечами Таня.

«Хотя да, я странная. Весь день сегодня только и совершаю что добрые дела. То бабкам проезд на маршрутках финансирую, то беременных спасаю... И зачем, интересно, это мне нужно?»

— Ну, ты же куда-то спешила, а тут я на твою голову... — виновато сказала Вика. — И семга здесь стоит по семьсот рублей килограмм, а у меня столько нет...

— Не причитай, пожалуйста, — попросила Таня. И заказала и семги, и свежих салатов, и икры, и даже клубнику со сливками на десерт.

Официанты резво забегали, уставляя стол закусками. Вика во все глаза разглядывала деликатесное изобилие, качала головой:

— Ну, ты, Таня, даешь! У нас на свадьбе и то скромнее было... Спасибо тебе!

— Да мне самой приятно, — призналась та. — Я угощать люблю больше, чем угощаться.

— Я, кстати, тоже, — улыбнулась Вика. — Напеку пирогов и девчонок в гости приглашаю.

— А я пироги печь не умею, — вздохнула Таня. — Ну, налетай, Викуля, повышай свой гемоглобин.

— Не, гемоглобин у меня в норме, — серьезно ответила та. — Свекровь мне гранаты покупает. А вот кальция, врачи говорят, маловато.

Она осторожно взяла с тарелки кусочек сыра.

— В сыре кальция много... А у тебя, Танюша, дети есть?

— Нет.

— А почему?

— Некогда мне этим заниматься, — отмахнулась Таня. — Да и мужики, как ты сама говоришь, кобели.

— А где ты работаешь?

— В рекламном агентстве.

— Потребителей зомбируешь?

— Зомбирую, — согласилась Таня.

Вика улыбнулась, сказала нараспев:

— Чтоб дать возможность нашим дамам как можно легче и скорей опустошать карман мужей!

Таня удивленно взглянула на нее. Та почему-то смутилась, объяснила:

— У меня свекровь так говорит.

— А кто твоя свекровь? — заинтересовалась Таня.

— Училка бывшая. Сейчас на пенсии. Все время стихами выражается.

— Молодец твоя свекровь, — оценила Садовникова. — Редкий стишок процитировала. Из девятнадцатого века. Знаешь, кстати, как он начинается? «У нас в особом авантаже всегда бывали распродажи!»

— Ух ты, прикольно! — фыркнула Вика. — Но ты-то, Танюшка, какая молодец! Сколько всего знаешь!

— Я стараюсь, — скромно опустила глаза Таня. Приятно, черт возьми, когда тебя хвалят — пусть даже такие простушки, как Вика.

Снова зазвонил мобильник, и на определителе опять высветился незнакомый номер.

— Слушаю! — Таня нажала кнопку приема.

— Значит, так, овца, — прозвучало в трубке. — Нас тут двое, штуку тебе забашляем. Малюй адрес...

— Вы ошиблись номером, — ледяным тоном сказала она.

И, украдкой от Вики, выключила аппарат. Да, идея с объявлениями в Интернете, кажется, оказалась не очень удачной...

— А кто тебе все звонит, если не секрет? — поинтересовалась Вика.

— Да дураки какие-то, — отмахнулась Таня.

Идиотские телефонные звонки раздражали. Неприятно, когда тебя называют то «овцой», то «гнидой»... Интересно, а Пашка не появился?

Но звонить при посторонних ей не хотелось, и она, отложив салфетку, сказала:

— Ладно, Викуша. Вроде ты повеселела. Голова больше не кружится?

— Нет.

— Ну, будем считать, что привели тебя в чувство.

— Да я в жизни так вкусно не ела! — простодушно откликнулась Вика. — У меня от такой еды сразу все болезни прошли!

Таня постаралась скрыть улыбку. На самом деле эта Вика — счастливица. Как мало человеку нужно: налопалась плохо прожаренной семги — и все проблемы тут же испарились...

Таня махнула официантке:

— Будьте добры, счет!

— А клубника со сливками? — удивилась подавальщица. — Все уже готово, сейчас принесу.

— Несите вместе со счетом... — Таня обратилась к Вике: — Слушай, Вик, ты доедай одна, ладно? А я помчусь. Только оставь мне свой телефон, я обязательно позвоню. Узнаю, как ты себя чувствуешь. И не обижает ли тебя твой кобель.

— А я... я тоже хотела бы тебе позвонить, — вдруг смутилась Вика. — Приходи в гости. На пирожки. Приедешь? Приезжай! Пожалуйста! — Она преданно заглянула Тане в глаза.

— Конечно. С удовольствием. — Садовникова записала на салфетке номер своего нового мобильника.

Они обменялись телефонами.

Таня расплатилась по счету, дружески махнула Вике рукой и вышла из кафе. Ну вот, уже семь вечера. Еще один день прошел зря. Если не считать двух добрых дел... Правда, бабка, которой она спонсировала маршрутку, ее облаяла. А вот бестолковая Вика ей по-настоящему благодарна.

Таня обернулась: новая знакомая провожала ее влюбленным взглядом.

«Да, надо почаще делать добрые дела... Впрочем, все, проехали. Забыли и про добрые дела, и про Вику. Нужно думать, где Валеру искать».

* * *

Танин «пежик» выехал с парковки летнего кафе. Аккуратно влился в поток машин. Перестроился — агрессивно, но без хамства — и уже через минуту оказался в левом ряду.

Таня погладила «Пежо» по кнопке сигнала: «Умная машина!» Потом посмотрелась в зеркало заднего вида и добавила: «Впрочем, и я тоже ничего!»

Рядом, на светофоре, стояла ржавая «копейка» с тремя кавказцами. Горячие южные парни дружно вытягивали шеи в сторону Тани: обычное дело — абреки предпочитают блондинок.

Водитель жалкой колымаги выкрикнул:

— Красавыца! Давай, кто быстрей!

— Ты масло сначала смени, Барикелла! — беззлобно откликнулась Таня.

Она давно привыкла к нахальным горцам на московских дорогах. Воспринимала их как неизбежное стихийное бедствие и игнорировала. А машины, на которых кавказцы рассекали, искренне жалела. Разве можно так обращаться со своим «конем»? Ржавые пятна не подмазаны, тормоза скрежещут, дым из выхлопной трубы — чернющий... А на лобовом стекле при этом — действующая карточка техосмотра.

...Светофор зажегся зеленым. Таня гоняться с джигитами даже не думала, стартанула в обычном режиме, то есть уверенно и не резко. Но жалкая «копейка» все равно осталась далеко позади. Ее место в ряду занял «Фольксваген»... за ним пристроилась

«Газель»... а восточные товарищи ревели где-то сзади, выжимая из несчастной машины последние соки.

Очередной красный. Таня сбросила газ — она по-прежнему ехала первой в потоке. Сосед по ряду, «Фольксваген», тоже спокойно катил рядом, потихоньку притормаживая. А азартная «копейка», обозленная тем, что место по соседству с блондинкой упущено, поступила нагло: пересекла сплошную линию и выскочила на резервную полосу. С ревом домчалась до светофора и гордо остановилась слева от Тани.

Джигиты снова вытянули шеи в ее сторону, а водитель провозгласил:

— Сдэлал я тэбя!

Таня только усмехнулась.

Восточные герои пока не видели, что от тротуара к ним спешит гаишник и его щеки аж трясутся от возмущения.

— Красавыца, атзавыс! — горячился водитель «копейки».

— К тебе вон гость! — Таня махнула в сторону стража дорог.

Кавказцы увидели его и немедленно сникли. «Полный букет, — поняла она. — Не только сплошную пересекли, но и техосмотр фальшивый. Да и московской регистрации наверняка нет».

Светофор в этот момент переключился на зеленый, но еще один гаишник уже стоял на середине дороги, тормозил поток.

— Пока, ребята, — беззлобно попрощалась с джигитами Таня.

А гаишник... склонился к окошку ее машины:

— Принимай вправо.

— Что-о? — обалдела она.

— К тротуару! — заорал гаишник.

Остановленный поток возмущенно сигналил.

Благородный водитель-кавказец попросил:

— Командыр! Не обыжай дэвушку!

Гаишник метнул косой взгляд на «копейку», стоящую на резервной полосе, и цыкнул:

— А ну, вали отсюда!

А на Таню заорал:

— Что встала! К тротуару, я сказал!

— Ты мне не «тыкай»! — буркнула она. Но к тротуару пришлось съезжать. Кавказцы с «копейки» проводили «Пежо» сочувственными взглядами.

Второй гаишник подождал, пока его товарищ — неспешно, вальяжно — уйдет с проезжей части, и только потом позволил потоку тронуться. А Таня, разъяренная, выскочила из машины:

— В чем дело?

— Сержант бр-бр-бр, ваши документы, — привычной скороговоркой приказал один из гаишников.

«Что ж они бурчат-то все время так, что и не разберешь?!»

— А ваши?

Гаишник ткнул толстым пальцем в свою бляху.

— Простите за настойчивость, — твердо сказала Таня, — но я хотела бы взглянуть на ваши удостоверения.

Гаишники переглянулись. Один из них пробурчал:

— Шибко грамотная...

Но удостоверение достал. Держа в руках — неудобно, так, что пришлось наклониться, — дал ей прочесть: сержант Бородков. Второй оказался младшим лейтенантом Казариновым. Удостоверения выглядели настоящими. «Дэпээсная» «Вольво», стоящая у тротуара, тоже не вызывала подозрений. И Таня протянула милиционерам права с техпаспортом. Но не удержалась, пробурчала:

— Лучше бы чурок ловили! Не видели разве, что эти, на «копейке», вытворяли?

Сержант Бородков буркнул:

— Вы нас работать не учите.

— Да куда уж мне вас учить, — едко сказала Таня. — Особо опасную преступницу отловили! Вам за меня премию дадут. И внеочередное звание.

— Оружие имеется? — серьезно спросил ее лейтенант.

Таня фыркнула:

— Да какое оружие! Я пошутила, если вы не поняли...

— Пробей ее по компьютеру, — приказал лейтенант сержанту.

Тот послушно двинулся с ее документами в гаишную «Вольво». А лейтенант сказал Тане:

— Багажничек откройте!

«У меня там миномет и три «калашникова», — хотела ответить она. Но удержалась и только проворчала:

— Ерундой вы какой-то занимаетесь...

Безропотно открыла багажник. Показала на пластиковую пятилитровую канистру:

— Тут даже не спирт. Вода. Можете понюхать.

«Интересно, будет нюхать или нет?»

Но лейтенант к канистре интереса не проявил. Велел:

— Вынимайте все из багажника.

— Да с какой стати? — опять психанула Таня.

— Повторять я не буду, — зло сказал лейтенант. Сам взял ящичек с инструментами и с маху грохнул его об асфальт. Жалобно звякнули гаечные ключи. Хорошо, хоть замок выдержал, не сломался.

«Псих какой-то. Перегрелся».

И Таня, от греха подальше, кинулась к багажнику. Сама вытащила домкрат с насосом, пакет с перчатками и тряпками, трос, знак аварийной остановки...

Гаишник тут же дернул за ковролиновую обшивку — та затрещала и не подалась.

— Аккуратней! — взвыла Таня.

Гаишник изловчился — заглянул под обшивку.

— Ни одного гранатомета, — констатировала Таня.

Лейтенант метнул на нее злобный взгляд и промолчал. Приказал:

— Теперь салон.

— Копайтесь сами, — буркнула она.

Она уже поняла: спорить бесполезно. Да и отчим ее учил: «Если ментам что в голову втемяшилось — не сопротивляйся». Действительно: пусть роется, если делать нечего. Только за «пежика» обидно. Наверняка любимой машинке не нравится, когда по ней шарят грубые пальцы...

Подошел сержант и рьяно включился в обыск. Таня стояла в стороне, в бессильной ярости наблюдая, как гаишники зачем-то снимают чехлы с сидений и стаскивают коврики с пола...

В бардачок светили фонариком, под сиденье протискивались с головой и даже коробочки, в которых лежали магнитофонные кассеты, пооткрывали.

Сержант ткнул в лазерный диск, болтающийся на зеркальце заднего вида:

– Зачем это здесь?

— А то вы не знаете, — усмехнулась Таня. — Борюсь с вашими радарами... по мере сил.

— Неужели помогает? — издевательски спросил лейтенант.

— Да не особо, — честно призналась она.

Прохожие с интересом наблюдали за обыском машины, а на Таню посматривали укоризненно — кажется, ее принимали как минимум за шахидку.

Наконец обыск закончился.

Сержант разочарованно вернул Тане документы. Очень хотелось сказать ему: «Ну, вы за это ответите!» Но она промолчала. Отчим предупреждал: «Угрожать ментам бесполезно. Во-первых, они к угрозам привыкли, а во-вторых, могут и разозлиться». И Таня спокойно спросила:

— Страсть к дедукции поутихла? Я могу ехать?

— Нет! — рявкнул лейтенант. — Сумочку вашу предъявите.

Таня снова взбунтовалась:

— И не подумаю! У вас что, ордер на обыск есть?

— Личный досмотр входит в наши полномочия, — сухо ответил лейтенант.

Ну, точно — придурки.

— Копайтесь. — Таня протянула сумочку.

«Сейчас поеду в управление собственной безопасности и напишу заявление. Что менты в моих вещах рылись — а потом из сумки кошелек пропал».

Но лейтенант оказался осторожным и грамотным. Он покачал головой:

— Просто откройте и покажите, что там у вас.

Таня продемонстрировала телефон, ключи от квартиры, кошелек и косметичку.

Лейтенант с сержантом переглянулись.

Еще в сумочке лежала свернутая вчетверо бумага: список основных двенадцати подозреваемых с номерами телефонов. Его Татьяна показывать ментам не стала. И они, слава богу, не попросили. Значит, это обычная «проверка на дорогах»? Эти гаишники не имеют никакого отношения к их «делу»?

Кто может сказать наверняка!

— Желаете обшарить карманы? — нахмурилась Таня.

— Да, — спокойно откликнулся лейтенант. — Покажите, что у вас здесь. — Он ткнул пальцем в задний карман ее джинсов.

— По-моему, догадаться нетрудно.

Таня насмешливо улыбнулась и продемонстрировала ключи от «пежика».

— Ладно, — с угрозой в голосе сказал лейтенант. — Езжайте пока...

— Мерси большое, — усмехнулась Таня. — Но, может, вы объясните, чем вызван этот весь... досмотр?

Гаишники не ответили. Отвернулись и пошли к своей «Вольво».

Таня уселась за руль и в зеркальце заднего вида увидела: лейтенант тут же схватился за рацию и что-то возбужденно в нее говорит...

— Пинкертоны! — фыркнула она и тихонько тронула оскорбленного «пежика» с места.

День клонился к закату. Лучи заходящего солнца плясали на хромированных деталях. А лазерный диск, висящий на зеркальце заднего вида, играл всеми цветами радуги.

«От радаров он, конечно, не помогает, — весело подумала Таня. — А вот Пашкина база данных на него вполне помещается! И никто не догадается, что она именно там».

Глава 9

ДЕСЯТОЕ ИЮЛЯ, ЧЕТВЕРГ. ВЕЧЕР

Мужчины — глупые, бесполезные, неблагодарные создания. Деспоты. Proublemakers[1].

Откуда выползла эта мысль? Странная, злая, нетипичная для нее?

«Никогда раньше я не была мужененавистницей», — вздохнула Таня.

Напротив — во многом ради любимых мужчин она «лепила фигуру», ходила к маникюрше и тренировала загадочно-соблазнительную улыбку. А сегодня вдруг поняла — не стоят мужики того, чтобы ради них стараться. Не стоят они загадочных улыбок и тонких комплиментов, борщей и пирожков, переживаний и хлопот... Достали. Одна нервотрепка с ними. И неприятности. От Паши с Валерой по-прежнему ни слуха, ни весточки. Директор «Автостиля» Михаэль «прокатил» ее с тест-драйвом. А чего стоит муж случайной знакомицы Вики — негодяй, гоняющий беременную жену по жаре за какими-то деталями для машины?! Ну а уж гаишники, перекопавшие «пежик» своими грязными лапами, и вовсе сволочи.

«Да уж, пригвоздила всех! — усмехнулась Таня. — И что теперь делать? Вступать в партию феминисток — или все-таки еще раз позвонить Паше Синичкину? Ладно, к феминисткам я всегда успею...»

И она набрала уже навязший в зубах телефонный номер. «Ну, сейчас опять услышу: «Привет, никого

---

[1] *Букв.:* создатели проблем (*англ.*).

дома нет!» В голове уже и ответная рифма сложилась: «А ты не получишь котлет!» Хотя при чем здесь котлеты?..

Пашин телефон выдал два гудка, включился автоответчик... и Таня замерла. Текст обращения сменился. После неизменного «привета» шла такая фраза: «*Своих друзей я жду у Маргариты с того момента, как безвкусица закрыта*».

Таня оторопело нажала на отбой.

Вот так финт ушами!

Нет, пожалуй, с мыслями о *глупых и бесполезных созданиях* она поторопилась...

* * *

Таня сидела в «безвкусице» и потягивала чай со льдом.

Расшифровать послание с автоответчика труда не составило. Сразу видна рука Валеры: умно, а одновременно — просто и элегантно. Маргарита, то есть лавочка Маргариты, — элементарно, это та самая их с отчимом «счастливая» скамейка в Александровском саду. Насчет «безвкусицы» — догадаться тоже нетрудно. Так отчим называл подземный торговый центр «Охотный ряд», и Таня прекрасно об этом знала. В «Охотном ряду» Валерия Петровича возмущало все: и стеклянные потолки, и помпезные фонтаны, а пуще всего — примыкающие к магазину бронзовые скульптурища непропорциональных зайцев, волков и лис. Ну а закрывается торговый центр в десять вечера, это Таня тоже прекрасно знала. Она часто специально старалась закончить работу к восьми — чтобы успеть для поднятия тонуса побродить по магазинчикам «безвкусицы», побаловать себя то новой кофточкой, то хорошим кремом для лица.

В общем, все прозрачно и просто. Но вот она, женская логика: весь день разыскивала Валеру и Синичкина, переживала за них, обрывала телефоны, а теперь, когда Павел готов с ней встретиться, идти к Маргарите так не хочется... «Ох, и устроят они мне, — предвкушала Таня. — За все мои подвиги... И, в общем-то, будут правы».

До десяти вечера оставался еще целый час, приходилось коротать его в душной кафешке. Пить чай со льдом за одиноким столиком было грустно. «И ведь никому не позвонишь. Ни друзьям, ни коллегам, ни маме, — переживала Таня. — Может, все-таки позвонить?»

Но Валера ясно сказал: никаких звонков родным-близким, даже с «чистого телефона». А она уже и так слишком часто нарушала его инструкции...

Остается единственная радость: наблюдать за подростками, сидящими по соседству. Молодняк то и дело на нее поглядывает, чуть не облизывается. Только улыбнись — тут же подкатятся. Приятно, конечно, когда ты нравишься юным студентам. И болтать с ними бывает интересно. То новое жаргонное словечко узнаешь, то самую модную мелодию для сотового дадут послушать и перепишут. Только не до подростков ей сейчас. Не до их неуклюжих комплиментов. Таня приняла строгий вид, отвернулась от пацанвы и вытащила мобильник. Вика! Вот кому она позвонит. Надо же узнать, как несчастная беременная дурочка добралась до дома.

Вика подошла к телефону сразу. И обрадовалась

ее звонку так искренне, что у Тани сразу потеплело на душе:

— Ой, Танюшка! Как хорошо, что ты позвонила! А я как раз о тебе думаю!

— И в каком ключе? — Танины губы против воли растянулись в улыбку.

— Чего? — растерялась Вика.

— В каком ключе думаешь, спрашиваю.

— Как в каком? Думаю, откуда такие люди, как ты, берутся.

— Откуда-откуда... Оттуда, откуда и все, — проворчала Таня, делая вид, что недовольна, — хотя, черт возьми, так приятно, когда тебя хвалят!

— Нет, не скажи, — серьезно возразила Вика. И добавила: — Знаешь, когда я из этого «Автостиля» шла — машин пять мимо проехало. А когда упала — еще три. А остановилась только ты. И помогла мне, да еще как. Спасибо тебе!

— Ну, все, Вика, не повторяйся, — строго сказала Таня. — Ты до дома нормально добралась?

— Шикарно, — заверила ее Вика. — Тут же рядом. Лежу вот сейчас, твой обед перевариваю. Спа...

— Да хватит тебе спасибничать! — фыркнула Таня. — И еще, прошу тебя: сиди дома, отдыхай. Никуда больше сегодня не ходи.

— Не пойду, — согласилась она. — Сейчас буду тесто на пирожки заводить.

— Вика, — вздохнула Таня. — Ну, какие пирожки? Такая жарища, а ты будешь у плиты стоять!

— Подумаешь! Я окно открою и дверь — чтобы сквозняк был, — браво откликнулась та. И добавила: — Я же обещала тебя пирожками угостить.

— Значит, так, — строго сказала Таня. — Прошу:

не суетись, ерундой не занимайся. Тебе врач что сказал? Лежать. Вот и лежи.

— Но я тебя угостить хочу! — обиженно пропищала Вика. — Ты ведь сама обещала, что ко мне в гости приедешь... Обманула, значит?

Ее голос задрожал: сейчас расплачется. Вот ранимое создание! Одна морока с этими беременными.

— Да приеду я к тебе, приеду, — заверила ее Таня.

— Когда? — Вика, кажется, уже всхлипывала.

— Скоро, — пообещала Таня. — Дня через два.

— А вдруг я уже-е... рожать буду?

— Значит, в роддом приеду, — сказала Садовникова. — Заодно и свое сокровище мне покажешь. Кто у тебя будет, мальчик, девочка?

— Па-ца-ан...

— Викуля, ну, пожалуйста, не реви, — попросила Таня. — Пацана надо беречь. Ему положительные эмоции нужны, а ты плачешь!

— А когда же... когда я тебя пирожками покормлю?

— Вот родишь своего младенца — и покормишь, — сказала Таня.

Попрощалась с Викой и облегченно нажала на «отбой». Ну и курицы эти беременные! Неужели она сама такой же смешной станет, когда надумает завести ребенка?!

«Нет, я останусь такой же, какая есть, — твердо решила она. — Умной, строгой и серьезной. И пирожки печь не начну. А Вика глупышка. И чего я с ней связалась?»

Но на душе все равно почему-то было тепло и приятно. Аура, что ли, такая у этой Вики? Не зря, наверно, пишут, что беременные «заряжают» окружающих положительной энергетикой. Вот и настроение у нее поднялось, и с Синичкиным уже встречаться не так страшно.

«Будет ворчать, конечно, но мы ему быстро зубы заговорим!» — браво подумала Таня.

...К лавочке Маргариты она подошла точно под бой курантов.

Паша уже ждал ее на скамейке. Хмурый, губы сжаты, глаза-угольки так и готовы испепелить.

Прошипел сквозь зубы:

— Здравствуй, Татьяна.

«Татьяна»! Подумать только!

— Привет, карающая длань, — откликнулась она.

Она надеялась, что Паша спросит, что такое «длань», но Синичкин только скривился.

— Пойдем, — хмуро сказал он.

«Разборка, кажется, откладывается. Точнее, пере-поручается Валере».

— Пойдем, — согласилась Таня. — А куда?

— Скоро увидишь, — зловеще предрек Синич-кин. — Думаю, тебе там не понравится.

— К зубному, что ли? — попыталась сострить Таня.

— Я смотрю, тебе весело, — констатировал Павел.

— А чего мне грустить? — фальшиво улыбнулась она. — Погода прекрасная, вы с толстяком вроде живы, и расследование идет полным ходом.

«Ну и пургу я несу!»

— Зачем ты это сделала, Таня? — скорбно спро-сил Синичкин.

— Ой, оставь, Паша. Тебе такой тон не идет, — оборвала она частного детектива.

Она, конечно, понимала, что виновата. Не стоило убегать из особняка. И вчерашняя ее выходка —

когда она Пашке письмо передала — тоже глупая и детская... Ну что ж. От отчима Таня готова стерпеть любые упреки. А Синичкин кто такой, чтобы ее отчитывать?

— Ты понимаешь, что вся заваруха — из-за тебя? — вдруг огорошил ее вопросом Павел.

— Какая заваруха? О чем ты? И вообще, почему Валера из особняка сбежал? — Таня перешла в контрнаступление. — Сложно было предупредить?

— А ты что, оставила нам свои координаты? — усмехнулся Павел. — Телефон, пейджер, факс?

Таня проигнорировала его реплику и продолжала гневную речь:

— Уж вы-то, два умника, могли бы придумать, как со мной связаться. Я вам названиваю весь день, ездила туда, в Клязьминский, перепугалась до смерти, что вас нет. Все телефоны молчат, а свой автоответчик ты только час назад обновил! Вы обо мне подумали? Что я вас искать буду?! Беспокоиться?!! В этот ваш поселок попрусь!

Таня знала: гнев (особенно, если он под контролем!) ей идет — глаза горят, щеки румянятся. Сколько раз замечала: ругаешься в рекламном агентстве на непутевых дизайнеров, а те, вместо того чтоб потерянно воспринимать конструктивную критику, пялятся на нее с вожделением и восторгом.

Но Пашка сегодня казался абсолютно непробиваемым.

— Только кричать не надо, — спокойно сказал он. — И глазами зыркать — тоже. Пошли.

— Какие мы важные!.. — фыркнула Таня. — Никак вышли на след злодея?

— Могли бы выйти, — серьезно ответил Синичкин. — Если б ты нам не помешала.

— Да что я такого сделала? — уже искренне возмутилась она.

— Опять кричишь, — констатировал Паша. И повторил: — Пойдем в машину. Я все тебе расскажу по дороге.

Они поднялись с лавочки. Таня быстро подумала: «Ну вот. Этот Синичкин все испортил. Впервые в жизни я ухожу от «Маргариты» в плохом настроении...»

И тут опять зазвонил ее мобильник. Номер на определителе высветился незнакомый. Таня опасливо покосилась на Павла и нажала кнопочку «игнорировать». Не общаться же с очередным «клиентом» в его присутствии!

Он перехватил ее взгляд, сказал с усмешкой:

— Что, достают тебя?

— Кто достает? О чем ты?

Таня бросила мобильник обратно в сумочку.

Паша злорадно улыбнулся:

— Думаешь, мы с Валерием Петровичем не просчитали твои действия? Ничего сложного, я тебя уверяю.

— Не понимаю, о чем ты говоришь. — Таня в недоумении пожала плечами.

— Фотографии, конечно, неплохи, — продолжал Синичкин, — да одна беда: идея никуда не годится.

— Ты... ты видел? — растерялась она.

— Фигура, не спорю, впечатляет, — пожал плечами Паша. И добавил совсем уж нагло: — Классная фигура. Куда лучше, чем голова.

Таня побледнела:

— Вы... вы нашли мои объявления? Но как вы догадались?..

— Говорю же: Валерий Петрович тебя как облуп-
ленную знает. И прекрасно просчитывает, чего от
тебя можно ожидать. Он быстро догадался, что ты затеяла. И попросил меня проверить все свежие объявления на порносайтах.

«Вот это да! Ну и мозг у Валерочки! — против
воли восхитилась Таня. — Но противно-то как! Зачем
он Синичкину это дело поручил?! Значит, мерзкий
Пашка мои фотки в Интернете разглядывал. Слюни
на них пускал. А перед Валерой-то как стыдно!»

Таня постаралась взять себя в руки.

— Слушай, а почему же вы мне тогда не позвони-
ли? Телефон-то в объявлениях указан!

— Во-первых, эти картинки я нашел только час
назад. Специально в Интернет-кафе ходил. А во-вторых... Валерий Петрович уже звонил по одному из
твоих телефонов. Знаешь, ничего хорошего из этого
не вышло.

— По какому телефону? — не поняла Таня. —
Куда он звонил? И что случилось?

— Сейчас расскажу, — вздохнул Синичкин.

Они уже подошли к «Пежо», Таня щелкнула
центральным замком, уселась за руль. Павел устроился на пассажирском сиденье. Скомандовал:

— Выезжай на Ярославку.

— А дальше куда?

— Дальше я покажу... Далеко. А ты пока слушай,
подруга. Когда ты сбежала, Валерий Петрович места
себе не находил, беспокоился. И вчера вечером он не
выдержал. Пошел на станцию и позвонил из телефона-автомата тебе на работу.

ЗА СУТКИ
ДО ОПИСЫВАЕМЫХ СОБЫТИЙ

Валерию Петровичу почему-то вдруг вспомнилось давнее-давнее детство. Деревенька, изба-развалюха, бабуля — она всегда ходила в платке, даже если жара стояла такая, что кошка пряталась в холодок, в погреб. «У бабушки твоей на все свое мнение», — говорил дед. И всегда слушал ее, если она, например, говорила: «Сегодня иди по грибы, много будет». Или: «Редиску завтра сади, большая урастет».

Его бабушку в деревне называли колдуньей. Дед над досужими сплетнями смеялся, говорил внуку: «Что ты их слушаешь? Какая она колдунья? Просто чутье у нее».

И маленький Валерик верил деду и приставал к бабушке: «Бабуля, научи меня своему чутью!»

Она в ответ улыбалась: «Этому не научишь, внучек. Чутье — оно или есть, или нет».

Но малую толику бабушкиного чутья Валерий Петрович Ходасевич, кажется, унаследовал.

Он с самого начала осознавал: звонить Татьяне на работу явная глупость. Шансов, что она на службе, практически нет. А вот телефоны в «Пятой власти» вполне могут прослушиваться... Да, все это Валерий Петрович знал. Знал, когда шел на станцию, знал, когда разговаривал с медовой секретаршей. И даже картинка перед глазами промелькнула: какой-то человек в наушниках — лица не видно — слышит его голос и в возбуждении вскрикивает: «Есть! Засек!»

Но тревога за непутевую падчерицу оказалась сильнее, чем вера в собственное чутье. И экс-полковник все-таки позвонил. Оставил сообщение. Попросил передать Татьяне, чтобы она «как можно скорее связалась с Ниро Вульфом».

Валерий Петрович вернулся в особняк и теперь не находил себе места. Тревога обхватила, словно холодный кокон. Сдавила его в стальных лапах. Вцепилась когтями в сердце... Сердце, сердце. Стучит так, что каждый удар отдается в левом боку болезненным толчком.

Ходасевич прошлепал на кухню. Прикинул, в каком из многочисленных шкафчиков могут храниться лекарства. Нашел корвалол — какой-то буржуазный, в яркой, расписной коробочке — накапал себе тридцать капель, выпил, почувствовал, что аритмия сразу отступила...

Прислушался к себе. Нет, тревога не утихала. Но теперь в ней не было ничего абстрактного, неконтролируемого. Сердце, успокоенное лекарством, перестало наводить панику — и мозг выдал решение: «Особняк я, судя по всему, запалил». И тут же пришло решение: «Нужно уходить. Немедленно».

Но куда *уходить?* Валерий Петрович взглянул на часы: девять вечера. Через полчаса должен явиться Синичкин. Здравый смысл подсказывал: ему следует дождаться Павла. И уезжать вместе с ним. Наверняка у Паши найдется место, где можно отсидеться. Да и подождать осталось всего полчаса...

«Нет, — отрезало чутье. — Уходи сейчас».

Но куда он пойдет — один, без машины, в подступающих сумерках? Полный бред... А чутье, унаследованное от давно умершей бабушки, вопит: «Быстрей! Сейчас, сию минуту!»

«Глупая паника, — успокоил себя Ходасевич. —

Допустим, мой звонок в эту «Пятую власть» засекли. Но им все равно сначала нужно выстроить цепочку: Ниро Вульф — Садовникова — телефон на станции Клязьминская — особняк Таниного шефа. Значит, несколько часов в запасе есть. К утру разберутся, не раньше».

Борясь с тревогой, Валерий Петрович вскипятил чайник, щедро бухнул в чашку три ложки кофе, размешал, с наслаждением понюхал напиток... И вдруг услышал: у ворот остановилась машина. Снова взгляд на часы: двадцать один ноль пять. Синичкину — рано, да и мотор у его «девятки» работает по-другому...

Двигатель заглушили, но звонка в калитку не слышно.

Ходасевич осторожно отодвинул портьеру.

Никого. Даже силуэта автомобиля не видно — скрыт высоким забором.

«Наверно, это к соседям», — сказал себе Ходасевич. И тут услышал — в расслабленной дачной тишине звук разносится далеко, — как в калитку заскреблись. Характерный царапающий звук: вскрывают замок.

Полковник возблагодарил бога, что не зажег свет. Осторожно ступая, вышел из кухни. Как мог, быстро добрался до коридора, одновременно нащупывая в кармане ключ-карточку от гаража... А на участке уже слышны осторожные шаги. Ну, проклятая дверь, шевелись!..

Он скрылся в гараже в тот момент, когда в дом вошли. «С замком ковырялись не больше минуты, — оценил Ходасевич. — Профессионалы».

Теперь нужно молить всевышнего, чтобы незваные гости не догадались поставить пост у гаража, двери которого выходили на перпендикулярную улицу.

* * *

— Ну и что было дальше? — напряженно спросила Таня.

— А дальше скорее смешно, чем грустно, — усмехнулся Синичкин. И спросил: — Ты помнишь подъездную дорогу к поселку?

— Помню. Сказочная такая. По обеим сторонам лес, — откликнулась она.

— Ага. — Паша не удержался от улыбки. — Так вот, еду я в особняк. Времени — начало десятого. Темнеть еще не начало, но в лесу уже сумрачно. Знаешь, неуютно, все вокруг серым кажется... Мне еще заяц дорогу перебежал — чуть его не сбил. Так вот. Последний, крутой поворот, я сбрасываю газ — и тут мне под колеса бросается... здоровая туша...

Таня не удержалась, фыркнула:

— Это был медведь?

— Зря смеешься, Татьяна. — Паша старательно делал вид, что сердится. — Я, между прочим, еле успел затормозить.

— Ну и что было дальше? — потребовала она.

— Дальше... Посадил я твоего отчима в машину. Он был зол, как сто чертей. На тебя. На себя — что сделал глупость и на твою работу позвонил.

— И куда вы направились? — спросила Таня.

— А что, у нас был выбор? — Паша отчего-то засмущался. — Времени — половина десятого. В Москву возвращаться нельзя. А друзей с особняками у меня нет.

— Так куда ты его завез? — подозрительно спросила Таня.

— В Мележ, — вздохнул Синичкин.

— Это еще что такое?

— Городок. Во Владимирской области.

— И что у тебя в этом городке? Летняя резиденция?

— Нет. У меня там друг. А у него — пара комнат в общежитии.

* * *

До Мележа они с Таней ехали долго. Сначала свернули со скоростной трассы Москва — Сергиев Посад на шоссе поплоше: только успевай объезжать грубые, выступающие на асфальте заплатки. А потом ушли и на вовсе ужасную дорогу: сплошные ухабы, не увернешься, не объедешь, прощай, избалованная французская подвеска.

— Долго еще? — недовольно спросила Садовникова.

— Хочешь, я поведу? — предложил Синичкин.

— Нет уж, спасибо, — отказалась она.

Таня напряженно вглядывалась в остатки асфальта. Пыталась хоть как-то оберечь машину, вела ее по «пьяной», кривой траектории — то по обочине, то по встречной, — если казалось, что там поменьше ям.

— Не виляй, бесполезно, — вздохнул Паша. — Недолго уже. Подъезжаем.

Таня увидела полустертый указатель: «МЕЛЕЖ». А сверху — углем, от руки — выведено: «ЧЕРТОВ».

— Действительно, «Чертов Мележ», — проворчала она.

— Светофоров здесь, кстати, нет, а пьяных за рулем полно, — предупредил ее Синичкин.

— Вижу. — Таня едва увернулась от мотоцикла с коляской, вылетавшего, не разбирая дороги, из переулка. — Ну и местечко... А чье, кстати, это общежитие?

— Градообразующего предприятия. Телевизоры делают, — пояснил Павел.

— Что-то я никогда не видела телевизоры «Made in Melezh», — усмехнулась Таня.

— Да давно стоит этот завод. А в общагах беженцы живут. У кого средств нет на жилье в Москве.

Таня снова затормозила: прямо на дороге двое мужичков проводили кулачный бой, их подбадривал пяток болельщиков.

— Поворачивай налево... Вон к тому черному бараку, — велел Паша. — Это и есть общага.

«Пежик» совершил последний рывок между ям и канавок и остановился у длинного деревянного здания, вытянутого вдоль остатков тротуара. Добрая половина окон разбита или в трещинах, крыша покосилась, крыльцо ушло в землю...

— Круто, — оценила Таня. Она никогда раньше не видела многоквартирных деревянных домов. — А твой приятель тоже в этой общаге живет?

— Нет, сбежал. Дом себе построил под Мележем. А комнаты оставил за собой. Для личных нужд. У него с женой не очень ладится...

— Да уж, романтично, — вздохнула Таня. Не хотела бы она приходить *на свиданку* в такое место.

Они вышли из машины, Таня щелкнула центральным замком, проверила, зажегся ли огонек сигнализации... Впрочем, тут никакая сигнализация не спасет. Постоянно надо смотреть за «пежиком»...

— Окна на эту сторону выходят? — спросила она.

— На эту, на эту, — ответил Паша. И с нарочитой бодростью сказал: — Ну что, пошли к шефу? На ковер?

— Можно подумать, здесь есть ковры, — пробурчала Таня, взбираясь вслед за Павлом на просевшее крыльцо...

* * *

Таким серьезным и мрачным Татьяна не видела своего отчима еще ни разу. Даже когда тот вызволял ее из тюрьмы по «делу олигарха Барсинского». Даже когда в десятом классе отмазывал из истории с двойным убийством...

Экс-полковник сидел в центре барачной комнаты на колченогом стуле. Весь воздух вокруг него был сизым от дыма. Однако Таня не решилась сделать ему замечание или хотя бы пошутить по этому поводу — настолько расстроенным и сердитым выглядел Валерий Петрович.

— Присаживайтесь, — буркнул отчим в сторону Тани с Синичкиным.

Ни «здравствуй» тебе, ни малейшей радости по поводу ее появления.

Сесть было некуда — за исключением двух кроватей с железными спинками, крытых солдатскими одеялами. Таня с Синичкиным послушно опустились на них: каждый на свою.

— Татьяна, — исключительно холодным голосом произнес Валера. — Я прошу тебя хорошенько уяснить следующее.

Таня пристроилась на краешке кровати, всей своей позой изображая смирение.

Напротив сидел нахмуренный Синичкин: казалось, он молчаливо солидаризируется с каждым словом Валерия Петровича.

— Татьяна, я прошу тебя запомнить, — продолжал отчим. — Мы здесь не в детские игры играем. И любая наша несогласованность или ошибка может стоить жизни тебе, мне или Паше.

Отчим сделал паузу, ныхнул сигаретой. Его слова тяжело повисли в воздухе.

— Твои игры могут стоить жизни и другим людям, которых мы знать не знаем, но за которых также несем ответственность. А авантюризм, самодеятельность и непродуманность действий — верный способ засунуть голову в петлю. И не только твою собственную красивую головешку, — Валера полыхнул на Таню ледяным взором, — но и головы остальных, ни в чем не виноватых. В том числе — мою старую. Это тебе понятно?

— Да, Валерочка, — смиренно опустив глаза, вякнула Таня.

— Будем надеяться, что к этому разговору нам больше не придется возвращаться. И прошу тебя в дальнейшем ничего не предпринимать — без моей на то специальной просьбы или указания. Ясно?

— Да, Валерочка, — еще раз повторила Таня. Она и в самом деле чувствовала вину и стыд.

— Теперь я попрошу вас, господа. Тебя, Паша, — отчим повернулся к нему, — ну, и тебя, Таня... — Он, не глядя, махнул рукой в ее сторону. — Расскажите мне все, что с вами происходило, начиная с того момента, как мы расстались позавчера. Ведь вы что-то делали, правда? Вот и поведайте. Все в хронологическом порядке. Действия, встречи, разговоры, реплики. По возможности дословно. Начнем с тебя, Таня.

— Боюсь, что я ничего не нашла, — раскаянно проговорила она.

— Оценивать информацию доверь, пожалуйста, мне, — отрезал отчим. — Только не упускай никаких деталей. Итак?

И Таня, сначала неуверенно, а потом все более увлекаясь, повела свой рассказ. Память у нее была хорошая — натренированная и научной работой, и презентациями рекламных проектов. И теперь она старалась рассказать отчиму все как можно более подробно. Чтобы хоть как-то искупить вину за свое непослушание. Она говорила и дивилась, сколько же всего произошло с ней за эти двое суток — с тех пор, как сбежала с дачи в Клязьминском. Сколько встреч, событий, разговоров!.. Гостиница в Замоскворечье, женский бойцовый клуб, его директор-псих Лучников, фотосессия — обнаженка, встречи с порнокурьерами в ресторане, Михаэль не-Шумахер в «Автостиле» и даже поездка в Клязьминский — сначала на маршрутке, а потом в кузове грузовой машины... Валера слушал ее, полуприкрыв глаза, выпятив нижнюю губу и непрерывно дымя сигаретой. Порой задавал наводящие вопросы. И когда она закончила, безапелляционно заявил:

— Фантазия, как всегда, безграничная. Удальства через край. Подходы абсолютно дилетантские.

— Уж как умею, — буркнула Татьяна.

— Что ж, спасибо и на этом. Спасибо, что жива. Спасибо, что здорова.

— Валерочка, неужели тебе это ничего не дало?! — воскликнула Таня.

— Дало, — кивнул он. — Успокойся. Жизнь прожита не зря. Отрицательный результат — тоже результат. Среди этих двух — я имею в виду Лучникова из женского клуба и Михаэля из «Автостиля» — маньяка нет.

— Почему, Валера?! — воскликнула Таня. — Они оба показались мне подозрительными!

— Перед тем как действовать, нужно сначала думать, — высокомерно (как показалось Тане) проговорил отчим. И добавил, обращаясь к Синичкину: — Этих обоих можно из списка вычеркивать.

— Почему? — упорствовала она.

— Сейчас некогда объяснять, — отмахнулся Валера. — А теперь ты, — кивнул он в сторону Синичкина, — давай рассказывай... Впрочем, нет, минуточку... У нас здесь решительно нет ничего съедобного. Одна картошка. Даже кофе с чаем отсутствует. Мы ведь с голоду умрем. Я тебя попрошу, Татьяна: дойди до круглосуточной палатки — она в конце улицы. Купи там быстрой еды: колбасы какой-нибудь, сыру, чипсов. И сразу назад — одна нога здесь, другая там. Деньги у тебя есть?

— Имеются, — нахмурилась Таня. — А Паша опять без меня все расскажет? — обиженно добавила она.

Отчим прореагировал неожиданно:

— Не волнуйся. Я конспективно перескажу тебе его речь.

И, только выйдя за дверь, Таня поняла: ради того, чтобы она не убегала, отчим готов на все. Он даже решил, кажется, посвящать ее в детали расследования. Что ж, если она достигла своей эскападой хотя бы этого, значит, ее приключения были не зря!

* * *

Летний вечер все длился, длился и никак не заканчивался. Несмотря на то что шел уже двенадцатый час ночи, небо было еще не темным, а белесым. Может, так казалось оттого, что здесь не горели огни большого города, а может, потому, что Мележ находился гораздо севернее Москвы и, значит, ближе к белым ночам.

«Пежик» алел на фоне черных бревен барака. Он выглядел тут таким же чужеродным, как летающая тарелка. Таня погладила его по «львенку» на носике и отправилась в магазин.

Идти было светло и приятно. Песочек пылил и мягко пружинил под ногами. Жестяной павильон с круглосуточными продуктами находился в конце улицы.

Вдруг в сумочке у Тани зазвонил телефон. Она вытащила мобильник. На экранчике появился незнакомый номер. «Этого еще не хватало, — подумала она. — Опять какой-то клиент, сексуально озабоченный». В первый момент она решила нажать кнопку «отключить» — но потом что-то заставило ее снять трубку. Кажется, это «что-то» заключалось в комбинации цифр номера: он показался ей странно знакомым, хотя Таня, убей бог, не могла вспомнить, где его видела.

— Заинька? — раздался бархатный мужской голос. — Ты работаешь?

— Да, — брякнула Таня. — Я работаю — вы отдыхаете.

Бас хохотнул.

— А ты остроумная, крошка. — Он вдруг перешел

на английский. — May I fuck you?[1] — Его английский был хорош.

— If you pay money[2].

— А ты в самом деле стоишь тех денег, что просишь? — Бархатистый тут же перешел на русский.

— Попробуй, увидишь.

Отчего-то Тане доставляло удовольствие в грубом стиле кокетничать с этим типом. Или, может, дело было в ощущении, что она почему-то знает его? Точнее, не его, а... Таня не могла понять, *что* в собеседнике казалось ей знакомым.

— А тебя как зовут? — проворковала она.

— Василий.

— Можно называть тебя Васечкой? — спросила она, вживаясь в роль проститутки.

Она шла в сторону продуктовой палатки по забытому богом подмосковному поселку. Бабка в телогрейке и сапогах, следующая навстречу Тане, вылупилась на нее — этакую заморскую птицу в мини, воркующую по сотовому телефону.

Вася, Василий... Что-то же было, связанное с этим именем... Фамилию спрашивать ни в коем случае нельзя — насторожится. Бросит трубку...

— Васечкой называть? — хохотнул бархатистый. — Можно, только осторожно.

— Почему осторожно?

— Потому что возбужусь, не отобьешься.

— Может, и хорошо, что не отобьюсь, — промурлыкала Татьяна.

— Слышь, а на фотках ты?

— Нет, Шарон Стоун, а ты не заметил?

---

[1] Я могу тебя трахнуть? (*англ.*)
[2] Если заплатишь (*англ.*).

— Тогда я хочу тебя.

— Хотеть не вредно.

Бабка в телогрейке, удаляющаяся в перспективу барачной улочки, пару раз оглянулась в Танину сторону, покачала сокрушенно головой: мол, какой разврат кругом!

— Приезжай ко мне, — предложил бархатистый. — Прямо сейчас.

— Я на выезде не работаю.

Почему она не положит трубку? Почему все говорит и говорит с этим «клиентом»? Понравился он ей, что ли? Глупости какие! Что же держит ее на линии? Она пыталась припомнить что-то, связаное с этим Васечкой, — но ей никак не припоминалось.

А он был настырен:

— А где ты, крошка, работаешь?

Голос у него, конечно, красивый — да дело вовсе не в этом. Что-то еще заставляет ее держать этого мужика на привязи. Понять бы вот, что.

— Все тебе расскажи, — хрипло хохотнула она.

— А ты возьми и расскажи. Я к тебе приеду.

— А я далеко.

— Далеко — это где? Диктуй адрес.

— Какой ты быстрый.

— Быстрота и натиск, как говорил Кутузов, лучшие друзья мужчины.

И тут она поняла, чем ей знаком этот человек, и у нее вдруг ослабели ноги.

— Я сейчас не могу, — лепетала Таня.

Она стояла уже у самого магазинчика.

— Почему? Месячные, что ли? — грубо хохотнул голос.

— Нет... Я... Я сейчас занята...

— С другим, что ли, трахаешься?

— Нет-нет, просто...

«Что же мне теперь делать?»

— А когда ты сможешь? — настаивал голос в трубке. Таня всячески тянула время — непонятно для чего. Скорей всего, чтобы решиться. На что-то решиться.

— А ты на сколько времени хочешь ко мне приехать? — по-деловому спросила она телефонного Васечку. — На час, на два? Или на ночь?

Мужичонка с двумя бутылками белой под мышками вывалился из жестяного павильончика, остановился остолбенелый, услышав последние Танины слова.

— На час, — проговорил голос в трубке.

«Что же делать? Соглашаться? Назначать свидание? А как же Валера? Ведь я ему обещала!.. Надо тянуть время...»

— А какой ты секс предпочитаешь? — спросила она в телефон, отворачиваясь от мужика с бутылками и понижая голос: — Обычный или садо-мазо?

— Зачем тебе этот пельмень! — заорал вдруг мужик с бутылками. — Пошли с нами!

— Подожди секундочку, — проворковала Таня в телефон. Прикрыла рукой мембрану, повернулась к алконавту и выдала ему такой четырехэтажный пассаж с конкретными указаниями адресов, куда тому следует отправляться, что аж сама удивилась.

— Ну, ты и шалава... — обалдело протянул мужик.

— Иди, иди, — отмахнулась от него Таня. — Не видишь, я с супругом разговариваю... Ну, как ты любишь, рыбонька? — прошептала она в трубку.

— Ну-у, это мы с тобой на месте решим, — ответил ее невидимый абонент. — А что, ты садо-мазо любишь?

— А я любой секс люблю.

Мужик с бутылками потрусил своей дорогой. На последних словах он оглянулся на Таню и восхищенно покачал головой.

— Тогда я приеду к тебе, — продолжил бархатистый в трубке. — И не сомневайся.

— Ну, приезжай. Знаешь, у тебя очень красивый голос.

— У меня не только голос, у меня все красивое, — ответил тот.

— Что ж, я проверю, — пропела она.

— Куда мне приехать?

И тут она сдалась. Сдалась — и с каким-то гибельным восторгом продиктовала ему адрес своей московской гостиницы: Большая Ордынка, дом такой-то...

— А квартира?

— Квартиру я тебе назову, когда приедешь. Ты, как к дому подойдешь, мне снизу по сотовому позвони, хорошо?

— О'кей.

— Но только приезжай часа в три ночи, ладно?

— А чего так поздно? Я сейчас хочу.

— А я сейчас на даче, но ради тебя в город вернусь. Дождись меня, хорошо?

— Ладно, крошка. Ох, мы с тобой позабавимся.

— Смотри не обмани: я буду ждать.

Таня нажала на кнопку «отбой». Потом вызвала на экранчик номер звонившего.

Достала из сумочки список. Сверилась.

Зрительная память ее не обманула.

Василий Павлович Еремин, художник, тридцать два года.

Сын генерал-лейтенанта ФСБ Павла Павловича Еремина.

Номер двенадцатый в списке подозреваемых.

* * *

Когда Татьяна вернулась в барак, она застала следующую диспозицию: отчим в одиночестве мрачно лежал на панцирной кровати на высоко взбитых подушках и курил. За дымом уже едва различались черты его лица.

— Валерочка! Я тебе тортик купила! — провозгласила Таня с порога. Она интуитивно понимала, что самый прямой путь к ее окончательному прощению — это ухаживать и подлизываться. И не дай бог Валера догадается, что еще она задумала...

— Ленинградский тортик! Настоящий! — продолжала она бравурным тоном. — И сосисок притащила, студенческих!.. А где Паша?

— В кухне, картошку жарит.

— Дай я здесь хоть проветрю.

Таня подошла к окну, полускрытому рваной занавеской, распахнула его настежь. В сущности, это лишь немногим изменило циркуляцию воздуха в комнате, потому что одно из окон и так было напрочь разбито. Осколки стекла болтались и дзенькали в раме.

— Я пойду на кухню, Паше помогу.

Молчание было ей ответом, но оно, это молчание, означало отнюдь не то, что Валера до сих пор сердится на нее, а скорее его погруженность в мыслительный процесс.

Татьяна вырулила из комнаты и пошлепала по коридору на кухню. В тускло освещенном коридорчике пахло кислятиной: несвежим бельем, вчерашней выпивкой, зацветшей картошкой. Из-за одной двери доносился включенный во всю мощь репродуктор: «Море, море, мир бездонный!..» Из другой пьяный голос на разные лады повторял:

— Зараза. Поняла? Ты, зараза?! Поняла, зараза?

На кухне она застала голого по пояс Павла, который крошил картошку на сковородку, полную расплавленного масла. Сковородка плевалась жиром, но Синичкину было хоть бы хны. Таня полюбовалась на его точные движения, на то, как движутся под кожей бугорки его мышц. Она подошла к нему сзади поближе, прижалась, обняла Пашу и прошептала:

— Пашуня! Давай сосиски поджарим. По-французски, в кетчупе.

Синичкин слегка отстранился:

— Осторожно, маслом испачкаешься... А что это ты такая ласковая?

— Люблю тебя.

— Врешь ведь. Хотя все равно слышать приятно.

— А ты, Пашенька, можешь мне помочь? В одном маленьком деле?

— Помочь? Я?

— Да. Только абсолютно конфиденциально.

— Ты опять? Нет.

— Ну-у, Пашенька! Мне очень, очень нужно... Ты крупно картошку строгаешь. Дай я тебе помогу.

И она убавила газ под сковородкой, отобрала у Паши нож, отыскала разделочную доску и стала резать картошку, пристроившись на ближайшем кухонном столе. Вжик, вжик, вжик — выходила тонкая соломка. Павел отошел от плиты и облокотился на другой столик, а всего их в барачной кухне было шесть. «Боже мой, как здесь люди живут!» — мимолетно подумалось Тане.

...Когда она, за жаркой картошки, изложила-таки Павлу свой план, тот воскликнул:

— Ты опять хочешь сделать все втайне от Валерия Петровича??!

В конце его реплики прозвучало столько восклицательных и вопросительных знаков, что, если их все разместить на бумаге, они бы заняли, пожалуй, несколько строчек.

— Но ведь если ему сказать, он же ни за что не согласится! — со всей убедительностью проговорила Таня. — И нас с тобой не пустит!

— И правильно сделает.

— Вот из-за этой его перестраховки и приходится все делать, — ей не хотелось повторять слово «втайне», и Таня сказала: — *Самостоятельно.*

— Нет.

Павел покачал головой. Голый по пояс, он был красив, как греческий бог. Как Адонис какой-нибудь.

— Ну, Пашенька...

— Нет. Ни за что.

— Паша!..

— Я сказал, нет.

— Ну, тогда я поеду одна.

— Не смей.

— Я уже обо всем договорилась. С *ним.*

— Это не имеет значения.

— Неужели ты не понимаешь, что это *он*? Наверняка *он*?

— Абсолютно не факт, — отрубил Паша.

Но Таня взглянула ему в глаза и увидела: уверенности в его взгляде нет...

— И будь я Валере не падчерицей, а просто сотрудницей, какой-нибудь сержанткой, он бы без вопросов меня на эту встречу отправил, — распаляясь, сказала Таня. — Потому что шанс-то какой! Маньяк сам в наши руки идет! Мы его на живца возьмем! С поличным!

— Нет, — буркнул Паша. И снова его голос прозвучал как-то неуверенно.

«Он соглашается со мной! Готов согласиться!» — молча возликовала Татьяна. И продолжила атаку:

— А отчим надо мной трясется, как наседка над яйцом! И из-за этого мы такую возможность теряем...

— Валерия Петровича можно понять, — строго сказал Синичкин.

— Понять-то можно, но маньяка-то мы упустим! И, значит, все было зря!

— Таня, если ты сейчас же не прекратишь, я пойду к Валерию Петровичу, — строго сказал Павел. — И расскажу ему, что ты замышляешь.

«Вот ведь упрямец!»

И тогда... Тогда Таня использовала последнее средство.

Она положила руки на его плечи — держа кисти на отлете, чтобы не испачкать Павла картофельным крахмалом на пальцах. Прижалась к нему всем телом, потерлась щекой о его щеку и прошептала прямо в ухо:

— Пашенька, миленький! Ну, я очень, очень прошу тебя. Я ведь никогда и ни о чем тебя не просила. Ну, пожалуйста. Ну, ради меня. Защити меня, а? Ведь ты же такой сильный, Паша... И ты понимаешь, что мы с тобой правы. Нам *нужно* это сделать...

И она почувствовала, как Синичкин одновременно и отвердел, и размягчился, и поплыл под ее руками.

— Пашунечка! Я так тебя прошу — как никогда и никого ни о чем не просила. Ну, пообещай мне, пожалуйста.

Синичкин молчал.

— Ну скажи «да».

Павел, кажется, стиснул зубы — чтобы не вырвалось предательское согласие.

И тогда она запрокинула назад голову и посмотрела ему прямо в глаза таким взглядом, каким взирала только на очень любимых мужчин.

— Ну скажи, — хрипловато-призывно прошептала она.

— Да, — против воли сказал Павел.

Она слегка отстранилась от него.

— Да, да! — шепотом прокричал он. — Черт возьми, да!

ОДИННАДЦАТОЕ ИЮЛЯ, ПЯТНИЦА. НОЧЬ

Его опять обвели вокруг пальца.

Видимо, он уже очень стар и ни на что не годен.

А скорее — проблема в том, что в этом мире нельзя доверять никому.

Даже близким.

А он — доверился.

И получил щелчок по носу. Очередной щелчок.

Нет, от Татьяны, этой авантюристки, можно, видимо, ждать чего угодно. Но Паша, Паша! Этот надежнейший человек, абсолютно ему преданный кремень Синичкин! Он, Павел, значит, пошел у нее на поводу!

Валерий Петрович в расшнурованных ботинках на босу ногу стоял у барака — под высоченным тополем — на том месте, где вечером находился «пежик».

Теперь машины и след простыл. И вместе с ней исчезли и Татьяна, и Павел.

...Накануне поздно вечером они чудесно посидели за импровизированным ужином, накрытым в барачной комнате на двух колченогих табуретах. Танюшка, лисичка, обволокла его своей заботой: «Валерочка, скушай еще сосиску. Валерочка, добавки картошечки хочешь?» И он расслабился. Впервые с воскресенья, с начала этой истории, расслабился.

Они были втроем, все вместе, и никому из них в данный момент ничего не угрожало. Экс-полковник даже выпил банку пива. И затем спокойно уснул.

А проснулся посреди ночи, и... На кровати в его комнате нет Пашки. А из соседней комнатухи исчезла Татьяна. И «пежика» как не бывало.

А ведь во сне ему, кажется, приснилась разгадка этой истории.

Ему бы сейчас полежать спокойно, додумать все до конца — и он бы понял. Все понял. Обо всем догадался.

Но нет, когда он увидел, что кровать рядом с ним пуста, мысли сбились, полетели совсем в другом направлении.

Он посмотрел на часы со светящимися стрелками. Без четверти два.

Что же там было у него во сне?

Хвостик клубка, который, казалось, вот-вот размотается, ускользнул от него в тот момент, когда он проснулся. Проснулся и понял, что он в комнате один.

Один, один... Это была новая данность. И с этим надо было смириться. И думать о деле.

Господи, о чем же он догадался только что во сне — *почти* догадался?

* * *

— Значит, так, Паша. — Татьяна стояла перед Синичкиным серьезная, сосредоточенная. — План предлагается следующий.

Часы на кухне в квартирке в Замоскворечье, которую арендовала Садовникова, показывали без десяти два. Таня демонстрировала Павлу свои временные владения.

— Через час он придет...

— А если не придет? Передумает?

— Ты что, — ухмыльнулась она, и в голосе ее прозвучала деланая обида, — хочешь сказать, что он найдет кого-нибудь *лучше* меня?

— Может быть, он найдет кого-то *доступней* тебя? — усмехнулся Павел. — И дешевле?

— Тогда — если он вдруг не появится — я сама ему позвоню. Телефон его у меня записался. И совращу его. И заманю.

— Ну а что дальше?

— Будем исходить из того, что он придет вовремя?

— Давай.

— Ты, Павел, спрячешься в этот шкаф. Пистолет при тебе?

— Вот — газовый.

— А выглядит как настоящий.

Синичкин вздохнул:

— Выглядит-то он выглядит, да только не тем стреляет...

— Какая разница! Главное — ты, Пашенька, со мной. И, значит, спасешь меня от кого угодно.

— Ах ты подлиза!

Она покачала головой:

— Нет. Я просто в тебя верю... Короче, Паша, ты прячешься в стенной шкаф... Он приходит, этот маньяк несчастный... Ты скрываешься — до тех пор, пока я не закричу: «На помощь!» Ну или что-нибудь вроде того... А дальше уж ты на него бросаешься и начинаешь тут же его колоть. У тебя с ним наступает момент истины. Ты Богомолова читал?

— Нет.

— «В августе сорок четвертого» не читал?!

— Кино смотрел.

— Кино — ерунда. Все равно, как выпускник Высшей школы милиции, ты должен знать, каким образом раскалывают преступников, взятых непосредственно на месте преступления. Они ведь легче колются, правда?

— Когда как.

— А ты его расколешь.

— А если он сразу, с порога, ударит тебя?

Таня пожала плечами:

— Тебе придется следить за обстановкой.

— А если он ударит ножом?

— Но ты ведь слышал — Валера рассказывал: он сначала связывает свои жертвы, а потом только начинает их мучить...

— А если он сразу полезет к тебе — как мужчина?

— Но ведь Валера говорил, что он импотент и у него ни с одной из жертв никогда ничего не было.

— А все-таки — если?..

— Не знаю. — Татьяна зябко обняла себя за плечи. — Наверное, тогда я закричу.

Синичкин прошелся по квартире, выглянул в окно за жалюзи. По улице, освещенной молочным светом фонарей, проезжали редкие машины.

— Таня, можно спросить?

— Смотря что.

— Тебе не страшно?

— Еще как! А тебе?

— Страшно. За тебя. Может, ну ее к бесу, эту ловлю на живца? Может, вызовем ребят с Петровки? У нас еще час времени, они успеют приехать. Они просто возьмут его, этого извращенца, и потрясут. Зато — минимум риска. А?

— А если он уйдет в несознанку?

— У наших ментов мощные методы. Душу из него вытрясут. Прямо тут.

— А если его папаша, этот генерал ФСБ, прознает, что мы здесь засаду устроили? И догадается — на кого засада? И приедет раньше ментов?

— Откуда он узнает! Мы же на Петровку будем звонить, а не в ФСБ.

— А ФСБ у нас все знает. И то, что происходит на Петровке, — тоже. Нет уж, Пашенька, милый!.. Давай доведем это дело до конца. Вдвоем. Без всяких ментов. Ведь ты же мне обещал. Сдержи свое слово, ладно?

Синичкин набычился и пробурчал:

— Хорошо.

* * *

— *Ну, где она?*

— *Я не знаю.*

— *Говори, говори, говори!*

Удары посыпались один за другим. Он закрыл голову руками. Захрипел:

— *Не надо... Прошу вас... Пожалуйста... Перестаньте...*

Один из мучителей дернул другого за рукав.

— *Осторожней, Кобылин. Не перестарайся.*

— *Да пошел он!.. Черт, я руку об него разбил...*

Он рыдал у их ног — уже сломленный, уничтоженный, жалкий:

— *Ну не надо! Не знаю я ничего! Не видел я ее!*

— *Слушай, гнида!.. Ты мне надоел. Сейчас я включаю в сеть утюг, и... будет очень больно. Очень. На стену полезешь. Я тебе обещаю.*

А он все валялся у них в ногах и плакал:

— *Ну не знаю я ничего!*

— *Давай, Кобылин, тащи аппарат.*

— *А-а, чтоб тебя!*

Кобылин в сердцах разогнался, прыгнул — и обеими ногами ударил человечка в голову. Тот дернулся, страшно закричал, откатился, замер.

Кобылин нагнулся к нему, потряс:

— *Еще? Хочешь еще?*

— *Не надо... Не надо... — Лежащий захлебнулся слезами. Из носа потекла струйка крови. — Я знаю... Знаю, где она. Я все скажу... Она... Она...*

* * *

Без четверти три ночи у Таниного подъезда в свете ночного фонаря появился мужчина. Спустя минуту у нее зазвонил мобильный телефон.

— Господи, я так боюсь... — прошептала она и перекрестилась.

Сняла трубку. Сквозь просвет жалюзи они видела, как мужчина, стоящий внизу, говорит в мобильник.

— Привет, это Василий.

— Здравствуй, Васечка.

Таня сделала усилие, чтобы голос не дрожал. Кажется, у нее это получалось плохо. Даже с высоты второго этажа мужик под окном казался ей огромным.

— Я пришел к тебе, Танюшка. Впускай.

— Сейчас. Минуту. Я не одета.

— Ну, так тем более впускай! — хохотнул мужик.

Татьяна сделала нетерпеливый жест в сторону Синичкина: давай, мол, прячься.

Павел обратил внимание, как она побледнела, как заострились черты ее лица.

— Давай, дорогой, — вымученно проговорила Таня в трубку. — Заходи не спеша. Второй этаж. Квартира пять. Код двадцать один пятьдесят три.

— Лечу!

По разговору Тане показалось, что ее гость поддавши. И еще что-то было в нем... Что-то странное... Чего не должно было быть... Она не могла понять, что именно... Слишком уж сильно волновалась.

Павел бросил ей:

— Таня, не спускай с него глаз. Кричи сразу же. Нет — за секунду до «сразу же». — И он скрылся в стенном шкафу.

Татьяна прикрыла створки так, чтобы оставить Пашке щелочку для обзора.

И в этот момент в дверь грянул нетерпеливый звонок.

* * *

Валерий Петрович Ходасевич сидел на лавочке рядом с бараком и курил.

Ночь простиралась над Россией: над Москвой, над Мележем, над всеми полями, особняками и бараками. Млечный Путь раскинулся на полнеба. Два спутника одновременно летели в две разные стороны.

Валерий Петрович закурил очередную сигарету — и тут наконец-то вспомнил. Вспомнил, что ему приснилось и что он напрочь забыл при пробуждении.

Вспомнил — возможную разгадку и то, какой чудной и странной показалась она ему во сне. Не может быть!

А почему, собственно, не может?

Он втоптал в землю окурок и бросился в свою барачную комнату — одеваться.

* * *

Василий Павлович Еремин, сын генерала ФСБ, художник и предполагаемый сексуальный маньяк, оказался настоящим громилой.

Рост — под два метра. Косая сажень в плечах. Ручищи — как у молотобойца. Рыжая, плохо постриженная борода, придающая внешности нечто разбойничье.

— Проходи, — предложила Таня. Ее всю колотило, и она молилась, чтобы маньяк не заметил, как она волнуется.

Гость, впрочем, тоже выглядел слегка смущенным. От него исходили волны перегара.

— Обувку сымать? — спросил Василий.

— Нет. Так проходи.

Таня инстинктивно отступила в самый дальний конец комнаты, к окну.

Гость, нагнувшись, чтобы не задеть притолоку, вошел в комнату.

— Чай? Кофе? — автоматически спросила Татьяна.

— Нет. Вот от водички не откажусь.

Он тяжело плюхнулся на диван. Тот жалобно скрипнул под его весом.

«А сможет ли с ним справиться Паша?»

Таня достала из холодильника минералку, из серванта стакан. Руки подрагивали. Она вскрыла бутылку. Налила воду. Бутылка звякала о стекло. Вода пролилась. Таня закусила губу. От страха ей хотелось закричать. Заорать — бессмысленно и громко, заколотиться, убежать.

Все время, пока она наливала воду, гость осматривал ее с ног до головы — как вещь, как породистую лошадь.

Татьяна поставила перед ним стакан на журнальный столик.

— А ты красивая, — пробасил гость.

— Знаю, — коротко ответила она, но голос все равно успел дрогнуть.

Он схватил ее за кисть.

— Иди ко мне!

Он дернулась, вырвалась.

— Ты чего?

— А деньги? — выкрикнула она, отступая к окну.

— Ох, горяча, — усмехнулся гость. — Я, пожалуй, на ночь останусь. Сколько будет стоить?

— Нет! — выкрикнула она.

— Почему?

— Мы договаривались на час — значит, на час.

— Что, другого ждешь? — Пьяный гость тяжело набычился.

— Нет. Просто... Устала. Спать хочу.

— Да ладно, подумаешь — ночь не поспишь. Это ж твоя работа, шлюха.

— Попрошу без оскорблений.

— А чего я сказал?

— Ладно, проехали. Деньги на стол.

«Что-то совсем не то, — металось в голове у Татьяны. — Не то и не так. Я не ждала, что он окажется таким. И что теперь будет?»

Мужик полез в бумажник. Он оказался набит деньгами, зелеными и российскими.

— Долларами платить? — усмехнулся он. — Или в рублях по курсу?

— Лучше долларами.

Гость выложил на стол пять сотенных бумажек.

— Будешь шевелиться, получишь на чай. Ну, чего стоишь?

— А что делать?

— Ты че, дура? Раздевайся!

* * *

Танин отчим, Валерий Петрович, быстрым шагом вошел в райотдел мележской милиции.

Дежурный старлей даже головы не поднял от кроссворда.

— Я полковник ФСБ Ходасевич! — прокричал запыхавшийся Валерий Петрович. — Мне срочно нужен компьютер.

Старлей лениво оторвался от газеты.

— Удостоверение ваше предъявите, пжалста.

* * *

Мужик смотрел на Таню с плотоядным любопытством.

Ее била дрожь.

«А по телефону он даже милым был... — беспомощно скакали ее мысли. — И что мне теперь прикажете делать? Когда Пашу звать? Пока ведь никакого состава преступления нет. Пока он просто *покупает* меня — ничего особенного, обычная продажная любовь...»

Повлажневшими от волнения пальцами Татьяна расстегнула пуговицы кофты. Скинула ее с плеч. Сняла. Отбросила в угол.

Генералов сын глядел на нее холодно, изучающе.

Вдруг улыбнулся — улыбка его показалась Тане кривой.

— А ты что, первый раз, что ли?

— Первый, — дрогнула она уголками губ.

Оттого, что она стояла перед мужиком полуголая, в одном лифчике, тело ее покрылось мурашками.

— Ладно врать, — гоготнул Василий. — А, впрочем, давай. Мне нравится, когда целок изображают. Но только пошевеливайся.

Таня взялась за юбку. Расстегнула. Юбка упала ей на ноги. Она переступила через нее.

Таня была теперь перед ним, таким огромным, совсем беззащитной. Сознание ее мутилось от стыда и страха. И только какой-то уголок ее мозга понимал, что надо терпеть и ждать. Ждать — но вот чего? До какого предела?

— Дальше! — лениво бросил мужик и жадно выхлебал залпом стакан воды.

Таня расстегнула и отбросила лифчик и инстинктивно загородилась рукой.

Мужик не выдержал. Он привстал, схватил ее за запястье своей лапищей и дернул к себе.

Она оказалась в его объятиях — тяжелых, вонючих. Огромными ручищами он тискал ее плечи, грудь.

И тут она не выдержала.

— Паша! Помоги! Пашенька!!! — что есть сил закричала Татьяна.

* * *

— Пожалуйста, товарищ старший лейтенант, вставьте этот диск в компьютер и откройте мне его. Там должна быть таблица.

— Хорошо, Валерий Петрович.

* * *

Таня не видела и не слышала, как Павел вылетел из своего убежища. Просто почувствовала, как хватка мужика в какой-то миг ослабла. А следом раздался громовой голос Синичкина:

— На пол! Лежать! Лицом вниз!

Она вскочила на ноги и тут же ощутила стыд и раскаяние: «Не сумела. Не справилась. Не доиграла до конца».

Татьяна отбежала в угол комнаты и первое, что сделала, это подняла свою кофточку и прикрылась ею.

Громадный Василий уже лежал на ковре лицом вниз. Сверху его оседлал Синичкин.

«Теперь одна надежда на Пашку, — мелькнула мысль. — Может, он расколет его? Но мужику-то не в чем каяться. Со мной он ничего уголовно наказуемого не совершил... А про других ему рассказывать никакого резона нет. Как там было у Богомолова? Агенты колются, только «если они повязаны нападением на представителей власти, что само по себе карается расстрелом». А Васечка ничем не повязан. Лишь тем, что проститутку снял. А за это, по-моему, даже штрафа не предусмотрено».

* * *

— Товарищ старший лейтенант! — умоляюще, но твердо проговорил полковник Ходасевич. — Мне срочно нужен транспорт — добраться до Москвы. Очень срочно.

— А больше вам ничего не нужно, товарищ полковник? — буркнул милицейский.

— Старлей, послушай!.. Я тебя прошу. Речь идет о жизни и смерти людей. Даже не одного человека — людей, ты меня понимаешь? И в том числе — моей дочери.

* * *

— Давай, мля, колись! — проорал Синичкин, для убедительности тыкая в ухо Василия своим газовым пугачом.

— Чего?! — ошеломленно прохрипел тот.

— Кайся, сволочь, кайся! — Павел наседал сверху на амбала — тот лежал на ковре лицом вниз. Левую руку мужика Синичкин заломил ему за спину.

— Не было у нас с ней!.. Ничего не было!

— Да?! А зачем ты сюда пришел?!

— Она меня сама позвала!

— Ты убивать ее пришел!

— Ты че, ошизел?!

— Ты давай мне про других колись!

— Про каких других?

— Про девок, которых замочил! Которых связывал и убивал! В Питере, в Самаре, в Твери, в Москве!

— Каких девок??! Ты че, дурак? Отпусти, мужик! Отпусти!

Таня лихорадочно цепляла на себя юбку, лифчик и с ужасом смотрела на мужчин.

— Давай говори! Кайся, дурень, кайся!

— Да пошел ты!..

Таня вдруг нервно расхохоталась: сказывалось напряжение последнего часа. И сцена, разворачивающаяся перед ней, почему-то выглядела уже не страшной, а комичной, опереточной. Мужик-глыбина, лежащий на полу. Жилистый Пашка, оседлавший его сверху... И еще Таня ощутила досаду, стыд и гнев на самое себя, потому что она вдруг поняла, что...

— Давай, мужик, говори! — снова проорал Синичкин. — Я ведь и разозлиться могу!

— Паша! Отпусти его! — неожиданно для себя выкрикнула Татьяна.

Синичкин удивленно вскинул голову на звук ее голоса.

В этот момент дюжий Василий сделал резкое движение, и Паша слетел с его спины, упал на ковер набок. Пистолет вылетел из его рук.

Еремин вскочил. Поднялся и Павел.

Теперь они стояли друг против друга.

Василий размахнулся и попытался ударить Синичкина. Тот изящным движением увернулся и коротко стукнул великана кулаком прямо в лицо.

Василий отпрянул, задев журнальный столик.

Разлетелись доллары. Зазвенела падающая бутылка. Грохнулся и разбился стакан.

Павел подскочил к потерявшему равновесие, раскрывшемуся Васе и нанес ему еще два удара: в корпус, а затем сразу же в лицо. Тот как будто поскользнулся на ковре и рухнул на пол. Голова его ударилась о стену. Он замер и потерял сознание.

Синичкин стоял над ним, сжимая кулаки, тяжело дыша.

Таня, уже успевшая нацепить кофту, сказала:

— Это не он.

— Что?! — вскинулся Павел.

— Оставь его. Это не маньяк.

— С чего ты взяла?

— Не знаю. Не похож.

— Гениальный ход мысли, — саркастически заметил Павел.

— Маньяки такими не бывают...

— А где ты маньяков видела?

— Нигде не видела. Но этот, знаешь... в общем, он был *готов*. Готов сразу, как только я раздеваться начала. А Валера говорил: маньяк — импотент...

— Ну, это не факт...

— И еще, знаешь... Он пришел с пустыми руками.

— Ну и что?

— А помнишь, что Валера сказал: убийца всегда приносил своим жертвам что-нибудь вкусненькое. Дорогое вино, французские сыры, икру...

— Он мог отступить от сценария, — не сдавался Синичкин.

А Таня вздохнула:

— И еще кое-что. Я вспомнила... Когда мы с ним по телефону договаривались... он сначала пригласил меня к себе. А я... — Таня покраснела, — я сказала, что *на выезде не работаю*. Но маньяк-то — никогда своих жертв к себе не приглашал! Убивал всегда на их квартирах!

— Что ж ты раньше-то молчала?

— Я только сейчас поняла.

— Ну, ты, Танька, овца! — в сердцах бросил Павел.

— Впрочем, это все косвенные улики, — протянула она. — Вот что надо сделать. Обыщи его.

Синичкин сунул руки во внутренний карман пиджака Василия, вытащил оттуда паспорт.

— Это он. Василий Павлович Еремин.

— Это загранпаспорт?

— Да.

— Хорошо. Очень хорошо.

— Почему?

— Смотри даты.

Паша, кажется, ее не понимал. Глядел удивленно. И Таня скороговоркой выпалила:

— Первое убийство — в Самаре, в октябре позапрошлого года. Второе — в Москве, в прошлом году, двадцать шестого марта. Потом — тоже Москва, тридцать первое октября...

До Синичкина наконец дошло.

— Так... октябрь позапрошлого года. Не годится. Паспорт выдан в январе прошлого. В марте того года Еремин никуда из страны не выезжал... В октябре — тоже. Пока все сходится!

— Проверь дальше, — попросила Таня. — Второго мая — убийство в Петербурге. Восьмого июня — в Твери. И, наконец, двадцать первого июня — снова в Москве...

— Та-ак... черт! Тридцатого апреля он вылетел из Шереметьева. В Англию. И вернулся... только пятого июля. — В Пашином голосе слышалось нескрываемое разочарование.

— Значит, не он, — облегченно вздохнула Татьяна.

— Но это может быть хитрый ход!

— Нет, Паша, нет, — сказала она. — Я чувствую: это не он...

Василий между тем лежал навзничь и не шевелился, однако грудь его вздымалась, дыхание было ровным.

Павел, потирая костяшки пальцев, спросил:

— Хорошо. Допустим, это не он. Но в таком случае — что нам с ним делать?

— Ты иди на кухню, — приказала Таня.

— И что?

— Я эту кашу заварила — я и буду расхлебывать.

Паша, кажется, сомневался. Таня слегка подтолкнула его к выходу из комнаты.

— Иди, Пашуня, иди. Ничего мне этот Вася не сделает. Он обычный мужик. Нормальный.

* * *

Милицейский «газик» встряхивало на каждом ухабчике шоссе. Пожилой водитель-старшина держал руль одной рукой: форсил перед Ходасевичем. Во рту его дымилась «беломорина».

Как только они выехали из Мележа, Ходасевич дал старшине денег, чтобы залить полный бак «газона» бензином.

Теперь полковник сидел на переднем сиденье, откинувшись и полуприкрыв глаза. Размышлял.

Кажется, мозаика почти сложилась. Недоставало ерунды: одного-двух звеньев. И еще: ему не хватало времени. *Смертельно* не хватало.

— Куда мы в Москву-то едем? — перекрикнул старшина рокот мотора, свист ветра и шипение шин по асфальту.

— Потом! — махнул рукой Валерий Петрович и гаркнул в ухо шоферу: — После скажу!

Он сам еще не знал, куда конкретно они едут. Это ему и надобно было вычислить.

Валерий Петрович снова погрузился в размышления.

* * *

— Вася, Васенька!

Таня нежно гладила по щеке лежащего на полу гиганта. Она стояла перед ним на коленях.

Рыжебородый художник открыл глаза. Взгляд его был мутным.

— Вася! Васечка!

— Ну? — Атлет сфокусировал взгляд на Татьяне.

— Собирайся! Быстро!

— К-куда?

— Это был мой жених.

— Че-го? — взревел художник и отпрянул.

— Васенька! Прости меня! — продолжала быстро и нежно шептать Татьяна. — Это мой бойфренд был. Выследил меня, зараза. Давай, Вася, вставай.

— Где он? — Лицо Василия помрачнело.

— Выгнала на фиг, — слабо улыбнулась Татьяна. — Но боюсь, вдруг вернется?

— Вот чудило! — выругался неудачливый клиент. — Что это он за пургу тут нес? — пробасил Вася, ощупывая свое лицо.

— Он у меня псих. Настоящий! Крыша поехала от ревности! Васенька! — затеребила Таня гиганта. — Пожалуйста! Уходи от греха. А то ведь вернется сейчас...

— А ты что ж, шалава: с одним женихаешься, а с другим зарабатываешь? — спросил гигант. Он потряс головой и медленно, неуверенно стал подниматься на ноги.

— А что мне делать-то? — вздохнула Таня. — Жених не работает. И ни на что другое не способен, кроме как ревновать. А кушать-то хочется!

Василий встал.

— Что ж ты за дура такая?! Тоже, нашла себе мужика! Такая телка, а живешь с нищим да припадочным...

Татьяна только горестно вздохнула.

— Давай лучше ко мне переходи. Будешь у меня как сыр в масле кататься. Бирюльки-шмирюльки, все, что попросишь!

— Спасибо, Вася. Я подумаю, — серьезно сказала Татьяна. — А ты пока прости, что так получилось. И деньги свои забери.

Татьяна подняла с пола пять зеленых сотен и протянула их гиганту.

— Не. Оставь себе.

— Я не отработала.

— В следующий раз отработаешь.

— Да я уж и боюсь тебя приглашать. Видишь, как получилось. Мне и в голову не могло прийти, что этот придурок догадается...

— А я этого хорька не боюсь. Пусть приходит. Мы еще посмотрим, кто кого.

— Нет, нет, Вася! Давай в другой раз.

— Ну, ладно. В другой, так в другой, — довольно добродушно, если учесть гостеприимство, с которым его встретили Таня с Пашей, промолвил рыжебородый.

— На вот тебе твои пятьсот баков. Не разбрасывайся. Пригодятся еще.

— Ладно, возьму. — Художник усмехнулся. — А то получится — мне за мои же деньги по башке настучали.

— Прости меня, Васенька. Я не все просчитала. Думала, этот урод спит, а он, скотина, под окнами бродил...

— Ладно, цыпочка. Живи. Но помни: за тобой должок.

— Хорошо.

— Может, в следующий раз *просто* встретимся? Погуляем? Конфетки-букетики?

— А что, давай, — согласилась Таня.

— Точно? — расплылся в улыбке художник.

— Точно. Ну, иди, Васенька, иди. А то, не дай бог, этот псих вернется.

— Я позвоню.

— Звони. Слушай, а может, лучше я тебе сегодня заплачу — ну, за моральный ущерб?

— Ты что, с ума сошла! За кого меня держишь?!

— Ну ладно. Позвони мне обязательно.

...Когда за художником закрылась входная дверь, Татьяна прошла на кухню и без сил опустилась на стул. Часы показывали четверть пятого ночи.

Все тело у Татьяны ломило от пережитых стрессов. Каждый нерв внутри, казалось, ныл и дергался.

— Ох, я бы сейчас коньячку выпила! — выдохнула она.

— Ну и выпей, — пожал плечами Синичкин.

— Мне еще в Мележ назад рулить.

— Хочешь, я твоего «пежика» поведу?

— Да нет... Сейчас, подожди чуть-чуть... Минут десять отдохну — и поедем к Валере.

Хотя больше всего Тане в данный момент хотелось сбежать. От Паши, от отчима, от всех! Эх, оказаться бы сейчас... да где угодно! На Мальдивах, в Сочи! А еще лучше — у себя, в «Пятой власти». В агентстве, где тебя держат за умного человека и уважают. В кабинете, который сторожит верная секретарша. В коллективе, который прислушивается к каждому твоему слову...

Только все это мечты, мечты... Как она может сбежать?!

Таня представила лицо Валеры. Вот она ему удружила так удружила! Мало того, что не помогла — в тот единственный раз, когда он попросил ее о помощи! Да еще и кашу какую заварила — и вначале, когда убежала из особняка, и потом, когда передала Синичкину хулиганскую записку и разместила свои фотки на порносайтах, и теперь, когда подбила Пашку уехать из Мележа... Хорошо хоть, Павел ее сейчас не ругает.

Синичкин ласково обнял ее за плечи, спросил:

— Тошно тебе?

— Еще как, — вздохнула Таня.

— Зря мы это затеяли...

— Спасибо, конечно, за «мы», но затеяла это я, — жестко сказала она. И добавила: — Ты, Пашуня, не бойся. Я проигрывать умею, прятаться за тебя не буду. И Валере скажу, что идея была моя. Что это я тебя заставила.

— Какая разница, чья идея, — благородно отмахнулся Синичкин.

Но по его лицу читалось: «Эх, дурак я! Купился на идиотскую выдумку...»

— Ну, возьми себя в руки, — попросил Паша. —

Давай выпьем кофе и поедем назад. Может, Валерий Петрович даже не заметит, что мы уезжали...

Таня только усмехнулась.

— А если и заметит... Ты все равно не расстраивайся, Танюша... Ты же хотела как лучше.

— Договаривай уж до конца, — попросила она.

— О чем ты? — не понял он.

— Как о чем? Хотела как лучше, а получилось — как всегда.

Синичкин открыл было рот — кажется, хотел продолжить свои утешения. Но в этот момент зазвонил Танин мобильник. Она взглянула на часы: четыре двадцать утра.

Глава 10

ОДИННАДЦАТОЕ ИЮЛЯ, ПЯТНИЦА. НОЧЬ

Едва раздался телефонный звонок, Пашино участие как ветром сдуло. Он дернул плечом, едко прокомментировал:

— Клиент, больше некому.

Таня взглянула на определитель. На дисплейчике телефона высвечивалось «ВИКА». Господи, только ее сейчас не хватало! Не отвечать?

— А ты девушкам тоже услуги оказываешь? Вот не знал... — продолжил ехидничать Синичкин.

Таня метнула в него уничтожающий взгляд и нажала кнопку приема.

— Да, Вика?

— Таня, Таня! У меня беда!

Голос дрожит, срывается. Слезы, похоже, льются ручьем.

«Но мне-то что до твоей беды? — в отчаянии подумала Таня. — У тебя что, мужа разве нет? Или мамы?»

А Вика всхлипывает и, кажется, напугана до смерти.

«Мне даже неинтересно, что у нее случилось», — поняла Таня. За последние сутки столько всего произошло, что просто не осталось сил переживать за кого-то еще, кроме себя.

— Они сказали, что не приедут! Чтобы я такси ловила!

— Вика, — холодно сказала Таня. — Ты знаешь, сколько сейчас времени?

— Не зна-аю. Ночь. Страшно. Как я буду такси ловить?!

Новый приступ плача. Нет, просто бросить трубку будет жестоко.

— Ладно, Вика. Давай, только быстро. В чем дело?

— Ма-аленький! Во-оды отошли! В роддом надо!

— Ну, так в чем проблема? — сухо спросила Таня. — Буди своего благоверного и вызывай «Скорую».

— Его дома нет! Обещал прийти и не пришел!

— Значит, сама «неотложку» вызывай, — пожала плечами Таня.

Она решительно не понимала, как можно не знать таких элементарных вещей.

— Я вы-зы-ва-ала! — прорыдала Вика. — Они ска-а-зали, что не приедут!

— Да что за чушь! — Таня начала злиться. — Как это — не приедут? Мы что, в Мозамбике? Они обязаны приехать! Возьми себя в руки!

— Живот очень болит, — прохныкала Вика.

— Ну, так набери еще раз «ноль три» и объясни им все. У них специальная служба есть для перевозки рожениц. Приедет «Скорая» и отвезет тебя в роддом.

— А у меня контра-акт! — взывала Вика.

Тане показалось, что она сходит с ума.

— Какой контракт? О чем ты?

— Контра-а-акт с девятым роддомом. Там написано, что доставку они не обеспе-ечива-ают.

— То есть как это? — не поняла Таня.

— Му-уж опла-атил контракт. Чтоб я в девятом роддоме рожала. А на «Ско-орой» спрашивают: «У вас контракт с роддомом есть?» Я отвечаю: «Есть». А они говорят: «Вот и добирайтесь сами туда, с кем контракт. На такси».

— Бред какой-то, — решительно заявила Таня. — Не могли они так сказать!

— Ска-азали!

— Ну, так позвони еще раз. И не говори им про свой контракт. Просто объясни, что тебе очень плохо. Они обязаны за тобой приехать. В любом случае.

— Та-аня! — всхлипнула Вика. И вдруг закричала в голос: — Ой! Больно, больно!

— Позвони в этот свой девятый роддом! — перебила ее Татьяна. — Пусть оттуда за тобой машину пришлют.

— Бо-ольно! Не мо-могу!

Плача не слышно. Только частое, болезненное дыхание.

— Эй, Вика?

Тишина.

— Вика?!

В ответ — хриплый шепот.

— Таня... пожалуйста... Дмитровское шоссе, шестнадцать, тридцать три... пожалуйста... прошу тебя, Таня.

— Вика, я сейчас не могу. Позвони своей маме. Или какой-нибудь подруге. Не знаю, кому хочешь, звони!

Глухой стук. Похоже, телефонная трубка выпала из Викиных рук.

— Вика! Ответь сейчас же! Вика!

— Что ты кричишь? — К Тане подошел взволнованный Синичкин.

— Вика!

Но в трубке — только еле слышные стоны.

Таня в сердцах нажала на «отбой».

— Что случилось? — потребовал Паша.

— Да с дурой одной связалась, — зло ответила Таня. — Звонит среди ночи и нервы треплет.

— Выкинь из головы, — посоветовал Паша.

— Уже выкинула... — слабо улыбнулась Таня. И вдруг спросила: — Слушай, а как ты думаешь — ничего не случится, если мы выедем в Мележ чуть попозже?

Синичкин взглянул на часы:

— Прилечь хочешь? Прийти в себя? Конечно, отдохни. Часок времени, думаю, у нас есть. Как раз и рассветет, по светлоте поедем.

Таня вскочила.

— Ну, раз мы не спешим... Тогда я сейчас вернусь.

— Че-го?! — Паша остолбенело уставился на нее.

— Езды тут всего ничего... — пробормотала Таня. — Посажу эту дуру в такси и сразу вернусь...

— Что ты несешь? — набросился на нее Синичкин.

Но Таня его не слушала. Она бросилась к выходу. Павел так растерялся, что задержать ее не додумался или не решился.

А Таня вихрем скатилась по лестнице, прыгнула в «Пежо» и с визгом шин выехала со двора. Дом шестнадцать, совсем недалеко от центра...

Дороги были пусты, и «пежик» несся по Москве быстрее, чем самая скорая помощь.

«Ну, Вика! Ну, свалилась на мою голову!» — злилась Таня.

Вот и начало Дмитровского шоссе, еще минута — и показался дом шестнадцать, а рядом с ним кафе, где она с Викой сегодня обедала.

«Вот так вот! Покорми кого-нибудь один раз — и тебе тут же на шею сядут! Будут срывать среди ночи!»

Таня, не заботясь о спящих гражданах, на полном ходу, с ревом влетела во двор и заглушила двигатель.

«Тридцать третья квартира... кажется, второй подъезд... лифта ждать некогда... бегом... интересно, а эта дура хоть дверь отпереть догадалась? Вряд ли...»

Таня добежала до двери, сильно толкнула ее... Дверь подалась, и Садовникова влетела в прихожую.

И тут же на ее голову обрушился страшный удар.

ОДИННАДЦАТОЕ ИЮЛЯ, ПЯТНИЦА. УТРО

Таня очнулась. Она лежала на чем-то мягком.

Перед глазами был угол комнаты, завешенное плотной шторой окно и одинокая свеча, стоящая на комоде.

Таня поняла, что лежит совершенно голая.

Попыталась поднять руку и обнаружила, что пошевелиться не может. Что-то держало ее. Повернула голову, увидела: ее рука перехвачена веревкой за запястье и привязана к спинке кровати.

Таня перевела взгляд. В поле зрения оказалась другая рука. Она также была привязана к спинке. Взгляд выхватил простую обстановку комнаты: сервант, телевизор. Предметы выступали из тьмы под светом еще двух свечей.

Таня дернулась и попыталась вскочить. Тщетно. Веревки не пустили ее. Удалось только чуть приподняться: ноги также были привязаны к противоположной спинке кровати.

Охваченная паникой, она попыталась крикнуть, но изо рта вырвался только хрип.

Рот был заткнут чем-то грубым.

И тут в полумраке комнаты возник человек. Таня скосила глаза.

Это была Вика.

Красивая, с распущенными волосами. Одета в шелковое кимоно. В одной руке бокал шампанского, в другой — тонкая коричневая сигаретка. *Сигаретка?!*

И еще: что-то неправильное было в ее осанке, это Таня заметила даже в неверном свете свечей.

Вика радушно, словно долгожданной гостье, улыбнулась Тане.

И та с ужасом поняла, что неправильно в ее фигуре.

У Вики не было живота.

Происходящее на секунду показалось Тане дурным сном. Кошмаром.

«Вика!» — отчаянно выкрикнула она, но, как это бывает во сне, изо рта вылетел только хрип.

— Проснулась, мое солнышко, — нежно проворковала Вика.

Она присела на кровать и нежно погладила Таню по щеке.

Та отдернула голову и выкрикнула: «Пусти меня!» — но изо рта опять послышалось сдавленное сипение.

— Ну что ты, миленькая, — сюсюкала Вика. — Не злись! Когда злишься, у тебя морщинки появляются. А ты такая хорошенькая.

Она нагнулась над беспомощной Таней и нежно поцеловала ее в щеку.

— Не надо нервничать, — продолжала Вика. — Разве ты не рада? Наконец-то мы одни. И нам никто не мешает.

Она еще раз поцеловала Таню, на этот раз в шею.

Та снова дернулась и попыталась увернуться от Викиных губ, но у нее ничего не получилось.

А Вика проговорила:

— Я так мечтала о тебе. Я думала о тебе все эти два дня. Каждую минутку. Каждую секундочку. И вот ты наконец-то со мной.

Она встала, поставила бокал на пол, скинула кимоно и оказалась совсем голой.

И в этот момент Таня поняла: происходящее — не сон, не кошмар.

И она распята сейчас на кровати в той же самой позе, что и все убитые девушки.

Тут обнаженная Вика прилегла рядом с Таней, прижалась к ней... Ее тело слегка подрагивало от возбуждения. Она ласково погладила Таню по волосам. Та резко отдернула голову.

— Ну, что ты, что ты... — пробормотала безумная. — Ты сердишься? Сердишься на меня за обман? Что я прикинулась, будто рожаю? Но согласись: идея была классная! А когда я тебе про пирожки плела — сама чуть со смеху не скончалась! Ты думаешь, я умею печь пирожки? — Вика расхохоталась.

Испытующе посмотрела на Таню — будто ждала ответа. Вдруг опомнилась:

— Ах, да. Ты же не можешь говорить... Но по твоим глазам вижу: ты оценила мою идею! И вообще я о тебе все поняла: ты добрая девочка, не могла пройти мимо несчастной дуры-беременной. Вот мне и пришлось доигрывать этот спектакль. Ведь ты же никогда бы не пришла ко мне *иначе*. Ты никогда бы не решилась со мной *поиграть...* Правда? Я не сомневаюсь: ты уже знаешь, в чем дело? Знаешь, в чем *смысл* игры? И чем она *кончается?* Ведь правда знаешь? — Вика заглянула Тане в глаза. — У-у, вижу, что я права.

Таня в ужасе резко дернулась от нее в сторону.

Внезапно тон Вики изменился. Она привскочила на кровати, нависла над Таней и спросила, теперь резко и зло:

— Ты — знаешь?!

Тон ее был полувопросительным-полуутвердительным.

Таня опять не ответила, но девушка что-то, видимо, сумела прочитать в ее глазах.

Она затрясла ее за плечи.

— Ты знаешь! — выкрикнула она. — Ведь ты же знаешь! Знаешь!

Вдруг она с размаху залепила Тане пощечину. А потом еще одну — по другой щеке.

Щеки будто обожгло.

— Ты знаешь!! — злобно, с ненавистью прокричала Вика. — Знаешь!! Откуда?! Откуда?! — повторяла она исступленно.

От боли и беспомощности из Таниных глаз потекли слезы.

Теперь ей стало по-настоящему страшно.

Очень страшно.

Вика вдруг отстранилась от нее и будто бы с раскаянием проговорила:

— Прости меня. — И повторила: — Прости.

Но потом ее тон вдруг переменился на игривый:

— А я ведь тоже все знаю про тебя. Все, все знаю. Откуда? Никогда не догадаешься. — Она громко и хрипло расхохоталась.

Тане было больно от пощечин и от беспомощности, и она против своей воли — хоть и не хотела показывать своей слабости — всхлипнула. Слезы появились на ее глазах, потекли по щекам.

Вдруг Вика снова резко сменила тон.

— Танечке больно, — сюсюкая, проговорила она. — Танечке сделали бобо. Бедная крошечка плачет!

И она наклонилась над ней и принялась вылизывать Танины слезы.

Таня дернулась, отбрасывая ее голову, — хотя в самой глубине души ей была приятна эта жалость.

— Ну, не брыкайся, не брыкайся. И не плачь, моя миленькая.

Она погладила ее по шее.

— Не плачь, мое солнце, — повторила Вика. — Не плачь, моя радость.

Потом она свернулась клубочком и снова прижалась к Тане.

— А хочешь, я все расскажу? — интимно прошептала она. — Все-все? Ведь тебе же интересно? Ведь ты же, типа, сыщик, да? Ты, наверное, старший оперуполномоченный, да? Хочешь, расскажу? А ты будешь тихонечко лежать и слушать...

Вика заглянула ей в лицо:

— Что ты молчишь? Скажи, ведь тебе интересно, да?

Тане не было интересно. Она почти не слышала эту ненормальную. Теперь она с ослепительной яркостью понимала, к кому попала в лапы и что, скорее всего, последует за всеми этими разговорами. Изнутри ее наполнял черный, мертвящий страх. И казалось, не осталось никаких иных чувств, кроме ужаса и желания хоть как-то оттянуть то, что, Таня знала, должно было совсем скоро произойти...

Оттянуть боль.

Боль и смерть.

И потому — даже не очень понимая, о чем ее спрашивают, — Татьяна кивнула.

— Ты знаешь, как я на тебя вышла? — продолжила хищница. — *Он* мне все рассказал.

Она снова улеглась рядом с ней и принялась играть ее волосами. Голос Вики снизился до шепота.

— Почему ты не спросишь, кто — он?.. А, да ты ж не можешь! Ты не можешь говорить! — Она грубо хихикнула, а затем стремительно вскочила на ноги — и вместе с переменой позы опять переменила тон. — А разгадка была так близка! — проговорила она язвительно. — Ты шла в правильном направлении. Но ошибочка вышла только с полом! Преступником оказался не *он*, а *она*. Не брат, а сестра.

Вика взволнованно заходила по комнате, делая странные движения рукой.

— Да. Да! — вскричала она, словно с кем-то споря. — Михаэль Пилипчук — мой брат. Братик. Мишенька! Михаэлюшка. Мишаня, — на разные лады повторяла она. — Славное имя, правда?

Она наткнулась взглядом на бокал шампанского, стоящий на полу, подняла его и махом выпила. Почему-то передернулась, словно там была водка, нашла на полу кимоно, накинула его на себя и запахнулась.

Чем больше Таня наблюдала за ней, тем очевидней становилось: она имеет дело с сумасшедшим, абсолютно не владеющим собой человеком.

— Михаэль! Такое красивое имя! — продолжала разглагольствовать Вика. — Наши родители постарались! Ведь они настоящие придурки, наши с ним родители! Знаешь, как они назвали *меня?*

Сумасшедшая остановилась у кровати и снова склонилась над Татьяной, словно бы ожидая ответа.

— Нет, я не Вика! — выкрикнула она — не дождавшись, естественно, ответа от Тани, — выкрикнула и залилась смехом. — И даже не Виктория!.. Я — Витольда!

Она снова деревянно рассмеялась, а потом воскликнула с сарказмом:

— Витольда! Можешь себе представить! Витольда! Как красиво! Как изящно! Чего еще, спрашивается, можно было ждать от старшего сержанта милиции и буфетчицы! О, как они назвали своих детей! Михаэль и Витольда! Настоящие аристократы!

Вика — Витольда вдруг остановилась и изо всех сил запустила пустым бокалом в стену.

Ее лицо перекосила злобная гримаса.

— Суки! — выкрикнула она. — Что же они со мной и с Мишенькой сделали! Твари!

Осколки бокала разлетелись по всей комнате. Кусочек стекла попал на обнаженный Танин живот. Она вздрогнула, словно на нее упал кусочек раскаленного металла.

Витольда обессиленно присела на кровать подле Тани. Понурила плечи, уронила голову в ладони.

— Сволочи, что же они сделали с нами... Бедный мой, любименький Мишенька... Мишенька... Милый... Сколько раз он спасал меня... Вот и от тебя спас. Все мне рассказал...

Вика вдруг обернулась к Тане. Теперь ее глаза были переполнены ненавистью — но, как оказалось, не по отношению к ней, а к кому-то третьему.

Если бы Таня находилась в другом положении, она, пожалуй, сочла бы достойной изучения столь быструю и кардинальную смену настроений в одном и том же человеке. Витольду на протяжении нескольких минут буквально бросало из ярости в нежность, из черной меланхолии — в беспричинную радость.

Но Тане было совсем не до того, чтобы фиксировать все перепады и извивы Викиной психики. Садовникова понимала одно: она находится во власти абсолютно непредсказуемого и смертельно опасного человека.

— Ведь они все, все мне рассказали... — горячечно прошептала Вика.

Теперь тон ее сменился на заговорщицкий, доверительный.

— Меня же сначала лечить пытались, и эти врачи несчастные все мне про меня рассказали: и чем я больна, и откуда это взялось... У меня лекари-то лучшие были. Ведь папаня-то мой — генера-ал. Он мог самых-самых купить! А у врачей теперь, оказывается, новый стиль — доверие. Ведь они, психиатры эти, пациента себе как бы в союзники берут. И разговаривают с ним, как с равным. И все тебе объясняют. Все-все. «А знаете, Витольда, этиология вашего заболевания, скорее всего, связана с неблагополучной обстановкой в семье в вашем раннем детстве...»

Вика расхохоталась:

— Нет, не могу!

Она встала, прошлась по комнате, исчезла из поля зрения. Загремел выдвигаемый ящик. Затем послышался щелчок зажигалки, и следом до Татьяны долетел тошнотворно-сладковатый аромат анаши.

Вика снова подошла к кровати, села. Глубоко затянулась папиросиной, выдохнула дым в самое лицо Тани. Потом еще и еще раз. Напряженные черты ее лица слегка разгладились.

— Неблагополучная обстановка в семье... Да что я, про нее сама не знаю, что ли, про эту обстановку?! Когда папаня ко мне, десятилетней, в кроватку лез — это называется «неблагополучная обстановка»! Я тогда ведь молчала — молчала, а он, стервец, все спрашивал: «Ну, как? Хорошо ли тебе, дочурочка?»

Витольда сделала одну за другой три глубокие затяжки, проговорила:

— Дрянь. Не берет... — И продолжила: — А уж когда я, двенадцатилетняя, из дому-то убежала — он очень испугался. Он ведь тогда генералом стал... В Москве служил... Карьеру, блин, сделал. Демократ хренов... Он, я думаю, боялся, что я про эти его лазанья в мою кроватку кому-нибудь да расскажу... Да еще и до его начальства, не дай бог, дойдет!.. Но только стыдно мне за все это было, и никому ничего я не рассказывала... Никогда... Только *этим* поведала... Девчонкам, куколкам моим... Всем семи.

Вика глубоко вздохнула, а потом произнесла мечтательно:

— Они меня понимали. Каждая из них мне сувенирчик отдала... Пальчик, сосочек...

Она засмеялась.

— Они меня любили — а я их всех — хрясь!

Девушка сделала короткое рубящее движение рукой и опять рассмеялась.

— Вот и тебе рассказываю... Потому что и ты... И ты теперь молчать будешь! Навсегда заткнешься!

Холодок пробежал по Таниному телу.

Вика еще пару раз пыхнула папиросой и рассмеялась своим деревянным смехом.

Таня поймала ее взгляд: глаза Витольды были абсолютно пустыми, лишенными всякого человеческого выражения.

Ужас, обуявший Таню, уже исчез — человек не в состоянии испытывать панический страх слишком долго. Мозг стал мыслить очень ясно и трезво. Таня понимала: ее мучительница не остановится ни перед чем. И помочь Тане не сможет никто. Уповать ей не на кого, кроме как на самое себя. Но что может сделать она одна, прикованная к кровати, связанная по рукам и ногам?

Вика потянулась к пепельнице и загасила в ней папиросу.

— Папаня меня в двенадцать лет за границу отправил, — доверительно пояснила Татьяне сумасшедшая. — Учиться в Швейцарии, в интернате. Клево, да? Всякие девчонки из высшего общества. Графини. Дочки нефтяных магнатов. Особы королевской крови...

Она сделала паузу, а потом вдруг злобно выкрикнула:

— Гореть им всем в аду!

Тут Таня громко простонала через платок, зажимающий ей рот:

— А!.. А!.. А!..

— Чего тебе?! — недовольно повернулась к ней Вика.

Таня, как могла, показала ей мимикой лица: она, дескать, больше не может — задыхается.

— Потерпишь! — пренебрежительно бросила ей мучительница.

У Тани оставался, пожалуй, только один шанс: сначала освободиться любыми правдами-неправдами от кляпа во рту, а потом уговорить, уболтать, улестить Вику — чтобы она не мучила ее, отпустила.

— Так о чем это я? — спросила себя Витольда. — Черт, засранка! Сбила меня!

И она сильно и болезненно ткнула Татьяну рукой под дых.

Из горла Таня вырвался сдавленный стон.

— Не кричи! — зло бросила ей Вика.

Мучительно наморщила лоб, а затем сказала:

— Ах, вот!.. Этот пансион!.. Там все было так круто! Крахмальные скатерти. Семь блюд на ужин. Гольф — ненавижу я эти клюшки! Поло на лошадях. Три языка учили.

Вика доверительно нагнулась к Татьяне — а у той после ее удара слезы на глазах выступили — и проговорила:

— У моего отца много денег. Очень много. Хоть он и милиционер.

Потом расхохоталась и добавила:

— А может, именно потому и много, что милиционер! Как их теперь называют — оборотнями? Оборотнями в погонах?

Татьяна попыталась улыбнуться Вике заткнутым ртом. Она стала настраивать себя на волну сочувствия ей, *понимания*. Может, в таком случае Витольда захочет вступить с ней в диалог?

— Да ведь за деньги не все купишь. — Вика перешла на доверительный шепот. — Дружбы, например, не купишь. Любви... Я там, в пансионе, была изгоем. Они третировали меня, все эти девочки из высшего общества. За то, что я русская. За то, что неуклюжей была, неловкой. За то, что они по три-четыре языка знали, а я только один английский еле-еле.

«Сочувствую тебе, Вика. Понимаю», — попыталась сквозь кляп произнести Татьяна. Вышел нечленораздельный сип, а Витольда оборвала ее:

— Не стони!.. — И продолжала горячечным шепотом: — У нас все хуже и хуже с этими девками отношения становились. Они подставляли меня. Гадили мне по-всякому. А потом... Однажды ночью... Эти шлюхи собрались... Впятером... Пришли ко мне в комнату. И... И привязали к кровати... И били. А потом — они изнасиловали меня...

Вика уронила голову, а затем вдруг выкрикнула:

— «Fucken communist piglet, lick! Go, go!»[1] — И грубо расхохоталась.

«Не убивай меня, Вика, пожалуйста. Спаси меня. Я люблю тебя», — снова попыталась проговорить Таня сквозь кляп. Во рту у нее пересохло, и опять получилось одно сипение. На этот раз Витольда даже не обратила на него никакого внимания.

---

[1] «Коммунистическая свинья, соси! Давай пошевеливайся!» (*англ.*)

— Но я им отомстила потом... Отомстила... — шептала она. — У нас там девочка появилась, из Баку, и они ее тоже хотели опустить, изгоем сделать... А мы с ней объединились... И однажды ночью пришли к одной из тех — я ее про себя Принцессой называла, хотя никакая она была не принцесса, просто дочка одного английского магната — голубые глазки, белые длинные волосики до плеч, кожа на лице тонкая-тонкая... И мы с Наирой пришли ночью к этой Принцессе, привязали ее к кровати и сделали с ней все то, что они, эти сволочи, со мной делали...

Вика тяжело задышала, глазки ее разгорелись.

— Как это было приятно, Таня! — сладострастно воскликнула она. — Как же мне было приятно!

«Отпусти! Отпусти! Отпусти меня!» — мысленно внушала ей Таня, не рискуя больше стонать. Она не сводила с нее глаз.

Витольда нагнулась над Татьяной и очень больно сжала ей грудь. Изо всех сил ущипнула ее за сосок. Таню пронзила острая боль, и она невольно застонала. Вика тут же залепила ей пощечину:

— Молчи!!

Она вскочила и в возбуждении прошлась по комнате. Выкрикнула:

— Они выкинули меня из пансиона! Принцесса, сучка, гадина, нажаловалась на нас! И они вышвырнули нас с Наирой! Вызвали отца! «You have to be glad that we will not sue your daughter, mister Pilipchuk!»[1] И выслали меня из страны!

Витольда остановилась посреди комнаты, изо

---

[1] «Скажите спасибо, мистер Пилипчук, что мы не возбуждаем против вашей дочери уголовного дела!» (англ.)

всех сил сжала кулаки — так, что ногти впились в ладони, — и выкрикнула:

— Сволочи! Сволочи! Сволочи!

«Боже мой! Какой кошмар», — подумала Таня против воли и закрыла глаза. Она устала бороться и постепенно начала погружаться в темное, тупое равнодушие.

«Нет! — остановила она себя. — Нет! Не смей! Не сдавайся!»

И, пользуясь тем, что Витольда была целиком поглощена своими собственными чувствами, она изо всех сил дернула правой, скрытой от мучительницы рукой. Потом — еще и еще раз. Вика не заметила этого, а веревка, сдерживающая Танину руку, кажется, от ее толчков изрядно ослабла.

— А в России *он*, папашка мой чудный, снова меня запер... — выдохнула Витольда и опять присела на кровать.

Таня перестала дергать рукой — теперь ее мучительница наверняка бы заметила эти движения, — но она чувствовала, кожей ощущала, что веревка сдерживала запястье значительно слабее.

— Частная клиника... Уколы, таблетки... Раз в день — собеседования с лечащим врачом. «Обстановка доверия и спокойствия», — с сарказмом процитировала она кого-то. — Но я в этой обстановке доверия просто превращалась в растение!.. — выдохнула она. — В траву, в бурьян! Такое состояние возникает, когда ничего не надо. Ничего не хочется. Только есть и спать. Спать и есть. Я и спала по двадцать часов в сутки. А остальное время — ела... И никаких контактов с внешним миром. Никаких посещений.

Вика встала и потерла лоб рукой. Тон ее становился спокойным, ровным, безразличным.

— Да только Михаэль, братик мой, плевал на все эти запреты. Он ко мне по ночам приходил. Кофе мне приносил. И виски, и травку... Ми-ишенька, — ласково протянула она. — Это он посоветовал прикинуться, что я выздоровела. Ни с кем ни о чем не спорить. Со всем соглашаться. Быть, — она усмехнулась, — *позитивной.* И они меня перевели на амбулаторное лечение. Выпустили.

Витольда снова села на кровать. Потерла рукой лоб.

— Когда это было? Года два назад? Или три? Я вышла... И ходила к врачу — как часы, раз в неделю. Чтобы они ничего не заподозрили... А потом, — мечтательно проговорила она и потянулась, — я исчезла.

Она вдруг нагнулась к Тане и потрепала ее по щеке.

— Мишенька помог мне. У него много денег, у моего Михаэлечки. Он мне паспорт на чужое имя сделал. Да не один. Два, кажется. Или три? И денег давал. И помогал квартиры снимать. И советовал: нигде на одном месте больше двух-трех месяцев не задерживаться. Вот я и путешествовала. В Москве поживу. В Самаре. Потом опять в Москве. В Питере. В Твери...

Список мест жительства Витольды совпадал с географией убийств. Таня не удивилась этому, ей только вдруг пришла в голову мысль, что, если ей суждено умереть, она хоть узнала на прощание разгадку тайны: *кто* убивал и *почему.* И кто покрывал эти убийства: отец Михаэля и Витольды. В голове вспыхнула строчка из Пашиного досье: генерал-лейтенант милиции Иннокентий Пилипчук. Заместитель министра внутренних дел.

Но, боже мой, как ей не хотелось умирать!

И Таня, надеясь, что Витольда увлечена разговором сама с собой, любимой, — еще раз дернула правой рукой. Вика ничего не заметила, а веревка в том месте, где Таня была привязана к спинке кровати, ослабла еще больше.

— Это Мишенька доложил мне, *чем* ты, Танька, у него интересовалась. Спрашивала, сказал, был ли он в Питере? В Твери? И когда? И еще выясняла, говорит ли он по-английски?.. Все ты правильно делала, Танечка. И в Питер я ездила, и в Тверь эту несчастную. И в Самару. Я ведь и правда любила с этими шлюхами по-английски болтать... Сразу ту стерву из пансиона вспоминала, Принцессу...

Вика еще раз сладко потянулась и продолжила:

— Мне Михаэль про тебя и твои расспросы рассказал, и я сразу поняла: да ты по мою душу. Сыщица ты, поняла я. Правда, ничего толком не знаешь, а бьешь наугад. Ты в каком звании, а?

Татьяна показала кивком головы: мол, развяжи рот, тогда и поговорим.

— Э-э, нет, — рассмеялась сумасшедшая. — Развяжу — ты кричать будешь...

— Н бу бу! — прокричала Таня: «Не буду!»

— Будешь, будешь... Вот я с Михаэлем поговорила — и захотела с тобой познакомиться. Но ты же с посторонними на улице не знакомишься, ты ведь осторожная, да? Вот и пришлось тебя немножко обмануть. На твоей жалостливости сыграть. Как тебе мой маскарад, а? Пузо произвело впечатление? А то, что я на мужа жаловалась? И на свекровь? И семгу эту сожрала, которой ты меня в кафе угощала! Знаешь, какая она была гадкая, эта рыба! Сроду такого дерьма не ела! А ты, дура, счет оплатила и радовалась, что помогла несчастной, бедненькой Викулечке. Подвезла ее, накормила, утешила... Какой тонкий психологический расчет, а?! Никто не откажет в помощи беременной!

Витольда разулыбалась во весь рот, а потом опять по-своему, деревянно рассмеялась.

— А ты мне очень понравилась. Сразу же, с первого взгляда. Ты совсем не похожа на Принцессу. И ни на одну из тех девок, с кем я была. Ты, — сказала она с придыханием, — лучше.

Вика посмотрела прямо в глаза Тане и доверительно проговорила:

— Давай с тобой дружить, а?

А потом нагнулась к ней и попыталась поцеловать ее в губы.

В это время Таня — она понимала, что другого такого шанса у нее может и не быть, — изо всех возможных сил дернула правой рукой.

Узел, державший руку на спинке кровати, развязался — и тогда Татьяна ударила склоненную над ней Витольду прямо в шею. Она постаралась бить (как учил отчим) ребром ладони в сонную артерию, но Вика в этот момент заметила что-то, дернулась, переменила положение — и рука Тани только скользнула по ее затылку. Витольда отшатнулась, а потом вскочила с кровати как ужаленная.

— Ах, вот ты как!.. — воскликнула она и зачем-то опрометью выскочила из комнаты.

За ту пару секунд, пока ее не было, Татьяна ухитрилась освобожденной рукой вытащить изо рта кляп и заорать что есть мочи:

— Помогите! Пожар!

Крик после кляпа получился негромкий, сиплый, и тогда Таня начала свободной правой рукой отвязывать узел, удерживающий левую руку.

В этот момент из кухни появилась Витольда. В руках она держала нож.

— Сучка! — заорала она. — Гадина!

Судя по ее глазам, она уже была готова вонзить нож в голое Танино тело.

Тогда Садовникова извернулась и попыталась правой рукой ударить Вику в бок. Не получилось — та отступила и снова занесла над Таней нож.

И тут во входную дверь кто-то изо всех сил забарабанил.

Витольда непроизвольно обернулась на стук.

Таня еще раз попыталась ударить ее — не вышло, та отскочила уже слишком далеко от кровати.

И тут в коридоре раздался чудовищный грохот, а вслед за тем громовой голос прокричал:

— Бросить оружие!

«О боже! Я спасена!» — непроизвольно подумалось Татьяне.

— Всем лечь! — прокричал тот же голос.

«А я и так лежу», — усмехнулась про себя Таня. В самые острые моменты жизни в ней просыпался этот черный юмор висельника.

— Руки! Руки! — слышались крики. — Бросить оружие!

Боковым зрением Татьяна видела, как вскинула свой нож Витольда, но тут же к ней подскочили двое громадных мужчин.

Один из них поставил блок, перехватил занесенную Викину руку, а другой коротко ударил ей в живот. Она охнула и стала сгибаться. В этот момент второй подхватил ее с ножом и сжал кольцом захвата голову. В правой руке у него появился шприц. Коротким движением он вонзил его в предплечье Вики. И тут же ее тело стало обмякать. Мужчина бережно удержал ее и уложил на пол.

Тело Витольды дернулось и затихло.

— Развяжите меня! — требовательно вскричала Татьяна.

И тут случилось невероятное. Первый мужчина подошел к ней вплотную, оглядел ее обнаженное тело и плотоядно хмыкнул. В правой его руке блеснула темная сталь пистолета. Он приставил дуло прямо к Таниному животу. Ствол заходолил ей кожу.

— Молчи, сука! — произнес он. — А то убью.

Таня глянула ему в глаза — у мужчины был пустой, непроницаемый взгляд профессионального убийцы.

До Тани стало доходить: то, что происходит здесь, — что-то неправильное, и это вряд ли можно назвать спасением.

И тут в комнате раздался властный немолодой голос:

— Ну, наконец-то! Вы ее взяли!

Татьяна скосила глаза и увидела, что голос принадлежит третьему появившемуся в комнате человеку: немолодому господину в костюме и при галстуке. Господин подошел к лежащей на ковре без движения Витольде. Бережно пощупал ее пульс. Потом нежно, по-отцовски, погладил ее по щеке.

— Молодец, Кобылин! — проговорил он, адресуясь к тому, кто наставил пистолет прямо в живот Тане. — Слава богу.

— Что теперь, товарищ генерал? — спросил мужчина с глазами убийцы, не отрывавший взгляда от Татьяны.

— Теперь? — со смешком переспросил властный мужчина. — А то ты не знаешь, что. Хотя девка красивая, даже жаль...

«Это же отец Витольды, — с ужасом догадалась Татьяна. — Иннокентий Пилипчук. Милицейский генерал».

— Вика проспит часов двенадцать, — продолжал генерал. — За это время я организую окно на границе. И паспорт для нее. И место в клинике. Потом еще один укольчик, и вы отвезете ее туда. Интересная загранкомандировка. За счет министерства.

— Куда конкретно везем ее? — переспросил тот, кого называли Кобылиным.

— В Швейцарию. Точнее я скажу позже.

— А что делать с этой? — спросил Кобылин, мотнув головой в сторону Тани, по-прежнему полураспятой на кровати.

— Ты повторяешься. По-моему, я уже все объяснил.

— В дальний лес? — уточнил Кобылин.

— В дальний, ближний — какая разница. Главное, чтоб она больше никогда никому ничего не сболтнула. Хорошо понял меня, Кобылин?

— Так точно.

— Ну, и все. Она твоя.

Генерал развернулся, чтобы выйти из комнаты, и бросил через плечо:

— А за дочку мою головой мне отвечаешь.

— Так точно, товарищ генерал.

Кобылин, не отрывая дула пистолета от живота Тани, другой рукой погладил ее по груди. Она размахнулась и ударила его правой рукой в лицо. Не попала — тот отшатнулся и плотоядно рассмеялся.

— Живая девочка, игривая, — растягивая губы в улыбке, проговорил он. — Ну, когда тебя замочить? *До любви или после?*

— Эй, — вмешался второй подручный генерала, — ты и мне ее оставь попробовать.

И в этот момент раздался негромкий звон разбитого стекла. Тихо качнулось пламя почти сгоревшей свечи.

Кобылин, второй подручный и генерал стали поворачиваться в сторону окна.

И тут комнату залил невероятно яркий слепящий свет, а через долю секунды раздался ужасающий, нечеловеческий грохот. Б-бам-м!!!

Татьяне показалось, что у нее лопнули барабанные перепонки, а зрачки просто выжгло до самых глазниц. Она непроизвольно зажмурилась изо всех сил — и наступившая темнота и тишина были настолько глубокими, как никогда в ее жизни. И где-то далеко-далеко, как легонькие постукивания костяшками пальцев о дерево, прозвучали три выстрела. Тук. Тук. Тук.

...А когда Татьяна открыла глаза, декорации чудесным образом переменились.

Обе шторы были оторваны, а через разбитое окно проникал яркий свет летнего утра.

«Надо же, уже давно рассвело, — отстраненно подумала Таня, — а я и не заметила».

Вика по-прежнему лежала на полу в той же позе.

Кажется, с нею ничего не случилось, и она как спала, так и продолжала спать.

Рядом с нею распростерлось тело Кобылина. Он лежал навзничь, и его рука с пистолетом покоилась у него на груди. Во лбу красовалась маленькая кровавая дырочка, зато под затылком на ковре натекла целая багровая лужа.

Неподалеку валялось недвижимое тело второго подручного генерала. Половина его лица превратилась в кровавое месиво.

Сам генерал лежал дальше, и Таня со своего места на кровати могла видеть только его неподвижную холеную руку и застывшее пепельно-серое лицо.

А подле нее стоял молодой парень в каске с плексигласовым забралом и в бронежилете. Очевидно, смущаясь, он отводил лицо от Таниного обнаженного тела и развязывал ей ноги. Вторая рука ее уже была свободна.

Вот он закончил свою работу и отошел, и Татьяна рывком села на кровати. Руки и ноги затекли.

Как из-под земли появился отчим. В руках Валерий Петрович держал одеяло.

Ходасевич набросил его Тане на плечи и закутал ее, скрывая от нескромных взглядов.

Он что-то говорил, но Таня после светошумовой гранаты была оглушена и не разбирала ни слова.

— Что??! — громко спросила она.

Отчим улыбнулся. Она увидела рядом с кроватью Пашку. Синичкин тоже смеялся. Валерий Петрович указал на свой рот. «Читай, мол, по губам», — поняла Таня.

— Прости, Танюшка, — прочитала она.

— За что?! — сквозь слезы спросила Таня. И опять,

видимо, получилось слишком громко, потому что Павел снова улыбнулся.

— Что я пришел так поздно, — ответил отчим.

Эту фразу Таня уже слышала хорошо.

Глава 11

ОДИННАДЦАТОЕ ИЮЛЯ, ПЯТНИЦА. ДЕНЬ

Таню усадили на заднее сиденье «пежика», хоть она и рвалась за руль. Но на водительское место, несмотря на все ее протесты, водрузился Синичкин. Длинный Пашка с трудом поместился в кресле крохотного «пежика» — пришлось отодвигать его в крайнее положение. Рядом с Синичкиным устроился отчим. Сиденье пассажира под ним скрипнуло и накренилось.

Таню успел осмотреть врач. Она совсем не пострадала, хотя от светошумовой гранаты по-прежнему шумело в ушах.

Тела генерала Пилипчука, Кобылина и третьего милиционера отправили в морг, на вскрытие. Абсолютно не пострадавшую, однако спящую мертвецким сном Витольду — Вику увезли в больницу при СИЗО «Матросская тишина».

Отчим договорился со следователем, что все показания Таня даст завтра. А пока он вызвал ее маму, свою бывшую жену Юлию Николаевну, чтобы она с дочерью посидела.

Для Тани по-прежнему было ошеломительно, что на дворе, оказывается, белый день. Они проговорили с Витольдой (точнее, Таня *выслушивала* ее) целую вечность.

На улицах оказалось полно машин — и кругом люди, люди...

В открытые окна «пежика» доносились развеселые мелодии из соседних автомобилей.

— Валерочка! — спросила с непривычного для нее заднего сиденья Татьяна. — А как ты обо всем догадался?

— Это произошло, к сожалению, поздно, — полуобернулся к ней Ходасевич. — Когда вы уже уехали.

— Я спрашиваю не когда, а как! — прокричала Таня. Она по-прежнему неважно слышала — или это проспект слишком сильно шумел за окнами?

— На главную мысль меня натолкнул рассказ Паши о нравах в проститутском бизнесе, — ответил отчим. — Я задал себе вопрос: «Почему все три московские проститутки не побоялись маньяка?» Ведь две последние уже знали, что их коллег кто-то убивает, — и все равно очень спокойно впустили убийцу.

Паша излишне резко затормозил на светофоре, и Ходасевич пробурчал:

— Тише, тише! Не дрова везешь!

— И что дальше? — требовательно спросила Татьяна.

— А дальше я вспомнил — уже, кажется, во сне — тексты объявлений убитых проституток. Там у всех в перечне «услуг», помимо, — отчим брезгливо сморщился, — «анала» и «садо-мазо» — был «лесбийский секс». И я подумал: ведь никакому сексуальному насилию — *мужскому* насилию — жертвы не подвергались. Может, мы и вправду слишком уж ограничили наш поиск — сыновьями власть имущих? Может, преступников надо искать и *среди дочерей тоже*?.. На следующем светофоре направо, — скомандовал Валерий Петрович Паше.

— Валерочка, он сам знает! — выкрикнула Татьяна. — Не отвлекайся!

— Ну а дальше понятно, — произнес, снова поворачиваясь к ней, отчим. — Чтобы найти компьютер, я поехал посреди ночи в мележский райотдел милиции. Снова просмотрел Пашин диск. Должен заметить, что среди детей «силовых» начальников дочерей почему-то оказалось намного меньше, чем сыновей.

— У силовиков мужские гены сильные, — скаламбурил Синичкин.

— Наверное... — усмехнулся отчим. — Подходящих кандидатур-дочек было всего четыре. И мое внимание сразу привлекла Витольда, сестра Михаэля, дочь заместителя министра внутренних дел Пилипчука.

— А чем она тебя привлекла? — поинтересовалась Таня.

— А тем, что местожительство ее было неизвестно, телефон и место работы — тоже. И тогда я попросил в мележской ментовке «газик» и сорвался в Москву.

— Куда же ты поехал? — требовательно спросила Таня.

— К Михаэлю Пилипчуку, брату Витольды... Здесь лучше налево повернуть, — бросил полковник Паше.

— Знаю я, — буркнул Синичкин.

— И я не ошибся, — продолжал отчим, опять поворачиваясь к Татьяне. — Этот Михаэль в момент

335

моего ночного визита оказался в шоковом состоянии. Он был весь избит. Его только что пытали...

— Кто?! — воскликнула Таня.

— Люди генерала Пилипчука: Кобылин и этот второй громила.

— Он приказал пытать своего собственного сына?! Не может быть!

— По-моему, Танюшка, — вздохнул полковник, — в семейке Пилипчуков все, что угодно, могло быть...

— И что? Михаэль знал, что его сестра — маньячка? И покрывал ее?

— Нет, — покачал головой Валерий Петрович. — О *деталях* ее жизни он не знал. Он просто помогал ей скрываться от генерала. И ни о какой ее преступной деятельности не ведал.

— А отец? Генерал то есть? Когда он узнал, что Вика — убийца?

— Я думаю — недавно. Иначе он бы раньше занялся поисками собственной дочери и прекратил это «безобразие». Я полагаю, он догадался о том, что она замешана в зверских убийствах, лишь когда Гаранян — мой напарник — запросил в МВД соответствующие дела. Видимо, после этого и Пилипчук затребовал их копии. И только тогда, неделю назад, обо всем догадался. Видимо, он знал задатки собственной дочери. Знал, на что она способна... И, чтобы спасти ее, взялся зачищать концы: убил Гараняна, начал охоту на меня... А одновременно принялся искать свою Витольду. Причем, я думаю, он понимал, что я занимаюсь тем же: ищу маньяка — то есть его дочь. Поэтому частью его хитроумного плана было: найти нас всех и следить за нами — до тех пор, пока мы не выйдем на Витольду. А найдя ее, он собирался убрать нас...

— Какая паскуда, — сквозь зубы процедила Татьяна.

— Все они, Пилипчуки, хороши, — философски заметил Валерий Петрович. — Кстати, когда я сегодня ночью явился к Михаэлю, он был настолько деморализован пыткой, которой его подверг Кобылин, что тут же выдал и мне местонахождение сестренки...

— Он действительно помогал ей? — спросила Татьяна.

— Ну, конечно! — воскликнул отчим. — А как бы она иначе продержалась — нигде не работая, употребляя наркотики, совершая убийства?!

Валера вздохнул и закурил сигарету.

— Паша, а ты что все это время делал? — Татьяна пихнула Синичкина в спину.

— Я? Я в твоей конспиративной квартире после нашего погрома убирался... А потом мне позвонил Валерий Петрович и спросил, где Таня. И когда я сказал, что ты поехала к своей подружке Вике, которая как раз рожает, мне показалось, что он дар речи потерял...

— Могу себе представить! — фыркнула Татьяна.

— Да. А потом Валерий Петрович спросил, — продолжал Синичкин, — где проживает эта Вика? Я как только сказал: «Где-то на Дмитровском шоссе», — мне сразу показалось, что товарищ полковник убить меня готов.

— После того, — заметил отчим, стряхивая пепел в окно, — как сошлись показания Михаэля и слова Синичкина, я понял, что больше нельзя терять ни минуты.

— Да уж. Время было на вес золота. Еще слава богу, — заметила Таня, — что эта маньячка не сразу меня стала резать, а сначала решила пооткровенничать.

— И что люди генерала, — добавил полковник, — не тут же от Михаэля понеслись брать Витольду, а сперва решили получить санкцию начальника.

— Вы все-таки успели вовремя, — выдохнула Татьяна. — Как представлю, что могли бы со мной сделать Витольда или те двое, — прямо мороз по коже.

— Спасибо Константинову, — сказал отчим.

— А кто это — Константинов? — полюбопытствовала Таня.

— Мой большой друг — полковник из спецотряда «Вымпел». Он очень быстро дал мне своих орлов.

— На самом деле, — заметил Павел, — мы заняли исходные позиции за двадцать минут до того, как на квартиру к этой Витольде прибыл ее папаша со своими головорезами.

Ходасевич укоризненно глянул на Синичкина:

— Паша, Паша! Ты непростительно болтлив для работника органов.

— А я уже не работник органов, — нахмурился Синичкин.

— И вы еще чего-то ждали?! — воскликнула Татьяна. — Ждали, пока эта гадина меня мучила!

— Ну, необходимо было подготовиться к захвату, — чуть смущенно сказал отчим.

— Зато мы писали все ее речи, — бухнул Синичкин.

— Паша! — снова одернул его Ходасевич.

— Да что «Паша»!.. Жизнь есть жизнь, пусть Танька знает, как бывает все на самом деле. И еще:

благодаря тому, что мы выждали, нам удалось завалить генерала и обоих его мокрушников. А так — что бы мы ему предъявили? Генерал милиции — птица высокого полета. Его голыми руками не возьмешь.

— Все ясно, — вздохнула Таня. — Вот что я вам скажу. Вы оба безнадежно отравлены этими своими правоохранительными органами.

— Почему это? — воскликнул Паша.

— Да потому что для вас, для обоих, долбаная раскрываемость дороже, чем моя драгоценная жизнь и здоровье!

Паша хохотнул.

Воцарилась пауза.

— Нет, Таня, ты не права, — серьезно покачал головой отчим, пристально посмотрев ей в глаза. — Дороже тебя у меня никого на свете нет.

Сказал Ходасевич это просто и совсем не шутейно — так что Таня, уже готовая ответить ему резко, смущенно отвернулась к окну.

Эпилог

ДВЕНАДЦАТОЕ ИЮЛЯ, СУББОТА

Павел Синичкин позвонил своему осведомителю Котомскому с утра. Бодро сказал:

— У меня для тебя есть новости. Надо встретиться.

Котомский был явно не в духе. Проскрипел:

— Новости твои я уже знаю.

— Значит, тем более надо встретиться, — холодно сказал Павел. — В «Пирогах»?

— Нет, Синичкин. Опять в этот лягушатник?! Не пойду, — пробурчал Котомский.

— Выбирай сам, — милостиво согласился Паша.

Он прекрасно знал, что для Котомского нет времени гаже, чем утро. С каждым годом тот переносил похмелье все тяжелее...

— Можешь в «Византию» зарулить? Только прям сейчас, а то я уже снимаюсь.

— В казино?! — Синичкин взглянул на часы. — И давно ты в нем завис?

— Со вчера.

— Ну и как карта? — с иронией спросил Павел.

— Карта не лошадь, к утру повезла. Ну, будешь, что ли? Рожай быстрей. А то мне тут каре тузов сдали.

— Подъеду, — согласился Синичкин.

— А, за должок боишься?! — заржал бывший осведомитель. — Давай быстрей, а то я могу и просадить!

Спешить к Котомскому Павел не стал. Не торопясь, рулил по утренним проспектам, успевал поглядывать на красивых девушек — хоть и рано, но кто с собачкой гуляет, кто с пляжной сумочкой рассекает — денек чудесный, самое время на водохранилище съездить, позагорать. На душе у Паши было спокойно и легко. Только, надо признать, по непутевой Таньке Садовниковой он уже успел заскучать — хотя и расстались они всего-то вчера.

Котомский ждал его в холле казино. Увидел, бросился к нему, заворчал:

— Че так долго?!

— Чего психуешь?

— Думаешь, легко в казино с чужими бабками? На вот, держи.

Котомский протянул ему пачечку стодолларовых

купюр. Синичкин деньги принял, взвесил в руке, протянул:

— Тонковато для десяти штук.

— А кто тебе говорил, что будет десять? — хмыкнул Котомский.

— Ты и говорил.

Тот назидательно поднял указательный палец.

— Говорил. А про кого говорил?

— Как про кого? Про маньяка, который ваших девчонок убивает. Маньяка я нашел. Менты его повязали. Так что еще пять косых с тебя.

— Ты кого нашел? Не маньяка — а маньячку! Бабу!

— Какая разница!

— Когда это баба столько стоила, сколько мужик?!

— Жулик ты, Котомский, — усмехнулся Павел.

— Не придирайся, Синичкин. Не хочешь пять штук брать — давай взад. Или вместе пойдем. Там одна стерва рулетку хорошо крутит...

— По утрам не играю. — Паша сунул пачку долларов в карман. — Ладно, бог с тобой.

— Радуйся, что пять штук тебе обломилось. Знаешь, почему? Пацаны за тебя просили. А лично я б за бабу и штуки не дал.

ТРИНАДЦАТОЕ ИЮЛЯ, ВОСКРЕСЕНЬЕ

Валерий Петрович Ходасевич и Тамара Аркадьевна Гаранян медленно шли по Тверскому бульвару. Ночной дождь смыл надоедливую пыль, пахло свежестью и почему-то морем. Ходасевич бережно поддерживал вдову друга под руку. Оба молчали.

Тамара Аркадьевна, в черном платке поверх быстро поседевших волос, слегка сжала его ладонь. Тихо сказала:

— Не кори себя, Валера, что не попал на похороны... Я понимаю: служба. По Армену знаю: раз не пришел, значит, действительно не мог... Съездишь потом на могилку. Я знаю: Армен тебя простит.

— Тамарочка, может, тебе что-то нужно? — невпопад спросил Ходасевич.

— Нет. — Она смотрела ему в глаза — и словно сквозь них. — Теперь мне не нужно ничего... Только хотела спросить... Ты ведь, кажется, материалист... Но все-таки как ты думаешь, его душа еще с нами, на земле?

Ходасевич мягко ответил:

— Мне кажется, что да, Тамара...

— Да-да, — перебила его вдова. — Я вчера ложилась спать и вдруг ясно услышала голос Армена... Так ясно, будто он совсем рядом!

— И что он говорил?

— Просил, чтобы я приготовила хачапури. Его любимые, — печально улыбнулась она.

— И правда! — откликнулся Ходасевич. — Твои хачапури — это нечто совершенно исключительное!

Но вдова его комплимент, кажется, даже не расслышала. Вздохнула и призналась:

— Я сегодня с утра напекла ему хачапури. И поставила тарелку перед его портретом... — Она взглянула на полковника и спросила: — Ты, наверно, считаешь меня сумасшедшей?

Валерий Петрович вздохнул:

— Нет. Я просто прошу тебя, Тамарочка, держись.

«Пусть. Ей нужна эта иллюзия. Жестоко разрушать ее».

— И еще я хотел тебе сказать... Ты, конечно, понимаешь, что о деталях я распространяться не могу... — Отчим замялся, но Тамара поняла.

Она впилась в него взглядом:

— Ты узнал, за что его убили?

— Да. Узнал.

— И ты найдешь того, кто это сделал? — требовательно спросила она.

— Да.

— Скоро?

Валерий Петрович вздохнул:

— Мы его уже нашли.

— Его посадят? — Лицо Тамары просветлело.

— Его уже нет на земле. Только, в отличие от твоего мужа, он горит в аду.

ЧЕТЫРНАДЦАТОЕ ИЮЛЯ, ПОНЕДЕЛЬНИК

«Я, наверно, сошла с ума, — констатировала Таня. — Чему радуюсь, ненормальная?»

А радовалась она обычному понедельнику.

Будильник поднял ее в семь утра. Горячая вода, как и полагается летом, отсутствовала. За стеной привычно перебранивались соседи: они всегда выясняли отношения на свежую голову. Ди-джей по радио кисло желал слушателям «удачной рабочей недели». В общем, хмурое утро. Никто и не замечает, что за окном разгорается шикарный летний денек. Никто не ценит, что после ночного дождичка город вкусно пахнет арбузами...

Таня устроилась с чашкой кофе на широком подоконнике, выглянула во двор. Недоспавшие граждане печально брели к метро. Автомобилисты протирали стекла от утренней росы. Хмурый дворник остервенело пылил огромной метлой.

«Нет, никому не нравятся понедельники. Только мне».

Таня одним глотком допила кофе и кинулась одеваться. Она просто не верила своему счастью: неужели сегодня ее ждет *скучный деловой костюм*? Неужели она проведет целый день в *постылом офисе*? И потратит еще кусочек молодой жизни на *проклятую работу*?

«Ох, как хорошо, что впереди обычный рабочий день!» — еще раз порадовалась Таня. Улыбаясь, она сбежала по лестнице. Подмигнула грустному, похмельному соседу и прыгнула в «Пежо».

Ее ждала «Пятая власть».

— Татьяна Валерьевна! — Секретарша Наталья от неожиданности чуть не свалилась с Таниного же кожаного кресла. Но тут же опомнилась, вскочила с начальственного трона, забормотала: — Вы уже вернулись? А мы вас так рано не ждали...

— Опять в моем кресле сидишь, негодяйка... — беззлобно проворчала Татьяна.

Секретарша хмыкнула:

— Так я ж думала, вы на Сейшелах! Или в Австралии.

— Какие Сейшелы? Там сейчас зима, — пожала плечами Таня. — Я же говорила: у меня возникли непредвиденные семейные обстоятельства.

— Ой, а какие? Вы замуж выходите?

Видно было, что Наталья сгорает от любопытства,

но разве ей (да и кому бы то ни было) расскажешь о событиях последних дней?

— Что я забыла замужем? — проворчала Таня. — Пирожки печь? Или рубашки гладить?.. Ладно, кыш из моего кабинета. Устрой кофейку и список звонков давай.

— Важных звонков — или всех? — уточнила Наталья.

— Важных — в первую очередь.

— Это я вам и без списка скажу, — с долей злорадства протянула Наташка. — Звонил пивной король. Аристарх Романович.

— Что, ребята до сих пор не предоставили ему смету? — нахмурилась Таня.

— Смету предоставили. Да он сказал, что наша рекламная концепция его больше не устраивает. И потому он от нас уходит.

— Далеко? — подняла бровь Татьяна.

— Не уточнил. К конкурентам, наверно...

— Какая муха его укусила? — пожала плечами Садовникова. — Ну-ка набери мне его.

— Он, кстати, каждый день вам звонил, — доложила Наташка. И ехидно добавила: — С тех пор, как вы в его «Мерседесе» уехали.

С Аристархом ее соединили мгновенно. «Хороший знак», — мимолетно подумала Таня.

— Вы наконец изволили вернуться, — констатировал пивной король. — Только, боюсь, вы опоздали...

Таня улыбнулась своему отражению в зеркале и выпалила:

— А я по вас, Аристарх Романович, очень скучала.

— Что-что? — Пивной босс слегка растерялся.

— А один раз вы мне даже приснились. — Таня, продолжая улыбаться, представила толстого коротышку Аристарха с венчиком редких волос на голове и едва удержалась, чтобы не фыркнуть. — Мне снилось, что мы с вами гуляем по бульвару, а на всех лавочках сидят подростки. И у каждого в руках — ваше пиво. Пиво «Глоток». И знаете, что я подумала?

Таня сделала паузу. Аристарх не перебивал, слушал.

— Я подумала, что наш слоган: «Один «Глоток» — и все в порядке» — действительно слегка плосковат. Слишком прост, одномерен.

— Вот и я так решил, — важно провозгласил Аристарх. — И потому...

Но Таня его перебила:

— Я догадалась, что он вам не нравится. Сейчас объясню. «Все в порядке» — это прямая калька с американского «о'кей». Штамп. А штампы воздействуют на потребителя слабо. Но я придумала, как этот слоган трансформировать. Знаете, как?

— Ну?

— «Один «Глоток» — и вот оно, счастье!»

— Как? — переспросил Аристарх.

Таня повторила:

— «Один «Глоток» — и вот оно, счастье!» — Она опять улыбнулась и добавила: — Мне эта идея пришла в голову, когда я была в отпуске. Я сидела на пляже и думала, как сделать, чтобы ваш «Глоток» стал пивным брендом номер один. И лично о вас — тоже думала. Не только, кстати, как о заказчике... — Многозначительная пауза. — Но и как об очень умном и дальновидном человеке.

Аристарх затих. Неужели не клюнул?

— Аристарх Романович? — осторожно спросила Таня.

— Знаете, что я вам скажу, Татьяна Валерьевна? — проскрипел пивной король. — Я понял, почему ваша «Пятая власть» все еще на плаву.

— Потому что мы динамичное, ответственное, надежное агентство.

— Ничего подобного, — фыркнул Аристарх. — Эта ваша «Пятая власть» держится только на вашем уме и таланте. И если б не вы...

Таня перебила пивного короля.

— Значит, вы от нас не уходите? — Неподдельную радость в голосе даже не надо было изображать.

— Нет, Татьяна Валерьевна. Только прошу вас: больше никуда не уезжайте... И лично контролируйте нашу рекламную кампанию.

Таня вернула трубку на рычаг и совершила победную подпрыжку:

— Йес, йес!

На крик заглянула Наташка:

— Ну, что?

— Остается Аристарх. Никуда он от нас не денется, — победоносно заявила Таня. И напомнила: — Не забудь ему еще раз смету послать...

— Будет сделано, — кивнула Наталья. Но из кабинета не ушла, промямлила: — Знаете, Татьяна Валерьевна, я хотела вас попросить... можно я сегодня с работы пораньше уйду?

— А что случилось?

Наташка слегка покраснела:

— Да я... да мне тут к врачу надо...

— Что-то ты зачастила, — нахмурилась Таня. —

На позапрошлой неделе тоже, помню, отпрашивалась... Чем болеешь-то?

Наталья покраснела еще больше.

— Ну... это... в положении я.

— Бе-ре-менная? — в ужасе переспросила Таня.

Перед глазами тут же возникла злосчастная Вика — сначала жалкая, с тяжелым животом и потухшими глазами, а потом — стройная и безумная, в пеньюаре и с ножом в руке.

— Ну да, — растерянно подтвердила Наташа. — Мы с мужем давно планировали...

— Справку покажи, — сухо сказала Таня.

— Вы мне не верите? — Наташкины глаза округлились.

— Неси справку, — повторила Садовникова.

Удивленная Наташа метнулась в предбанник и тут же вернулась с бумажкой. Таня ее внимательно изучила: срок — двенадцать недель... подписи, печати... Вроде все чисто.

— Ну, раз правда беременна — тогда, конечно, иди, — облегченно выдохнула Татьяна.

— А зачем же мне вас обманывать? — удивилась Наталья. И укоризненно добавила: — Разве такими вещами шутят?

— Эх, Наташка, знала бы ты! — вздохнула Садовникова. — Шутят. Еще как шутят.

Литературно-художественное издание

Литвинова Анна Витальевна
Литвинов Сергей Витальевич

ПРЕДМЕТ ВОЖДЕЛЕНИЯ №1

Ответственный редактор *О. Рубис*
Редактор *Т. Семенова*
Художественный редактор *С. Курбатов*
Технический редактор *Н. Носова*
Компьютерная верстка *Т. Жарикова*
Корректор *Н. Овсяникова*

ООО «Издательство «Эксмо»
127299, Москва, ул. Клары Цеткин, д. 18, корп. 5. Тел.: 411-68-86, 956-39-21.
Интернет/Home page — www.eksmo.ru
Электронная почта (E-mail) — **info@ eksmo.ru**

По вопросам размещения рекламы в книгах обращаться в рекламный отдел
издательства «Эксмо». Тел. 411-68-74.

Оптовая торговля:
109472, Москва, ул. Академика Скрябина, д. 21, этаж 2.
Тел./факс: (095) 378-84-74, 378-82-61, 745-89-16, многоканальный тел. 411-50-74.
E-mail: **reception@eksmo-sale.ru**

Мелкооптовая торговля:
117192, Москва, Мичуринский пр-т, д. 12/1. Тел./факс: (095) 411-50-76.
127254, Москва, ул. Добролюбова, д. 2. Тел. (095) 780-58-34

Книжные магазины издательства «Эксмо»:
Москва, ул. Маршала Бирюзова, 17 (рядом с м. «Октябрьское Поле»). Тел. 194-97-86.
Москва, Пролетарский пр-т, 20 (м. «Кантемировская»). Тел. 325-47-29.
Москва, Комсомольский пр-т, 28 (в здании МДМ, м. «Фрунзенская»). Тел. 782-88-26.
Москва, ул. Сходненская, д. 52 (м. «Сходненская»). Тел. 492-97-85.
Москва, ул. Митинская, д. 48 (м. «Тушинская»). Тел. 751-70-54.
Москва, Волгоградский пр-т, 78 (м. «Кузьминки»). Тел. 177-22-11.

ООО Дистрибьюторский центр **«ЭКСМО-УКРАИНА».** Киев, ул. Луговая, д. 9.
Тел. (044) 531-42-54, факс 419-97-49; e-mail: marinovich.yk@eksmo.com.ua

Северо-Западная компания представляет весь ассортимент книг
издательства «Эксмо». Санкт-Петербург, пр-т Обуховской Обороны, д. 84Е.
Тел. отдела реализации (812) 265-44-80/81/82/83.

Сеть книжных магазинов «БУКВОЕД». Крупнейшие магазины сети
«Книжный супермаркет» на Загородном, д. 35. Тел. (812) 312-67-34
и Магазин н Невском, д. 13. Тел. (812) 310-22-44.
Сеть магазинов «Книжный клуб «СНАРК» представляет самый широкий ассортимент книг
издательства «Эксмо». Информация о магазинах и книгах в Санкт-Петербурге по тел. 050.

Всегда в ассортименте новинки издательства «Эксмо»:
ТД «Библио-Глобус», ТД «Москва», ТД «Молодая гвардия»,
«Московский дом книги», «Дом книги в Медведково», «Дом книги на Соколе».

Весь ассортимент продукции издательства «Эксмо»
в Нижнем Новгороде и Челябинске:
ООО ТД «Эксмо НН», г. Н. Новгород, ул. Маршала Воронова, д. 3. Тел. (8312) 72-36-70.
ООО «ИнтерСервис ЛТД», г. Челябинск, Свердловский тракт, д. 14. Тел. (3512) 21-35-16.

Подписано в печать с готовых монтажей 09.03.2004.
Формат 84x108 ^{1}/32. Гарнитура «Таймс». Печать офсетная.
Бум. тип. Усл. печ. л. 18,48. Уч.-изд. л. 13,5.
Доп. тираж 5 000 экз. Заказ № 8978.

Отпечатано в полном соответствии с качеством
предоставленных диапозитивов в Тульской типографии.
300600, г. Тула, пр. Ленина,109 .